Né en 1981 à Pontarlier, Nicolas Leclerc a quitté le Jura pour étudier l'audiovisuel et le cinéma. Il travaille aujourd'hui pour la télévision. Après *Le Manteau de Neige*, son premier roman, est paru *La Bête en cage* aux éditions du Seuil en 2021.

Nicolas Leclerc

LE MANTEAU
DE NEIGE

Éditions du Seuil

ISBN 978-2-7578-8086-9

© Éditions du Seuil, octobre 2019

Le Code de la propriété intellectuelle interdit les copies ou reproductions destinées à une utilisation collective. Toute représentation ou reproduction intégrale ou partielle faite par quelque procédé que ce soit, sans le consentement de l'auteur ou de ses ayants cause, est illicite et constitue une contrefaçon sanctionnée par les articles L. 335-2 et suivants du Code de la propriété intellectuelle.

À Éloïse.
Tu as su souffler sur les braises
et ranimer la flamme.
Avec tout mon amour.

Prologue

Le soleil terne peine à étendre l'ombre de la forêt jusqu'au centre de la clairière, alors que le jour vit ses ultimes instants. Le voile brumeux des derniers jours enveloppe la large bâtisse à flanc de colline. Le silence s'épaissit. La montagne escarpée qui domine les bois disparaît dans les nuages glacés, impossible désormais de distinguer ciel et terre.

Trois brefs glapissements viennent rompre la monotonie des lieux, un border collie à la robe noir et blanc surgit des bosquets de noisetiers qui encadrent le haut de la colline, poursuivi par les bourrasques de vent qui cognent la falaise et s'engouffrent dans la forêt d'épicéas. Le chien descend la pente en serrant un petit lièvre entre ses crocs et s'immobilise à mi-parcours, aux aguets, la queue fouettant ses flancs. Position d'attente, pupilles fixées sur l'orée. Une silhouette massive émerge à son tour des buissons et s'engage dans le chemin qui serpente jusqu'à la ferme.

L'homme est âgé et mesure chacun de ses pas. Il tient son fusil, ouvert, dans le creux du cou. Le sol est dur, rocailleux et gelé. Le froid mord les articulations du vieillard, qui n'en a que faire. Le chapeau vissé au front, il a arpenté la montagne, comme chaque jour. Il a arrangé quelque muret de pierre, retendu les barbelés qui enserrent la propriété.

Il n'a plus de vache laitière depuis une vingtaine d'années. La ferme ne vit que sur sa maigre retraite, mais ses talents d'ébéniste lui assurent un revenu complémentaire suffisant, les touristes raffolent des sculptures qu'il vend sur les marchés. Sans compter la réparation ou la confection de quelque élément de menuiserie ou de mobilier payés de la main à la main par les habitants de la vallée. Il a installé son atelier dans l'ancienne étable, bien séparé des autres pièces de la maison, et y passe l'essentiel de ses journées. Le reste est consacré à l'entretien du terrain en compagnie de sa chienne.

Il tient à garder ses enclos fonctionnels et en bon état. Il est consciencieux, comme toujours. Il n'y a plus de bête à retenir, certes, mais il marque ainsi son territoire. Les chasseurs et les promeneurs connaissent de ce fait la limite. S'il y a bien une chose que l'homme ne supporte pas, ce sont les intrus. Sa terre, sa forêt, sa montagne.

Il contemple la fumée qui émerge de la vaste cheminée en contrebas. Il entame la descente et rejoint la chienne qui dépose le gibier à ses pieds et le fixe, fière. Il lui gratte le museau et récupère le lièvre, qu'il glisse dans son large sac ventral. Le vent frais du début de soirée fouette ses oreilles rougies. La neige n'est pas encore là, mais il la sent dans l'air, comme tous les ans. Elle embaume d'avance et électrise la forêt, lui accordant ses derniers instants d'automne, son dernier souffle de vie avant de la recouvrir pour de longs mois.

Pensif, le vieil homme rejoint son foyer, décrotte ses bottes et époussette sa longue veste, nettoie minutieusement sa carabine et part déposer sa prise dans la large cuisine envahie par l'obscurité, à l'autre extrémité du bâtiment. La chienne sautille entre ses jambes, il l'écarte et lui intime de s'asseoir. Comme dans un rituel bien rodé, elle s'installe dans l'encadrement de la porte, immobile, attentive. Elle sait d'avance qu'elle aura droit à quelques abats. L'homme presse l'interrupteur mural et une ampoule à nu projette son ombre sur le mur en lambris.

Dans le coin opposé de la pièce est assise une autre ombre, recroquevillée sur une chaise en osier, les mains repliées par l'arthrose autour de ses genoux. La vieille femme aux traits marqués, la peau creusée de rides verticales et le teint pâle, n'exprime aucune surprise, elle ne relève même pas la tête lorsque l'homme s'approche de la grande armoire à vaisselle pour en retirer ses ustensiles et enfiler son tablier blanc.

L'homme suspend l'animal au-dessus de l'évier, les pattes arrière crochetées à des câbles fixés au plafond, tête en bas, aiguise son couteau de chasse. Le gel mord la fenêtre qui lui fait face, il distingue tout juste la route qui descend vers le modeste étang à l'entrée de la clairière. Les poutres de la charpente craquent, se distendent. La chienne grogne, aboie en sourdine. L'homme stoppe son geste, lui décoche un regard éloquent. Silence. L'homme jette un œil à la femme. Soupir. Le métal frotte à nouveau la pierre à affûter.

L'homme immobilise le lièvre en le tenant par les oreilles, et plonge le couteau dans la gorge. Il lui faut moins de deux allers-retours pour séparer la tête du corps. Le sang jaillit sur ses mains et goutte dans l'évier. Il saisit la peau des pattes de ses grosses pognes calleuses et tire vers le bas. La fourrure se scinde, se détache aisément des muscles. Le vieil homme l'arrache, pèle le lapin comme une orange, l'ouvre en deux puis le vide de ses organes. La chienne fébrile se régale des reins et du cœur. L'homme désosse la carcasse, grogne en ripant sur les os fins. Il fourre les morceaux dans une grande marmite et recouvre son lapin de rouge d'Arbois. Il dépose la gamelle sur la table et laisse le plan de travail en bataille, quitte la pièce en éteignant l'ampoule.

La vieille femme reste seule dans le noir, enveloppée des relents de vin et d'herbes aromatiques. Ses pupilles brillent malgré l'absence de lumière, mais ne bougent pas. Elle ne proteste pas, elle ne se lève pas. Elle ne l'a pas fait depuis plus de vingt ans. Elle attend, seule.

Dans la grande pièce attenante, le vieillard s'assied dans un large fauteuil à l'angle de la cheminée, la chienne lovée sous ses mollets. Il savoure l'instant, sirote un verre de gentiane, allume un cigarillo. Personne ne l'empêche de fumer dans son salon. Il est seul maître de ses terres, seul maître de son logis. Ces certitudes l'apaisent. Il ne quitte que rarement son domaine d'ailleurs, il fait en sorte que chaque sortie au bourg soit strictement nécessaire et lui permette d'achever toutes les tâches en une seule fois, de la vente de ses pièces de menuiserie à l'achat de vivres ou de quelque outil à la quincaillerie. La ville, jamais. Il n'a que peu de besoins, et pour la plupart d'entre eux son territoire y subvient amplement. Il ne veut pas voir le monde. Il ne veut pas sentir cette agitation, sentir les odeurs de la foule, repousser le bruit. Il n'est à l'aise que dans sa solitude de montagnard, au creux des forêts. S'occuper de la vieille n'est qu'un maigre fardeau. Manger, très peu, dormir, pas plus. Il peut la poser où bon lui semble, elle ne réagira pas. Et de toute manière il s'en moque. Elle a ses moments d'agitation, ses « phases » comme il aime à les appeler, mais la plupart du temps elle reste assise les mains serrées et regarde au travers du sol, ou dans les murs. Regard vide. Déconnectée. Parfaite.

Le vieillard s'englue dans ses pensées, la chaleur du feu réchauffe ses os, l'amertume de l'alcool de gentiane le plonge dans une aisance brumeuse, la saveur boisée colle à ses papilles. Ses épaules tombent, ses paupières se relâchent. Dans son dos, de l'autre côté de la cloison, une mince vapeur émane de la bouche de la femme, ponctuant chaque expiration. Une ombre se glisse le long des murs, forme filiforme et gracieuse qui se précipite dans le recoin obscur où gît la vieillarde et s'accole à son corps, comme si elle se fondait en elle, sans un bruit. Un simple souffle d'air dans l'atmosphère humide de la cuisine.

Les paupières de la vieille s'ouvrent sur des pupilles d'un gris vitreux qu'aucun regard n'anime, les doigts tremblent imperceptiblement.

La somnolence atrophie les sens de l'homme, si bien qu'il n'entend pas les pas dans la cuisine. Des pas très lents, traînants. Il ne pourrait pas imaginer de toute manière que la vieille femme s'est levée pour la première fois depuis vingt ans, poussée par une énergie inédite, et qu'elle traverse la cuisine, se penche au-dessus de l'évier et y prend le couteau de chasse ensanglanté.

Il n'entend ni ne voit la porte s'ouvrir derrière lui, et ne prête aucune attention à la chienne qui s'est redressée, interloquée. Elle non plus ne peut pas imaginer que la vieille femme puisse se dresser sur ses deux jambes et opérer quelque mouvement que ce soit par sa volonté. Le vieillard n'a jamais considéré que la chose fût possible. Encore moins souhaitable.

Il ne se rend compte de la présence de sa femme qu'à l'instant précis où la lame du poignard pénètre dans sa jugulaire et que son sang jaillit de sa gorge, inonde le fauteuil et éclabousse la chienne pétrifiée.

PREMIÈRE PARTIE

Chapitre 1

Le 1er décembre a vu le sol geler pendant la nuit et l'aube s'est retranchée derrière l'horizon zébré des cimes des épicéas jusqu'à une heure trop tardive. Nuages bas, odeur de soufre. Les premières neiges se font encore désirer, fait exceptionnel dans le Jura. Les commerces maugréent, les pistes de ski végètent. Une charge électrique sourde draine les villages jurassiens dans l'interminable attente du début de saison. Dès le premier flocon matinal posé, ce sera l'ensemble du plateau qui se mettra en route, métamorphosant le visage des vallées piquetées de hameaux en montagnes creusées de traces de skis. Locations d'équipement, billetteries, chalets, bars, centres d'entraînement, tous guettent dans les starting-blocks la tombée euphorique de l'hiver.

Mais pour l'heure, l'ennui. Total. Global. Puant. Blessant.

Il est partout, dans chaque ferme, chaque école, chaque HLM, chaque maison. Il pullule, se nourrit du court ensoleillement, de l'étendue de la nuit qui absorbe les résidus de couleurs automnales et cloître les habitants.

Au plus haut des montagnes, coincé au fond d'une vallée encaissée, le village de Vuillefer est en sommeil, les frontaliers sont partis travailler de bonne heure et le gel repousse les habitants autour des fourneaux. Les commerces de la Grande-Rue sont ouverts bien sûr, mais ne drainent que quelques habitués courageux. Les trottoirs forment une véritable patinoire, le sel déversé de bon matin n'a pas fait son œuvre partout.

La matinée avançant, l'air se réchauffe mais les premiers flocons peuvent poindre à tout instant. Dans l'école communale, l'ambiance est électrique.

Caché derrière l'église au bout de la Grande-Rue, le cimetière accueille ce matin un modeste groupe réuni autour du prêtre et de l'employé des pompes funèbres. La cérémonie est plus que brève, personne ne souhaite s'attarder.

En retrait derrière ses deux parents, Katia observe les alentours par de furtifs regards. Son téléphone vibre dans la poche de son manteau. Élodie, certainement, elles ont échangé des messages pendant toute la durée du trajet depuis Besançon. Elle n'ose jeter un œil, sa mère la guette en coin. Discrètement, croit-elle. Elle lui a encore pris la tête, toute la semaine. Des psys, encore des psys. Elle n'a plus que ce mot à la bouche. Katia veut juste la paix, mais Laura est sur son dos en permanence. Elle culpabilise de la maladie de sa fille, elle cherche à y mettre un sens, elle veut toujours tout expliquer. C'est presque pire depuis que Katia a été diagnostiquée quatre ans auparavant.

Haptophobe.

Tout est devenu si clair. Toute son enfance, son refus du moindre contact, même avec ses parents. Ça aurait dû calmer Laura, la rassurer : non, sa fille ne la rejette pas, ne la hait pas. Non, elle n'est pas une mauvaise mère. Katia a une maladie. Mais Laura s'acharne, veut comprendre. Les médecins, les psychiatres, Katia n'en peut plus. Ils lui pompent toute son énergie. Et aucun n'a résolu le problème. Elle veut juste apprendre à vivre avec la maladie, mais ça, Laura ne peut pas l'entendre. Entre elles, c'est la guerre de tranchées.

Aussi Katia se réfugie dans ses passions, le dessin, la peinture, la photo. Elle crée son propre monde, avec ses règles à elle. Elle laisse son esprit s'envoler au loin, se perdre dans les méandres de continents imaginaires. Elle esquisse à longueur de journée, profitant du contact de sa peau sur le papier, le seul qu'elle puisse tolérer. Élodie se prête souvent au jeu, lui sert de modèle. Katia l'incarne en toutes sortes de créatures fantaisistes, elles se marrent bien. C'est surtout la seule qui l'accepte telle qu'elle est. Avec sa différence. Avec ses angoisses. Sans jamais la brusquer. Sa seule amie.

Alexandre, le père de Katia, n'a pas décroché un mot depuis qu'ils sont arrivés au village. Il n'a pas beaucoup parlé sur le trajet non plus. Katia le sait bien, il aurait payé cher pour ne pas venir. Il n'avait plus aucune relation avec ses parents, et Katia elle-même n'avait pas vu son grand-père depuis son enfance. Et elle ne s'en souvient pas.

Ils sont seuls dans ce cimetière, ou presque. Le maire du village, Jean-Paul Dégevères, a fait le déplacement pour rendre hommage à Étienne Devillers, l'un des doyens de la commune. Le vieil Émile, unique voisin de la ferme du Haut-Lac, domaine des Devillers, tout rond et tout rougeaud malgré la température négative, trépigne dans son dos, Katia sent presque son haleine chargée.

C'est lui qui a appelé les secours. Il est un peu idiot, le vieil Émile. Du genre bas du front, ça se voit. Tous les matins, il apporte une ration de lait au grand-père, qui lui offre le café. Ils passent une bonne demi-heure à siroter leur petit noir dans la cuisine, puis font le tour de la clairière avec la chienne. Mais pas ce matin-là. Ce matin-là, la porte était close. Il avait frappé au carreau et la chienne avait aboyé. Personne n'était venu. Émile était entré par le garage à tracteur, avait traversé l'atelier de menuiserie. La chienne grattait frénétiquement contre la porte et lui avait bondi dans les jambes dès qu'il avait ouvert. La gueule croûtée de sang séché.

Le petit bonhomme des pompes funèbres débite son texte en prenant son temps, appuyant chaque syllabe. La chienne aboie.

Une bourrasque glacée balaie le cimetière, les manteaux se resserrent. Un frisson remonte entre les omoplates de Katia.

La chienne se presse contre les mollets de Katia, la renifle. Émile la tient en laisse, et lui intime de s'asseoir, sans grand succès. L'animal pousse en avant, vient se coller à l'adolescente. Émile est forcé d'avancer de deux pas. Trop près. Beaucoup trop pour Katia.

Un sifflement lui vrille soudain les tympans. Stridence.
Oh non... Pas ici, pas maintenant.

Aboiements en sourdine, voile devant les yeux.

Katia sent des picotements dans ses mollets. Qui remontent le long de ses cuisses. Sifflements, halètements. La crise la submerge, elle est à sa merci.

Son cœur bat à tout rompre. Des démangeaisons crispent son abdomen, enserrent les épaules. L'angoisse explose dans son estomac.

La sueur goutte le long de son cou, elle est en nage malgré l'air froid qui perce les vêtements. La proximité du gros bonhomme dégoulinant lui est insoutenable. La seule éventualité du contact physique la pétrifie.

Elle voudrait s'échapper de cette prison, quitter ce corps malade. Ce corps impuissant. Qu'elle déteste par-dessus tout.

Sa peau brûle, elle tente de se dégager, de remuer, en vain.

Je ne peux pas le supporter. Je n'y arriverai pas.

Ses bras tremblent. Une terrible pression comprime ses muscles.

La chienne aboie de nouveau, tout contre son flanc, déchire le silence et libère Katia de sa torpeur.

Ses jambes se mettent enfin en mouvement sous l'effet de la panique, ses mains tâtonnent. Emmitouflées dans des gants de laine noirs, elles effleurent les croix et les tombes, la guident jusqu'à l'entrée du cimetière.

La vue toujours brouillée, Katia débouche dans la rue principale de Vuillefer en cherchant l'air, les poumons congestionnés.

Un marteau tamponne dans sa tête, mais les sensations sur sa peau cessent brutalement. Elle hoquette, reprend son souffle. Le sang pulse à ses tempes, ses cheveux collent à son front. Elle s'assied sur un banc de pierre le long de l'église, des larmes strient ses joues.

Alexandre ne remarque pas le départ de sa fille malgré les aboiements dans son dos, mais Laura a la boule au ventre en voyant Katia se précipiter dans la rue. *Quoi encore ?* Le stress monte d'un cran. Elle hésite.

Elle se penche vers son mari, le bras autour de sa taille. Lui glisse un mot à l'oreille. Il hoche la tête, dépose un baiser sur son front.

Discrètement, elle rejoint sa fille sur le parvis, la trouve assise sur un banc public, jambes croisées, les yeux rougis et la respiration sifflante.

Laura s'installe à l'extrémité du banc. Distance raisonnable.

– Ça ne va pas ?

– Maman, bredouille Katia d'une voix cassée, entre deux hoquets. Lasse.

– J'ai du Nurofen, de l'aspirine, du Maalox.

– Pour quoi faire ? Sérieusement. Tu peux retourner là-bas, ça va passer, ne t'inquiète pas pour moi.

– Tu vas revenir ?

– Non.

Laura esquisse un geste en direction de sa fille, qu'elle stoppe aussitôt. Katia ne peut réprimer un sursaut.

– Tu as de la fièvre ?

– Non. Laisse-moi juste souffler un peu. J'ai paniqué.

– Je peux faire quelque chose ?

Katia baisse les yeux.

– Je préfère rester toute seule.

– Je… peux te demander de faire un effort ? Pour ton père ?

Katia la fixe. Ses yeux sombres sont l'unique partie de visage émergeant de son épaisse écharpe, à demi recouverts des courtes mèches noires qui tombent de la capuche. Laura ne peut déchiffrer sa tristesse.

Katia se lève, lui tourne le dos. Par réflexe, Laura lui emboîte le pas et la retient par l'épaule.

Par réflexe.

Comme toujours.

Katia fait un bond sur le côté et crie de surprise. Repousse sa mère en arrière d'un geste brutal, instinctif. Primal. Laura en a le souffle coupé.

– Que je fasse un effort ? rugit Katia. Vraiment, non. Tu crois que je m'amuse, que c'est uniquement pour faire des caprices ? J'en ai marre des efforts. J'en ai marre que tu ne comprennes pas.

– Baisse d'un ton, Katia. C'est l'enterrement de ton grand-père.

Laura perd le contrôle. Elle le sait. Katia reste interdite, s'empourpre de colère. De rage.

– Tu te fous de moi, j'espère ? C'est pas juste, maman.

– Qu'est-ce qu'il s'est passé tout à l'heure ?

– Je fais pas ça pour me faire remarquer.

– Je le sais bien ! s'emporte Laura. Ce n'est pas ce que je dis !

– Tu ne comprends pas. Tu ne comprends jamais.

– J'essaie Katia, je te jure que j'essaie. Je fais tout ce que je peux pour t'aider. Là, c'est toi qui es injuste.

Katia relâche les épaules. L'épuisement s'empare d'elle, ses traits s'affaissent. Les pupilles brillantes. Elle lève ses mains gantées en signe de reddition. Ou de résignation.

– Tu ne peux pas. C'est ça que tu ne comprends pas.

Alexandre les rejoint.

– Ça va mieux ? Maman m'a dit que tu avais eu un petit malaise.

– Oui, ça passe. Désolée.

– L'enterrement est terminé, répond Alexandre.

– Partons vite alors, conclut Laura en se levant du banc, je n'ai aucune envie de m'attarder dans ce bled plus qu'il ne faut.

*

Le capitaine Keller reçoit Alexandre au premier étage de la gendarmerie de Vuillefer, dans un bureau spartiate. Quelques affiches jaunies datant des années 90 pour la promotion de la gendarmerie nationale, une étagère en métal, un bureau, trois fauteuils et un banc collé au mur.

Keller pose sa silhouette élancée derrière le bureau et invite Alexandre à s'asseoir. Les genoux du gendarme touchent le plateau, la place lui manque. Ce type n'a pas la carrure pour le travail de bureau. Les deux hommes n'auraient pu être plus dissemblables, l'embonpoint d'Alexandre et son aspect râblé contrastent avec les traits osseux et le corps sec de l'officier. Keller présente les événements à son interlocuteur, ainsi qu'il l'a déjà fait au téléphone quelques jours plus tôt.

Aucun doute possible. Sa mère a tranché la gorge de son père.

Elle est sortie de son état catatonique, s'est emparée du couteau de chasse et a tué son mari sans la moindre hésitation. La scène de crime et l'autopsie ne laissent aucune incertitude sur le déroulé des événements.

Elle l'a égorgé, elle a déposé l'arme dans l'évier et a repris sa place au fond de la cuisine.

Et n'a plus bougé.

Comme si rien ne s'était passé.

Une simple parenthèse.

Elle n'a pas cillé lorsque les gendarmes ont investi les lieux. Pas un mouvement, aucune réaction.

Le chandail de laine souillé du sang de son mari.

Elle n'a pas davantage manifesté de réaction lors de son transfert à l'hôpital gériatrique du canton. Dans son monde.

– Elle est comme ça depuis plus de vingt ans, marmonne Alexandre. Pour autant que je me souvienne, elle n'a jamais eu toute sa tête.

– Elle avait des raisons de s'en prendre à votre père ?

– Des tonnes. Étienne… Mon père était tout sauf un mari attentionné. Croyez-moi, vivre avec lui… Au-delà de la surprise qu'elle ait pu émerger de sa léthargie, je pense franchement qu'il ne l'a pas volé.

– Il s'est occupé d'elle pendant des dizaines d'années, non ? Même dans son état ?

— Et je peux vous dire que ce n'était pas par charité chrétienne. Ce type avait besoin d'avoir quelqu'un sous sa pogne, c'est tout. Moi je me suis barré de chez eux dès que j'ai pu, donc il ne m'avait plus. Ça le rassurait juste d'avoir un être vivant sur lequel il avait du pouvoir. Croyez-moi, mon père était un vrai fils de pute, et personne ne va le pleurer.

Keller reste songeur un instant.

— Je connaissais mal votre père, je ne l'ai croisé qu'à quelques reprises, au marché, ou chez le quincaillier. Je n'avais jamais vu votre mère, bien entendu. Ils vivaient vraiment à l'écart, leur ferme est très isolée. Et j'ai le sentiment que la population du village évitait tout contact avec votre père.

— Je doute qu'il ait eu la moindre popularité en effet.

— Il faisait peur aux gens.

— Ça ne m'étonne pas. Il me faisait peur, à moi aussi.

— Est-ce qu'il a déjà levé la main sur vous ? Ou sur votre mère ?

— Sur moi, non, jamais. Pour être honnête, je n'ai que très peu de souvenirs de mon enfance, mais je garde cette impression de terreur sourde, permanente. Je suis persuadé qu'il était violent, mais il contenait cette violence en lui-même. Il n'avait pas besoin de s'en servir, je savais qu'elle était là.

— Et votre mère ?

— Franchement… Je ne sais pas. C'est possible. Je… Je ne venais plus les voir depuis très longtemps. Je ne pourrais pas vous dire ce qu'il se passait entre ces quatre murs. J'ai vraiment coupé les ponts.

— Quand les avez-vous vus la dernière fois ?

— Oulah… Ça doit remonter à plus de douze ans. Je ne suis pas revenu à Vuillefer depuis.

— Il s'est passé quelque chose ?

– Pas plus, pas moins qu'avant. Je suis venu avec ma fille qui avait trois ans à l'époque, pour la présenter à mes parents. C'est ma femme qui avait insisté, elle n'a pas été déçue du voyage ! Maman n'a pas remué le petit doigt, évidemment, et papa n'a fait aucun effort pour nous recevoir. On est repartis dans la soirée, il nous a presque foutus dehors.

Alexandre pianote sur le rebord du bureau, plongé dans ses souvenirs. Keller rompt la rêverie, plaque ses paumes sur le métal élimé de la large table, affiche un sourire de circonstance.

– Bon, de toute façon l'enquête s'arrête là. Les choses sont claires. On va juste prendre votre déposition et joindre le procès-verbal au dossier, mais c'est tout.

– Et ma mère ?

– Le juge d'instruction a prononcé un non-lieu, elle ne sera pas considérée comme pénalement responsable. Elle va être transférée au CHU de Besançon dans un premier temps, puis dans une clinique psychiatrique. Son état impose la médicalisation, et l'hôpital local ne va pas la garder plus longtemps.

Ils se redressent dans un même élan. Keller accompagne Alexandre auprès de ses collègues pour la déposition. Les deux hommes se serrent la main.

– Et la ferme ?

– L'enquête est close, vous pouvez en disposer comme bon vous semble. Les scellés ont été levés. On vous remettra le double des clés quand vous partirez.

Comme bon vous semble.

Les mots restent accrochés dans l'air. Flottent aux oreilles d'Alexandre.

Qu'on se débarrasse de cette ferme.

Qu'on en finisse une bonne fois pour toutes.

*

L'odeur aseptisée pique les narines de Katia aussitôt qu'elle franchit les portes automatiques du centre gériatrique Le Passe-Montagne. Tu parles d'un nom à la con.

Laura la guide dans les couloirs. Demande son chemin aux aides-soignants. Deuxième étage. Gauche. Au fond.

L'ambiance est légèrement tendue. Alexandre les a déposées avant de partir à la gendarmerie, elles ont dû patienter dix minutes à l'accueil. En silence.

Maman fait la gueule pour changer.

Katia rumine. Pourquoi sa mère est-elle toujours sur son dos, à pinailler ? Elle n'a pas de comptes à lui rendre. Elle n'a de comptes à rendre à personne d'ailleurs.

Chacun ses problèmes. Chacun sa merde.

Va falloir qu'elle lâche un peu du lest, la mère. J'en peux plus de la voir flipper sans arrêt.

Elles approchent de la chambre 238, face aux baies vitrées qui ouvrent sur la vallée. Laura s'immobilise, se tourne vers elle.

– Tu n'es pas obligée de venir avec moi.

D'un imperceptible mouvement de tête, Katia lui fait comprendre qu'elle a bien l'intention d'entrer, pas de souci, allons-y. La famille.

Elle est curieuse. La dernière fois qu'elle a vu sa grand-mère, elle avait trois ans. Elle ne s'en souvient absolument pas. C'est son père qui le lui a dit.

Cette grand-mère apathique qui soudain, sans prévenir, trucide le grand-père et replonge illico dans sa léthargie.

Éclair de lucidité ? Instant de folie pure ? Imaginer cette petite bonne femme de quatre-vingt-huit ans toute rabougrie se lever de sa chaise et enfoncer un couteau de chasse dans le cou de son mari, ça la laisse songeuse, Katia. Est-ce qu'on maîtrise vraiment son corps, ses actes ? Est-ce qu'on peut perdre le contrôle à ce point ?

Elles entrent dans la pénombre de la chambre. Un seul lit, rideaux tirés.

Louise a les yeux ouverts, elle est calme. Comment pourrait-il en être autrement ? Katia referme la porte derrière elle et s'assied dans un coin. Ça pue la mort.

Laura s'approche de Louise, écarte des mèches rebelles du front de la vieille femme. Aucun mouvement, pas de regard. Elle semble éteinte malgré sa poitrine qui se soulève au rythme de sa respiration.

Laura caresse la joue fripée, attendrie par ce corps qui ne laisse paraître aucune vie.

Une infirmière l'interrompt, Laura se redresse, l'air coupable.

– Vous êtes la famille ?

– Oui… je suis sa belle-fille et c'est sa petite-fille, dit-elle en désignant Katia, qui s'est écartée à l'entrée de l'infirmière.

– Oh. J'ignorais qu'elle avait encore de la famille dans le coin.

– On vient de Besançon.

– Vous allez l'emmener ? Elle doit être transférée au CHU après-demain.

Laura est prise de court, bégaye imperceptiblement :

– Je… Non. Enfin, on ira la voir, oui. Je n'étais pas au courant, désolée. On repart demain.

– Elle sera aussi bien là-bas, vous savez. Vous pourrez certainement la placer dans un centre spécialisé plus proche de chez vous. Ça ne vous embête pas si je change la perf ?

Laura en profite pour sortir fumer sur la coursive extérieure.

Katia reste dans son coin, observe les gestes, les petites attentions de l'infirmière. Une femme corpulente, d'un certain âge, mais qui montre une aisance et une agilité surprenantes. Gestes précis, assurance.

– Tu viens souvent dans le Haut-Doubs ?

Katia fronce les sourcils. C'est bien à elle que s'adresse la question. L'infirmière lui *parle*.

– Non. C'est la première fois. Enfin non. Mais j'étais bébé.

– Pourtant vous n'habitez pas si loin ?

– Non, mais mon père ne veut pas revenir.

– Ça arrive. Et le coin te plaît alors ?

Katia se penche en avant. Elle n'y a pas réfléchi.

– Je crois bien, oui. C'est… vide.

L'infirmière éclate de rire. Katia se renfrogne, sur la défensive.

– Oui, c'est le bon mot, vide. Mais ne t'inquiète pas que dès que la saison de ski sera officiellement lancée ça ne sera plus la même blague ! Tu as froid ?

L'infirmière a les yeux posés sur ses gants, et Katia glisse instinctivement ses mains sous ses cuisses.

– Non, ça va encore, répond-elle timidement.

– C'est surchauffé dans les chambres.

– Est-ce qu'elle souffre ? Ma grand-mère, je veux dire.

– Je ne sais pas, mais ça m'étonnerait. Elle ne doit pas avoir conscience de ce qui se passe autour d'elle.

– Elle pourrait nous entendre ? Elle pourrait entendre sans pouvoir parler ou bouger ?

– Qui sait ? répond l'infirmière en changeant la poche de liquide de la perfusion. Qui sait où ils partent quand ils sont comme ça ? Honnêtement je crois qu'ils sont juste « déconnectés ». Elle n'est pas dans le coma ta grand-mère, elle est seulement absente. Comme si son esprit était dans un autre monde. Je ne pense pas qu'elle perçoive ce qui se passe dans ce monde-ci…

– Mais… Vous savez ce qu'elle a fait ?

L'infirmière se redresse et s'étire. Hausse les épaules.

– Pour moi c'est une patiente. Je ne me pose pas les mêmes questions que toi. Je suis là pour l'aider, et soulager la douleur. Si elle en ressent.

Elle quitte la chambre avec la poche vide et un petit sourire pour Katia, qui se retrouve seule face au visage cireux de sa grand-mère. Les yeux dans les yeux.

Pendant une fraction de seconde, Katia comprend soudain que Louise la *voit*. Les pupilles ne fixent plus un point dans le néant, elles convergent sur elle. Ça n'a duré que l'intervalle d'un battement de cils.

De là où elle se trouve, Louise a posé le regard sur sa petite-fille, droit dans les yeux.

Où est-ce que tu es partie, grand-mère ?

*

Alexandre et Laura se retrouvent au cabinet du notaire pour régler la succession d'Étienne. Katia, laissée seule dans la voiture, trépigne vite. Les minutes s'écoulent. Elle sort sur le parking, ferme le véhicule et rejoint la rivière qui serpente derrière le bâtiment, scindant le village en deux. Elle se réfugie sous le pont, à l'abri du froid, et des regards. Souffle longuement dans ses mains gantées, accueille la solitude. Les canards dérivent le long du cours d'eau, n'hésitent pas à s'approcher à la recherche de nourriture. Amusée par cette intrusion, Katia tire son carnet A5 de la grande poche intérieure de son manteau, et ôte son gant gauche. Ses phalanges brûlent au contact de l'air. Les chairs sont à vif, elle a voulu chasser les démangeaisons. Elle ne peut s'empêcher de triturer, de gratter les plaques rouges. Laura déteste la voir faire. Mais ça lui apporte tellement de bien, sur le coup. Tellement de soulagement.

Elle s'empare du crayon gras fixé au carnet avec une cordelette élastique. Les canards escaladent la rive, trois d'entre eux couinent à moins de deux mètres d'elle. Elle trouve une page blanche et immortalise la scène par des traits élancés, jouant sur l'épaisseur, noircissant le grain du papier, croisant les lignes. Le croquis devient dessin, les formes deviennent oiseaux, rivière. Elle frotte la mine en biais, imprime du relief aux ailes, varie la densité du coloriage monochrome. Les secondes se gonflent en minutes, elle ne ressent plus le froid raidir ses articulations. Elle n'entend même plus le clapotis de l'eau contre les piliers du pont.

*

Le rapace décolle au passage de la voiture le long de la clôture. Une buse, probablement. Appuyée contre la vitre arrière, Katia la regarde prendre de l'altitude, dépasser les cimes tout en restant dans leur sillage. Sur le bas-côté, les hérons répandus dans les champs couverts de givre sont déboussolés, hors du temps.

Silence.

Tension.

Pas un mot depuis qu'ils ont quitté Vuillefer, papa est sous pression, maman n'ose pas faire le premier pas. Ils sont sortis de chez le notaire au bout d'une heure, sans un mot, abasourdis. Katia préfère se tenir en dehors de tout ça.

Deviens invisible, fonds-toi dans le décor.

Elle se fait oublier, le monde des adultes reste le monde des adultes. Elle est plus à l'aise à l'arrière.

Le rapace plane toujours au-dessus d'eux, perçant les nuages. Peut-être attiré par l'ambiance nauséabonde de cette voiture glissant seule dans la plaine. Survoler ce monde, ces gens, sentir l'air vif fouetter ses ailes dans la descente. Le pied. Ne pas penser. Ne pas sentir. Vivre, manger, hurler. Mourir.

Dès la sortie du village, la route est déserte. Le silence. Encore. Ce coin c'est ça, du silence. De l'ennui aussi, bien sûr. Les gens tournent en rond. Katia aime ça. Ce calme. Elle ne s'ennuie jamais seule, ce sont les autres qui l'ennuient. C'est même pire en fait, ils la dégoûtent.

Dans cette voiture qui sectionne la vallée, elle ressent l'immensité des forêts, les prés dénudés, les lacs perdus. Partout elle perçoit l'absence des gens. Le souffle des bois.

Une douzaine de kilomètres après le bourg, la 206 s'engage sur une fine route qui pénètre dans la forêt d'épicéas, et les cavités formées sur la chaussée au fil des ans forcent Alexandre à réduire l'allure. Peu de passage par ici, à part le père Devillers, et le gros Émile qui partage la même route.

Les arbres les enserrent à présent, la luminosité baisse subitement, comme s'ils s'engouffraient dans un univers distant, nouveau. Les sons changent, les odeurs changent. Les sous-bois mystérieux bordant le chemin exhalent leur parfum jusque dans l'habitacle, Katia prend conscience de la vie qui se terre au-delà de la première couche de végétation.

Elle ne distingue plus la buse à travers la vitre du toit, entre les cimes. Elle a dû poursuivre en ligne droite, vers des espaces plus accueillants.

Le premier flocon de neige s'écrase sur le toit panoramique et fond aussitôt. Elle seule le remarque. Premier flocon de l'année, les vallées vont se recouvrir de leur costume d'apparat, le temps va s'arrêter pour de longues semaines en endormant les plateaux du Haut-Doubs. Les animaux se cacheront au cœur des forêts, à l'exception des renards errants en quête de proie aux alentours des fermes, les habitants se cloîtreront dans leurs lotissements douillets, édifices uniformes qui pullulent en grappes au sortir des bleds. Seuls les touristes hollandais et parisiens iront à la recherche d'une auberge typique ou d'un magasin de location de skis.

La neige piquette doucement le pare-brise alors que la voiture franchit le dernier kilomètre menant à la vieille ferme comtoise. Katia admire les branches des sapins qui se couvrent timidement.

Ils débouchent dans la clairière et la ferme du Haut-Lac se dresse soudain face au véhicule, forme imposante noircie par les tavaillons d'épicéa en façade, qui paraissent la faire surgir du blanc cotonneux du ciel. La montagne aux falaises abruptes, comme un monstre vorace aux dents aiguisées, jaillit de la forêt et domine la clairière. Katia en a le souffle coupé : le massif ressemble à une vague de pierre géante qui menace à tout instant de les engloutir au cœur de la terre. Le rideau de neige s'intensifie et avale la muraille calcaire. Seule reste visible la maison au centre de la clairière.

Ils dépassent le petit lac qui marque l'entrée de la propriété. Sur un poteau, intrigué, l'oiseau. C'est le même rapace, il ne saurait en être autrement. Fier et noble. Katia imprime l'image de ce volatile au bord du lac, égaré dans l'arrivée de l'hiver. Elle imagine déjà les grandes lignes de l'esquisse, les coups de fusain qui créent les plumes et tracent les serres, ébauchent le bec.

Les branches des arbres ondulent sous la force du vent, fouettent l'air comme des épouvantails frappés de démence. La rumeur de la forêt gronde, le paysage si calme bouillonne. Le cœur de Katia se contracte, oppressé par les éléments. Le busard prend son envol et se fond dans le ciel. Les cris des arbres agressent les tympans de la jeune fille, ses cinq sens s'ouvrent conjointement, saturés de stimuli. Katia baigne dans une euphorie électrisante.

Des couleurs dansent devant ses yeux, et des murmures indistincts chantent à ses oreilles.

Elle ne sent plus sa peau.

Katia est tirée de sa rêverie par un nid-de-poule qui fait dévier leur trajectoire. La voiture n'a pas parcouru deux mètres, mais c'est comme s'il s'était passé plus d'une heure.

Katia se frotte les yeux, sa vue se trouble. Et là, à travers le pare-brise, au loin, une femme se dresse au bout du chemin, tout à côté de la maison. Maigre, ratatinée, avec un blouson vert qui jure dans le décor. Et des boucles de cheveux rougeoyants qui ondulent sur ses épaules.

La Peugeot emprunte le dernier virage.

Katia cligne des yeux. Mise au point.

Personne. Quelques arbustes dans le blizzard.

Elle a cru voir une silhouette, elle a confondu. Elle a cru qu'un regard se posait sur elle.

Ses sens la trompent.

Je vois des choses qui ne sont pas là. J'entends des chuchotements dans le silence.

Mon corps me lâche.

L'impression d'avoir quitté espace et temps. Ou que son cerveau l'a déconnectée de la réalité.

Elle y revient de plain-pied, nauséeuse. Ses tempes cognent, la douleur se propage dans son crâne.

Une fois franchie la petite pente qui accède à l'ancienne étable, la voiture s'immobilise.

La portière arrière claque. Katia s'appuie contre la carrosserie, aspire l'air froid pour calmer le feu en elle. Sa gorge est acide, son estomac brûlant.

Alexandre s'engouffre dans la maison en passant par le garage, Laura à sa suite. Mal en point, Katia les rejoint, tente de dissimuler son trouble du mieux possible.

L'atelier du vieux. L'odeur du bois verni. Des tasseaux et planches reposent au sol, empilés et triés. Les outils, soigneusement classés par genre et fixés à l'établi, alignés, figés. La machine à bois trône à la place d'honneur au milieu de la salle. D'un vert brunâtre écaillé, elle constitue le centre de cet univers clos.

Un cocon.

Les lames calées dans une caisse mobile sur le côté. L'habileté et la rapidité avec laquelle il les intervertissait. La concentration dans laquelle il se plongeait pour faire glisser les lames de bois contre le taquet.

Alexandre peine à avancer dans ce reflux de souvenirs. Les deux femmes se tiennent patiemment en retrait, conscientes de fouler un sanctuaire interdit.

La pièce s'étend sur toute la largeur de la ferme, constituant la plus grande partie de l'habitation, le vieux ayant divisé l'ancienne grange en deux avec une nouvelle cloison pour créer son espace de travail. L'atelier scinde le rez-de-chaussée de la maison, séparant l'espace de vie du garage. Un ancien tuyé, aujourd'hui condamné, occupe tout le mur, énorme cheminée servant à fumer les saucisses et la charcuterie. L'âtre a été muré pour isoler cette pièce, une cheminée plus petite ayant été construite dans le salon, de l'autre côté de la cloison. Des poutres de sapin sculptées à la main recouvrent le pourtour et le sol, ornant l'imposante structure en pierre.

Des copeaux de bois jonchent le sol, l'atmosphère est sèche et poussiéreuse.

Son espace privé.

Katia glisse sa main gantée le long d'une commode récemment poncée et lustrée. Le travail acharné déborde de cet endroit, des planches de sapin taillées, des troncs débités.

Au mur, un petit tableau de vingt centimètres de côté, une scène bucolique. Bleu cobalt et vert impérial, une forêt de résineux au bord d'une falaise creusée d'un filet d'eau. Une mare s'étale au bas de la falaise, un tronc surplombant le point d'eau, posé dans la mousse du sous-bois. Un jeune garçon assis en tailleur, un grand homme appuyé au tronc fumant le cigarillo juste à son flanc, un fusil en bandoulière. L'ambiance est cotonneuse, la toile est baignée dans un certain flou. Les visages sont peu détaillés. Seuls quelques coups de crayon noir donnent une idée du regard des personnages. Timide, chétif, le gosse baisse la tête vers le sol, tandis que l'homme fixe droit devant, au-delà de l'artiste.

Comme s'il scrutait l'observateur à travers le temps.

Katia frissonne. Ce gamin maladif, c'est son père bien sûr. Et cet homme aux larges épaules, c'est Étienne, le vieux, qui assiste depuis une autre époque à la profanation de son intimité.

Alexandre ouvre la porte qui accède à la pièce à vivre. S'arrête net.

Le sang. Partout.

Il a giclé jusque dans la cheminée. S'est incrusté dans le fauteuil.

Malgré le froid, les mouches ont envahi la pièce, et l'odeur est infecte. Alexandre en a les yeux qui coulent. Il est pétrifié, incapable d'articuler le moindre son.

Il veut refermer la porte, mais ses membres ne répondent pas.

Il veut empêcher sa fille d'approcher et de *voir,* mais c'est trop tard, les mots restent bloqués dans sa gorge.

Katia voit. Elle défaille. Le monde tourne, valdingue. Elle perçoit le regard de l'homme de la peinture sur sa nuque. Son sang s'étale partout face à elle. Sa mort devient soudainement concrète, des instantanés du vieillard l'assaillent, la gorge ouverte, le poignard dans les chairs, les râles de panique.

Et elle distingue, dans le coin de la pièce, cette silhouette féminine. Des cheveux bouclés, couleur de feu.

Une forme, une ombre, qui s'évanouit aussitôt.

Avec un regard perçant.

*

Les flammes écartent les flocons qui s'évaporent à l'approche du feu.

Le fauteuil se consume en crépitant.

Alexandre l'a désossé à la hache et y a joint les coussins, tout ce qui était souillé et inflammable.

Il contemple le brasier. Les flocons s'accumulent sur son épaule. Il s'accroupit, frotte ses mains dans la neige. Le sang séché colle à sa peau. Le sang de son père.

Katia assiste au spectacle depuis la fenêtre du premier étage. Ses parents l'ont allongée dans la chambre bleue, au bout du couloir. Ils ont dû la porter, ce qui l'a mise en panique. Ils ont quitté la pièce sous les insultes.

Ils ont l'habitude.

Katia refoule la douleur dans son crâne. Elle aimerait se reposer, vider son esprit, mais elle ne tient pas en place.

Elle se sent… magnétique. C'est le mot. Comme si l'électricité dans l'air gagnait chaque pore de sa peau, que les murs eux-mêmes susurraient à ses oreilles. Malgré le choc causé par la scène de massacre qui s'est révélée à elle, elle baigne dans une forme de béatitude. La maison l'attire à elle, dans un cocon protecteur. L'emplit de sérénité.

L'immensité des bois l'abrite du reste du monde.

Elle regarde son père reposer la hache contre la pile de bois qui couvre le mur d'entrée, et regagner la pièce souillée.

Avec délicatesse, Katia franchit la porte, remonte le couloir et s'assied dans l'escalier qui mène directement au salon. Sa démarche féline et son poids plume préviennent tout grincement de latte qui révélerait sa présence. Elle entend sa mère qui frotte le sol avec vigueur. Eau savonneuse, détergent, vinaigre, tout y passe.

Effacer les traces.

Alexandre tape ses chaussures contre le montant de l'entrée pour les décrasser, le froid s'engouffre dans la pièce, la porte claque.

— Je n'y avais pas pensé, je suis désolé, Laura. Je n'aurais pas dû vous emmener avec moi.

— Bien sûr que si. C'est juste… on ne pouvait pas prévoir.

— Je ne veux pas vous imposer ça.

Il s'accroupit, s'empare d'une éponge, astique le vieux parquet. Laura réprime un sanglot. Les éponges s'arrêtent de frotter.

– Je ne veux pas la perturber davantage, parvient-elle à articuler. C'est suffisamment dur comme ça.

– Moi non plus. J'aurais dû penser que la maison resterait… dans cet état.

– Ce n'est pas que ça, chéri. Elle est de plus en plus fragile.

Katia serre le poing.

Non.

Laisse-moi vivre ! Laisse-moi respirer.

Elle veut hurler, elle veut cogner, mais elle reste en place, car une phrase pique son attention :

– Je ne comprends pas ce qui est passé par la tête de ton père. Pourquoi donner la ferme à Katia ? Il ne la connaissait même pas.

– Il voulait juste me faire chier, s'agace Alexandre. En la nommant légataire universelle, il m'empêche de la vendre. Il n'en a rien à foutre de Katia. Et en plus c'est à nous de l'entretenir, cette putain de ferme !

– Elle pourra toujours la vendre à sa majorité…

– Ma mère n'est même pas copropriétaire, la coupe Alexandre. Il n'a rien laissé ni à sa femme ni à son fils.

Katia tente de rassembler ses idées. Peut-être a-t-elle mal compris. Mais non. Laura enchaîne :

– Cet héritage, c'est malsain. C'est trop de responsabilités pour elle.

– On ne va pas lui en parler maintenant de toute façon. C'est hors de question.

– Mais qu'est-ce qu'on fait, putain ? On reste bloqués avec cette maison ? Il va bien falloir aborder le sujet !

Elle renifle, reprend son souffle. Les pensées virevoltent dans la tête de Katia.

La maison est à moi.

Pas à grand-mère, pas à papa, à moi.

Je ne comprends pas.

– Elle a seize ans ! rétorque Alexandre. Elle ne peut rien en faire avant ses dix-huit ! On a le temps d'en parler avec elle !

– Mais tu ne voulais pas garder cette maison.

– On n'a plus le choix. Pendant deux ans, en tout cas. Il faut se concentrer sur Katia. Elle a besoin de nous.

– Elle ne veut pas de nous.

– Arrête !

Il a haussé la voix et se reprend aussitôt. Katia se crispe dans les escaliers, ses muscles tendus, en alerte.

– Je suis fatiguée, poursuit Laura. Tellement.

– Je vais terminer seul. On repartira demain matin.

– Et la crise qu'elle a eue ce matin, au cimetière, ça ne t'inquiète pas ? Elle veut même plus que je l'approche.

Nouveau sanglot.

– On retournera voir le psychiatre cette semaine. Ça prendra du temps.

– Ça ne change rien. C'est de pire en pire.

Katia plaque ses gants contre ses oreilles. Les larmes coulent sur ses joues. C'est injuste. Sa respiration s'emballe, le sang afflue à ses tempes.

Un courant d'air chaud chatouille sa nuque, malgré l'humidité perçante qui règne dans la maison. Sa colère la baigne, sa vue se voile. Des teintes pastel dansent devant ses yeux, et de nouveau, elle ne ressent plus son corps, les sensations qu'elle expérimente sont comme détachées de son enveloppe corporelle.

Les murs de l'escalier se resserrent autour d'elle, les couleurs coulent le long des parois et se font plus vives. La chaleur saisit tout son être, et une odeur musquée lui pique les narines.

Elle est aspirée vers l'arrière, l'espace tourne autour de son corps. Le vide l'absorbe, l'attire. Le noir absolu, tout autour d'elle. Elle flotte dans le néant.

La panique s'empare de Katia, qui ne maîtrise plus rien. Ses membres ne répondent plus. Comme une marionnette dont on couperait les fils l'un après l'autre.

Je suis à l'extérieur de la ferme, dans la pente. Dans les bras de maman.

J'ai trois ans.

La voiture est en rade au bas de la colline, maman m'emporte au travers des flocons de neige qui s'écrasent sur mon front. J'ai froid pour la première fois. La ferme étend sa façade au travers du rideau blanc, elle nous surplombe. Nous pénétrons dans un univers de conte. Les bois autour, la bâtisse imposante, le manteau blanc qui nous entoure, les pas de maman faisant craquer le sol, des créatures mystérieuses peuvent à tout instant surgir des sous-bois. Mon souffle expulse une fumée fascinante. Le vent dans les arbres est comme étouffé. En arrière, la voiture a disparu dans notre sillage, on entend à peine papa appuyer sur le cric dont les grincements se perdent en chemin, absorbés par la clairière.

La silhouette puissante de grand-père apparaît sous l'auvent, s'accote à un tas de bûches.

Maman tente péniblement de gravir la côte en me serrant contre sa poitrine, mon poids lui pose quelques difficultés. Nous n'avançons pas d'un pouce, la neige lui mord maintenant les mollets. Je la regarde, elle pleure. Je ne la vois plus. La pression des bras s'affaiblit autour de moi, et je glisse.

Elle me lâche.

Je pique du nez dans la neige. Je suis tellement petite. Me sentir de nouveau dans mon corps de bébé me procure un délice profond.

Des formes s'agitent autour de moi, un groupe d'individus qui me dépassent en gravissant la colline. J'ai peur, car quand je relève la tête maman a disparu. Je ne distingue que de grands manteaux, cinq ou six, qui forment une ligne sur la crête de la colline. Le blanc les engloutit rapidement. L'image se referme comme une télévision qu'on éteint. Puis survient l'odeur, un mélange de vieux moteur et d'ammoniaque. Apparaissent des couleurs claires, du mauve au rouge sang, qui dansent devant mes yeux, et des chuchotements transpercent l'air. Je tends la main. Ma main de jeune fille.

Ces couleurs prennent une forme, floue, et cette forme possède des bras. Qu'elle tend alors vers Katia. Une douleur lui vrille le crâne et les couleurs disparaissent instantanément.

La silhouette est dense et noire, immobile, à genoux au sommet de l'escalier, les bras tendus dans un appel silencieux. Katia gît repliée sur elle-même, tête renversée en arrière, sur les marches. Les murs vibrent, elle est secouée de soubresauts. Ses yeux ne peuvent lâcher l'être dans l'ombre de l'étage au-dessus d'elle, dont les contours se détachent de la perspective du couloir. La chevelure fauve ondule dans un souffle d'air, dissimulant les traits du visage.

Son esprit se joue d'elle.

– On changera de psychiatre, dit Alexandre. On en verra autant qu'il faut. On ne baissera pas les bras.

– J'aimerais tellement que tu aies raison, répond Laura.

La discussion s'éteint d'elle-même. Elle a duré moins d'une minute, Katia n'en revient pas. Elle a l'impression d'être partie si longtemps, le retour est brutal.

Qu'est-ce que c'était ? Qu'est-ce que j'ai vu ?

Elle se redresse, fouille l'étage du regard. La poussière en suspension ne dissimule aucun mystère, les vieux murs du couloir n'accueillent guère que des toiles d'araignée, nulle trace de présence ténébreuse. Il n'y a rien.

Cette vision, cette sensation. Ça, c'était nouveau. Une crise d'angoisse ? L'haptophobie qui l'assaille sous une forme inconnue ? Les couleurs qui ondulent, la chaleur qui se répand dans son corps. Perd-elle la raison ? Finira-t-elle comme sa grand-mère ?

Cette silhouette. Ces cheveux.

Des sensations inédites qu'elle ne peut pas expliquer, qu'elle n'arrive pas à comprendre.

*

Un silence de plomb survole le repas du soir, et tout le monde se couche au plus vite. Katia regagne la chambre bleue au bout du couloir. À l'affût du moindre grincement de plancher, attentive aux ombres qui dansent sur les murs. La pièce est chichement meublée : un lit une place en fer forgé collé sous l'étroite fenêtre et une commode dans le renfoncement du mur adjacent. Et ce papier peint vieillot, d'un bleu azur délavé, tacheté d'auréoles humides.

Katia se retourne dans le lit.

Elle a peur que le sommeil ne la gagne, que les rêves ne la submergent.

Car c'était bien cela, n'est-ce pas, des rêves ? Des silhouettes emmitouflées dans la neige, des couleurs qui dansent et l'omniprésence de cette figure féminine impalpable, inconnue.

Katia est partagée entre le bien-être que lui offre l'endroit – elle ne s'est jamais sentie aussi à l'aise de sa vie, c'est peu de le dire – et la peur sourde que lui procurent ces hallucinations. La terreur de ne plus se contrôler, d'être à la merci de son imagination et de perdre pied.

Elle a beau lutter, la somnolence la colle à l'oreiller. Elle s'engourdit et se tourne finalement face au mur pour s'abandonner à la fatigue.

Des grincements lointains tirent Katia du sommeil.

Plaquée au mur, recroquevillée dans le lit.

Katia se redresse, ses poils se hérissent.

Les frottements sont faibles, mais réels. Ils viennent d'en bas, du salon. Des frottements et des coups.

La terreur monte en elle. Et pourtant, elle fait l'inconcevable.

Elle doit *voir*.

Elle sort de son lit et traverse la chambre.

La maison est silencieuse, paisible. Ne serait cette présence impensable.

Tu es folle ma pauvre fille.

Non. Les sons sont bien là.

Elle ouvre la porte, hésite sur le seuil. Réveiller ses parents ? Pour quoi ? Qu'est-ce qu'elle croit entendre ?

Ne sois pas stupide, se persuade-t-elle, *il n'y a personne dans cette maison.*

Mon imagination.

Elle descend les marches, le froid pique ses mollets nus. Elle frissonne.

Idiote. Tarée.

Atteint le rez-de-chaussée. Réminiscences du cauchemar. Mais non, pas de femme au blouson vert ni de chuchotements. Le fauteuil n'est évidemment pas là, son père l'a brûlé dans la cour.

Les grattements reprennent de plus belle.

La porte. Il y a quelqu'un dehors.

Elle devrait remonter, réveiller immédiatement ses parents, ou même hurler.

Au lieu de ça elle traverse la pièce, regarde à travers le carreau. La nuit est dense et impénétrable. Personne à l'horizon.

Tu t'attendais à quoi ? Tu te fais des putains de films dans ta tête, ma fille.

Elle tourne la poignée, et la porte s'ouvre brutalement en lui cognant la joue.

La chienne déboule dans le salon, surexcitée, virevolte autour de Katia qui a basculé au sol. Mâchoire endolorie, jurant pour elle-même.

L'animal pousse trois aboiements aigus.

— Chut ! Assis ! s'agace Katia. Tu vas réveiller toute la maison !

La chienne obéit sagement, se pose sur son séant, dévisage la jeune fille. Katia rabat la porte du pied. La chienne s'avance pour lécher le visage de Katia, qui se recule d'un coup sec et la repousse.

— Ne me touche pas ! Assis !

L'animal obtempère, inclinant la tête sur le côté. Katia reprend sa respiration. La chair de poule sur ses jambes. Il va falloir recouvrer ses esprits et regagner la chambre. Avec la chienne, sinon elle va brailler toute la nuit. On verra bien demain.

— C'est quoi ton nom ?

La chienne redresse la truffe. Katia sourit.

Soudain, un fracas à l'étage. Katia sursaute, la chienne se remet sur ses pattes et grogne. L'adolescente s'abrite derrière elle. Des coups sourds, dans les murs. Ses parents vont sortir, c'est sûr. Un long raclement, comme un objet lourd traîné sur le parquet du couloir. Un râle étouffé, puis plus rien.

Les glapissements timides de la chienne.

Elle a peur, elle aussi.

L'animal trépigne.

Des pas, dans l'escalier. Des pas qui descendent vers elle. Lentement.

Katia est tétanisée. La chienne s'avance, montre les crocs. Les pas atteignent le palier, mais Katia ne voit personne.

Une odeur d'ammoniaque envahit la pièce, et un courant d'air chaud la traverse. Katia cligne des yeux : un mouvement furtif, le flottement d'une étoffe. Dans le recoin de la lourde armoire en chêne massif qui fait face aux escaliers, une silhouette semble naître de l'ombre. Katia, pétrifiée, ne sait si elle doit croire ce que ses yeux lui montrent, ou fermer ses paupières et attendre que l'illusion s'évanouisse.

Malgré l'obscurité, Katia distingue des yeux gris, livides, profondément enfoncés dans leurs orbites. Le regard vitreux, comme absent. La silhouette masculine paraît immense, les épaules larges et solides, enrobées dans une longue redingote noire. Un colosse.

La chienne aboie, gratte nerveusement le sol de la patte, attirant l'attention de Katia. Lorsqu'elle relève les yeux, la forme s'est évaporée.

Aussitôt la pièce s'embrase, Katia recule en sursaut, se réfugie contre le mur. Des flammes s'élancent, lèchent les rideaux. Ça crépite tout autour de Katia, la chaleur devient intolérable. La fumée inonde ses poumons, elle peine à respirer.

Elle aperçoit la figure diaphane au milieu du brasier, perçoit le mouvement du coin de l'œil, fendant la fournaise.

La sensation brutale de mains glacées sur son visage. Le contact la révulse, ses forces l'abandonnent. Ses muscles se tendent, elle se recroqueville sur elle-même, avec l'impression insoutenable d'une présence se fondant dans sa chair et se mêlant à son être. La puissance et la fureur d'un nouveau souffle fusionnant avec son âme.

Je te protégerai, ma fille, il ne peut rien t'arriver de mal.

Ces mots flottent sous son crâne avant qu'elle ne sombre dans le néant.

*

Laura redresse la nuque. Son dos craque, elle est mal installée dans le lit. Matelas trop dur, oreiller trop épais. Et elle est mal à l'aise dans cette maison. Dans l'antre de cette famille, celle de son mari. Il l'a tenue à l'écart toute sa vie, il s'est lui-même tenu à l'écart. Et elle le comprend, cet endroit est baigné d'une ambiance malsaine indélébile.

Un bruit sourd, brutal. Une déflagration.

Elle se réveille complètement, cherche son portable au pied du lit.

Quatre heures seize.

Une seconde détonation. Un véritable coup de tonnerre.

Alexandre grogne dans son sommeil, se retourne. Laura se lève à la lueur du téléphone, attrape son manteau dans lequel elle s'emmitoufle. Ses pieds sont congelés, mais elle ne prend pas le temps de chercher ses bottines.

Elle passe la tête dans le couloir.

Sifflement au rez-de-chaussée. Un chien aboie dans la nuit. Nouvelle déflagration. Elle sursaute. Le tintement du verre qui se fracasse.

Elle avance dans le couloir, à tâtons. La lumière du portable faiblit, s'éteint. Elle jure. Il se rallume après plusieurs tentatives. Elle se retourne alors vers le fond du couloir, pointe la source lumineuse en direction de la chambre bleue.

Le cœur de Laura se serre.

La porte de la chambre est ouverte, le lit est défait, inoccupé.

Aboiements en dessous, plus étouffés.

Qu'est-ce que c'est que ce bordel ?

– Katia ?

Son appel s'éteint dans les ténèbres. Elle fait demi-tour et s'engage dans l'escalier, frénétique, bouleversée.

– Katia ?

Elle déboule dans le salon, se couvre le nez. Une odeur rance, effluves de moisissure et d'ammoniaque. La table est renversée contre la cheminée, des éclats de verre jonchent le sol. Plusieurs étages du grand vaisselier sont ouverts, la vaisselle en miettes répandue dans la pièce.

Que... bordel, qu'est-ce qui lui arrive ?

Elle remarque alors la porte qui claque, les carreaux brisés.

Le vent s'engouffre en sifflant dans la ferme. Dehors, le chien hurle à la mort. Laura est stupéfiée.

Elle file instinctivement vers la porte, son pied écrase des morceaux de verre. Elle crie de douleur et s'étale de tout son long. Le manteau amortit la chute mais son front heurte le plancher et ses mains sont profondément entaillées par les fragments de vitre.

Elle rampe avec difficulté jusqu'au seuil de la maison, repousse la porte, se hisse à l'extérieur et s'accroupit contre la pile de bois, le visage en sang. Elle plonge ses paumes meurtries dans la neige, puis retire le morceau de verre fiché dans son pied. La souffrance est intense, se propage dans ses os et remonte le long des nerfs de la jambe.

Une ombre s'agite au-dessus de sa ligne de regard, Laura s'empare machinalement d'une bûche, hagarde, prête à frapper.

La chienne la fixe.

À un mètre d'elle, la langue pendante. S'approche, lèche son pied blessé.

Laura lâche le morceau de bois, prend appui sur l'animal qui l'aide à se redresser. Ses pieds brûlent dans la neige.

Katia.

La chienne s'élance en avant, Laura boîte péniblement à sa suite.

– Attends… Attends-moi…

La chienne disparaît dans les ténèbres, avalée par la colline. Laura appelle, la chienne, sa fille, ses hurlements se cognent contre les falaises invisibles, se perdent dans la profondeur des bois. Elle trébuche, elle tremble, elle pleure.

Et enfin, devant elle, la chienne aboie.

Par pitié, se dit Laura, *par pitié, rendez-la-moi.*

Elle avance, encore. Le froid est terrible, meurtrier. Elle ne sent déjà plus ses orteils.

Et alors elle voit Katia.

Debout, qui lui tourne le dos. Elle peut presque la toucher, mais reste transie. Son souffle se bloque dans sa gorge.

Katia gravit la pente, pas à pas, son corps agité de spasmes. Elle est en culotte et seul son tee-shirt couvre ses épaules. Ses jambes sont déjà bleuies par le froid, ses bras tremblent le long de son buste. Des flocons de neige collent à ses cheveux. Le menton baissé contre le sternum, elle balbutie des mots incompréhensibles.

Mue par l'effroi, Laura se précipite sur Katia. Ne ressentant plus aucune douleur, en proie à la panique, Laura transgresse l'ultime barrière et agrippe sa fille par les épaules, la serre contre elle.

Katia bascule en arrière, les yeux révulsés. Elle se débat, pousse des cris de détresse déchirants. Laura ne lâche pas, ne faiblit pas sous les coups que l'adolescente lui assène au visage. Elle réussit tant bien que mal à la maîtriser.

Tous les muscles de Katia se relâchent d'un coup, elle s'affaisse, désarticulée, emportant Laura dans sa chute. Les deux femmes glissent dans la neige sous les jappements affolés de la chienne.

Laura s'extrait péniblement du poids de sa fille, ôte son manteau et la couvre. L'adolescente gît inconsciente, mâchoire béante.

Elle va mourir si je ne la ramène pas.

Laura brusque ses membres, prend appui sur son pied valide et tire le corps inanimé à elle, affermit sa prise sous les aisselles. La maison lui paraît tellement loin, et Katia tellement lourde.

Le désespoir l'accable, lorsque soudain la lumière s'allume dans le salon de la maison, et la silhouette d'Alexandre s'encadre dans la porte. Il ne les voit pas, scrute la plaine.

Dans un ultime effort, Laura pousse un hurlement pour appeler son mari et se laisse retomber, serrant sa fille du plus fort qu'elle peut tandis qu'Alexandre accourt dans leur direction.

*

Ne prenant aucune précaution, il asperge les bûches d'essence et allume le feu dans la cheminée. Il dégage le sol de ses détritus, apporte toutes les couvertures qu'il peut trouver. Frictionne le dos de Katia enveloppée de draps, lui enfile ses gants, lui enroule des serviettes sèches autour des pieds.

Laura reste prostrée, impuissante, assise contre un banc de bois.

Alexandre tente de lui parler, de lui demander des explications. Ses yeux ne quittent pas sa fille en hypothermie, une expression d'horreur et d'incompréhension vissée au visage. Elle caresse la chienne assise à son côté, ce geste machinal l'apaise. Son pied sanglant est bandé à l'aide d'un torchon de cuisine, c'est le moindre de ses soucis.

Enfin, Katia ouvre les paupières. Laura éclate de rire, de manière incontrôlée, des rires qui deviennent sanglots. Elle veut s'approcher mais Alexandre la retient. Katia tousse, se recroqueville sur elle-même au sein du nid d'édredons.

Elle voit ses parents à côté d'elle, elle voit l'expression de leurs visages. Elle voit la peur. Elle peine à articuler :

– Je crois que j'ai vu un fantôme…

Chapitre 2

Katia passe une nuit aux urgences avec Laura, qui ne la quitte plus des yeux. Elle aimerait lui dire que ça va mieux, *tu peux me laisser un peu d'air maintenant, lâche-moi les baskets*. Mais non, elle ne va pas au conflit.

Ils sont partis de la ferme de Vuillefer au petit matin, roulant au pas sur le chemin enneigé jusqu'à l'hôpital. Une fine couche, certes, mais mieux vaut être prudent, une sortie de route est exclue.

Elle reste en observation mais son état n'est pas inquiétant. Elle devra retourner voir le psychiatre, encore, et encore. Ce putain de psy. Cette fois, c'est non négociable. Ses parents pensent que c'est encore sa maladie, une ultime crise d'angoisse, plus intense. Mais pas Katia. C'est autre chose.

Laura subit plusieurs points de suture le long de la plante du pied et à l'arcade sourcilière. Katia va donc la jouer discrète, se plier aux volontés de ses parents pendant un bon moment. S'effacer dans le décor, ne pas faire de vagues.

Elle a honte. Elle ne se souvient plus de ce qui l'a poussée dehors, quasiment nue, dans la tempête. La dernière image qui lui revient c'est ce géant qui sort de l'ombre, les flammes et la chose qui vient se fondre en elle, s'immerger dans sa peau et dans ses os.

Tout brûlait, partout, le feu sur moi.

Et pourtant, quand elle s'est réveillée, nulle trace de l'incendie. Le désordre, les assiettes en miettes, la table renversée, mais pas de fumée, pas de suie.

Rien de tout ça n'est réel.

Katia a honte parce que c'est sa faute. Elle aurait pu y rester, et sa mère avec elle. Elle ne contrôlait plus ni son corps ni sa volonté. Son âme s'est littéralement débranchée. *Somnambulisme.*

Son cauchemar.

Depuis des années elle souffre de troubles du sommeil – ça va de pair avec le stress lié à l'haptophobie –, mais c'est la première fois qu'elle marche en dormant, qu'elle voit des choses qui n'existent pas. Qu'elle agit contre elle-même. Désormais, elle s'attachera au lit, elle ne supporte pas l'idée que le sommeil et les rêves puissent la diriger contre son gré.

Qu'est-ce que j'ai vu cette nuit-là ? Qu'est-ce qui s'est passé à Vuillefer ?

Dès qu'elle y a posé les pieds, tout est parti en sucette. Les hallucinations, l'apparition de cette femme rousse, les flashs, les couleurs, le feu. L'ombre gigantesque, un ogre furieux qui a fondu sur elle et l'a privée de son corps.

Pourquoi est-il venu à moi ? Est-ce un fantôme ou est-ce le fruit de mon imagination ?

Et la silhouette aux cheveux roux ?

Elle conçoit que ses parents ne la croient pas, elle-même doute en permanence. Ils se sont focalisés sur sa santé, ils l'ont conduite aux urgences et ils n'ont pas reparlé de ce qu'elle a dit en se réveillant.

Ils n'ont pas évoqué ce qui s'est passé dans la ferme, les bris de verre, les meubles sens dessus dessous. Elle lit la gêne dans leurs regards. Ils pensent que c'est elle qui a ravagé la pièce dans une crise de démence.

Et ils pourraient bien avoir raison.

*

La vie reprend son cours. Les plaies cicatrisent.

Katia balade la chienne le long du Doubs, sur le quai Vauban. Ils ont décidé de l'emmener, elle a insisté. Alexandre a réglé la chose par téléphone avec Émile, le voisin qui l'avait récupérée, que ça arrangeait bien. Elle s'est échappée cette nuit-là pour rejoindre son foyer. *Elle m'a trouvée,* se dit Katia. Laura est heureuse de voir sa fille nouer un lien affectif, serait-ce avec un chien. Malaga, son petit nom.

Elle retrouve sa meilleure amie, Élodie. Elles arpentent les rues dallées dans les méandres du centre-ville de Besançon ceinturé par la boucle du Doubs, feuillettent compulsivement les bandes dessinées et les bouquins de photographie sous le dôme de la librairie L'Intranquille, flânent du côté de la place du 8-Septembre, remontent la Grande-Rue du côté du Musée du temps puis de la maison de Victor Hugo et se posent dans le square Castan, sous les hautes colonnades du théâtre romain. C'est leur lieu de prédilection, elles y sont chez elles, à l'abri sous la cathédrale Saint-Jean et la porte Noire qui ferment la ville sur le flanc de la montagne. Katia dessine, Élodie pose avec Malaga. Le temps s'est quelque peu radouci à l'approche des fêtes de fin d'année, Katia a enfilé ses mitaines. Le bout de ses doigts file le long du carnet à spirale, noirci de fusain.

La chienne est aux anges, toujours docile, à l'écoute des moindres désirs de sa maîtresse, tout comme Katia se montre attentive au comportement de l'animal, lui offre toute son affection. Cette chienne, elle était là et elle a vu, elle aussi. C'est la seule avec qui partager cette expérience. Katia lui parle, longuement. Elle a besoin de cette oreille bienveillante, qui ne la jugera jamais.

Elle ne raconte pas ce week-end en montagne à Élodie, qui ne comprendrait pas. Elles s'entendent bien, c'est d'ailleurs sa seule amie proche. Mais Élodie semble toujours un peu frivole à Katia. Trop inconsistante, trop soucieuse du regard des autres, de bien paraître. Des mèches blondes entourent son innocente frimousse, elle est toujours bien apprêtée et coquette, on lui donne deux ans de plus que son âge et a clairement la cote dans les groupes de garçons de la classe, et ceux de première et de terminale. Tout le contraire de Katia en somme.

Ses pensées s'échappent constamment vers cette ferme dans la forêt. Elle rêve des bois, de la neige. Elle dessine les falaises dans le brouillard, le petit lac au pied de la colline.

– C'est qui cette femme ?

Katia tressaille. Élodie est penchée par-dessus son épaule et détaille le croquis sous les doigts de Katia. Gênée, celle-ci referme le carnet, replace son fusain dans la doublure de son manteau.

– C'est personne de précis, bafouille-t-elle. Je l'ai inventée.

– Ça ressemble pas à tes autres dessins, insiste Élodie en lui souriant. C'est mystérieux, on dirait un fantôme, ou une sorcière. Mais c'est joli.

Cette silhouette de femme se niche désormais dans les recoins de ses œuvres. Elle la dessine partout, comme une ombre qui plane.

Katia plisse les lèvres. Puis oriente la conversation dans une autre direction, les sorties ciné de la semaine, le dernier contrôle de français.

*

– Pourquoi tu es parti de chez tes parents ?

Alexandre se redresse, piqué au vif. Katia soutient son regard. Elle a mille questions qui lui trottent dans la tête. Il est assis sur le fauteuil du bureau, elle est déjà empaquetée dans sa couette. Il ne s'assied jamais sur le rebord du lit. C'est trop près. Il respecte. Ils ont leur petit rituel, ils discutent musique ou ciné, parfois elle lui montre ses dessins ou ses photographies en noir et blanc. Ils partagent cette complicité depuis qu'elle est gamine, elle a toujours été proche de son père. Il est patient et peu enclin aux débordements sentimentaux.

– J'étais un peu plus jeune que toi. La montagne, c'était vraiment pas mon truc. J'ai eu quelques problèmes, tu sais. J'ai été hospitalisé un bon moment, avant d'habiter chez tata Lucie. Je suis resté à Besançon depuis, j'ai fait quelques années d'internat dans un lycée catho.

– Et t'es jamais retourné vivre chez tes parents ? insiste Katia.

– Non. C'était compliqué. Ma mère… elle était déjà *partie*. Et avec mon père… on ne s'est jamais entendu. Je n'avais pas ma place là-bas. Et j'y étais pas bien.

– Pourquoi tu as été à l'hôpital ?

Il hésite, passe sa main le long de son menton, tape de son ongle sur ses dents. Un tic caractéristique.

– J'étais jeune, c'est loin. Mais je ne parlais presque pas à cette époque, j'étais un garçon très renfermé. Mes parents m'ont élevé à l'écart de tout, j'allais à peine à l'école. Je ne voyais personne. Et il a fallu s'occuper de maman qui devenait folle. Un jour je me suis enfui. J'ai couru, dans la forêt.

Il reprend son souffle. Katia n'ose bouger d'un pouce, jamais son père ne s'est autant ouvert à elle. Malaga s'est endormie, en boule sur la couette.

– Je ne m'en souviens pas, mais les psychiatres me l'ont raconté plus tard. C'est un bûcheron qui m'a retrouvé, au bout de plusieurs jours, déshydraté, affamé. Il m'a emmené à la gendarmerie et j'ai été envoyé à l'hôpital, puis à la clinique psychiatrique.

– Tu es parti de la maison, tu as traversé les bois tout seul ?

– J'aurais pu mourir, Katia. J'ai eu très peur quand je t'ai vue dehors dans les bras de ta mère. Je t'ai imaginée seule dans les bois, par ce froid, je t'ai vue à ma place. Ça m'a ramené en arrière. Quand j'ai disparu… Quand les gendarmes sont revenus à la ferme avec moi… Mon père n'avait même pas signalé ma disparition. Il s'en foutait.

Sa voix chevrote.

Katia réalise avec émotion l'angoisse qu'elle a créée chez ses parents, sa gorge se noue, sa langue est sèche. Les larmes lui piquent les yeux.

– Papa… Je suis désolée… Je me rappelle pas… Je voulais pas faire ça.

– Je sais, ma puce, t'as pas à t'excuser. On veut te protéger, c'est tout. On a eu très peur, mais tout va bien. On est là pour toi. Je ne veux pas qu'il t'arrive du mal.

Lui aussi est visiblement ému.

– Tu… T'as jamais vu de choses étranges dans cette maison ?

– Katia… Non, je ne crois pas. C'est juste un endroit malsain. Je ne sais pas ce que tu as cru voir, ou entendre, mais tu ne crois pas que ça a un rapport avec ta maladie ?

– Je sais plus, papa. Je peux même pas croire ce que j'ai vu. Mais c'était jamais arrivé avant. J'ai vu un homme. Le jour de l'enterrement de grand-père, et dans la pièce où il est mort, la coïncidence est quand même énorme. Et si ma maladie n'avait rien à voir avec tout ça, et que j'avais vraiment vu des choses dans cette maison ? Des apparitions, des fantômes, j'en sais rien. Qui te dit qu'elle n'est pas hantée cette maison ?

– Peut-être que tu penses avoir vu mon père justement parce que c'était son enterrement. Bon sang, tu as fait une crise d'angoisse, au cimetière, tu n'étais pas bien du tout. C'était une grosse erreur de ma part de t'y avoir amenée.

– Non c'est pas ça, le coupe Katia. Ce ne sont pas les crises qui ont déclenché les visions, papa, ce sont les visions qui ont déclenché les crises.

– Ma puce. Je ne sais pas ce qu'il s'est passé à Vuillefer, mais je te promets qu'on n'y remettra plus les pieds. J'ai eu tellement peur.

Mais moi, je veux comprendre.

Moi, je veux y retourner. Je dois y retourner.

– Tu vas vendre la ferme ?

Il tressaille. Se redresse contre le dossier du fauteuil, les épaules tendues en arrière.

– Non. Je ne peux pas. Je… On en reparlera plus tard, il faut dormir.

Il tire la porte derrière lui. Katia éteint sa lampe de chevet, fixe les reflets nocturnes de la rivière qui dansent au plafond.

Ce sera à moi d'en décider.

*

C'est d'un pas sûr que Laura quitte la maison ce matin-là. Il est onze heures, Alexandre est au boulot, à arpenter le département pour vendre une nouvelle gamme de matériel de traite des vaches aux agriculteurs, et Katia au lycée. Elle boucle la chienne dans le garage et s'autorise une cigarette avant de monter en voiture. Il fait froid, le vent descend les rives du Doubs toutes proches.

Laura quitte le quartier de la Rodia et traverse Besançon pour rejoindre les 408, blocs d'habitations posés à flanc de colline. Elle se gare non loin de la supérette, à l'ombre d'un haut bâtiment au toit incliné comme un toboggan.

Sixième étage. Des odeurs de cuisine stagnent dans les couloirs défraîchis. Tout au bout d'un corridor aveugle, un petit trois-pièces. Meubles anciens, de bois et de verre.

Une femme âgée lui ouvre la porte, un tablier de cuisine taché autour de la taille, des fragments de carotte accrochés à ses manches.

– Bonjour, Lucie, entame Laura. Je vous dérange dans votre cuisine…

– Tu vas rester sur le palier ?

La vieille dame, malicieuse, se détourne. Laura lui emboîte le pas dans l'appartement. Lucie se déplace avec des gestes peu assurés, les articulations douloureuses. Elles s'installent dans le salon, les tasses tintent sur la table basse. Aucune des deux femmes n'ose rompre le silence la première. Lucie tente quelques regards en coin pour jauger son interlocutrice, Laura triture la peau morte sur le bord de ses ongles.

Laura siffle son café, trop sucré. Se décide enfin :

– Je ne vous embête pas longtemps.

– Tu ne vas jamais me tutoyer ?

Laura soupire, esquisse un sourire.

– Je devrais. Je pense que vous m'excuserez cette petite coquetterie.

– Tu m'as un peu prise au dépourvu, je dois avouer.

– J'avais besoin de vous voir. J'ai besoin que vous me parliez de Vuillefer.

La vieille femme tousse, se brûle la langue avec le café.

– Je n'ai pas grand-chose à dire sur Vuillefer, tu sais.

– Vous n'avez pas voulu venir à l'enterrement.

– Plutôt mourir que rendre hommage à ce sale type. Il ne mérite pas d'être enterré près d'une église. Il n'a pas volé ce qui lui est arrivé si tu veux mon avis.

– Pourquoi ?

– Tu trouves que c'était quelqu'un de respectable ?

– Je ne l'ai rencontré qu'une fois.

– Et alors ?

– Non, c'est vrai, répond Laura.

– Tu vois, une seule fois suffit pour se faire une idée de la nature de cet homme, dit Lucie en se renfonçant dans le fauteuil.

– Il n'empêche. Vous ne parlez jamais de votre sœur.

– Ma sœur s'est perdue toute seule quand elle a décidé d'épouser ce sale type.

– Elle est au CHU de Besançon, vous savez ? Elle va bientôt être placée à la clinique psychiatrique Sainte-Cécile.

Lucie accuse le coup, sans grande démonstration, en se repliant sur elle-même.

– Je n'ai pas vu ma sœur depuis presque vingt ans, parce que je voulais pas. Ça ne changera pas.

– Qu'est-ce qu'elle vous a fait ? Qu'est-ce qui s'est passé ?

– Tu sais très bien. Alexandre s'est perdu dans la forêt, et ses parents n'ont pas bougé le petit doigt.

– Louise était déjà malade à cette époque. Les problèmes ne sont pas apparus à ce moment-là...

– Qu'est-ce que tu veux que je te dise ! s'énerve Lucie. Il a interdit à ma sœur de me voir, et elle, elle l'a suivi dans sa ferme, elle m'a repoussée, elle a rejeté toute sa famille. Elle est tombée sur le mauvais type, c'est tout. J'ai pu récupérer le garçon, j'ai au moins pu sauver Alexandre !

– Il la battait ?

– Je n'en sais rien. Je pense que oui. Il ne l'a jamais aimée, j'en suis persuadée. Je l'ai dit à ma sœur. Autant qu'il fallait. Ça ne servait à rien, elle s'éloignait toujours plus de moi et de nos parents. Elle n'a même pas assisté à leur enterrement, qui a eu lieu à même pas dix kilomètres de chez elle. Je crois que tu peux comprendre que ma sœur est déjà morte pour moi.

Laura, pensive, toise Lucie, dont les joues ont rosi sous l'effet de l'agitation.

Elle ne me dira pas tout ce qu'elle sait.

– Vous croyez protéger Alexandre en gardant le silence ?

La main de Lucie, piquée au vif, se contracte sur l'accoudoir du fauteuil.

– J'ai fait tout ce que j'ai pu pour le sortir de cette famille, pour qu'il l'oublie. Tu ne peux pas me juger là-dessus, Laura, c'est injuste.

– Et vous croyez que ça lui fait du bien ? Et que ça fait du bien à la famille ?

– Il n'y a rien de cette époque qui puisse faire du bien à quiconque, crois-moi ! Et il ne m'a jamais posé de questions. Bien heureux d'avoir laissé tous ces souvenirs derrière lui ! Tu ne devrais pas agiter la poussière comme ça !

– Katia a fait une crise quand nous étions à la ferme du Haut-Lac. Elle a renversé tous les meubles, en pleine nuit, et elle est sortie, quasiment nue. Il faisait moins de zéro, elle est sortie et a marché vers la forêt.

Lucie se lève tout à fait, en appui sur la table. Ses membres s'agitent, sa mâchoire tremble. Laura distingue la peur dans son regard. Elle voit la vieille dame lutter contre la terreur qui l'habite.

– Qu'est-ce que tu racontes ?

– Elle a fui, comme son père vingt ans avant elle. Elle a quitté la ferme sans même s'en rendre compte. Je ne sais pas ce qu'elle a vu, mais ses hallucinations l'ont conduite à se mettre en danger ! Elle aurait pu y rester, putain !

– Impossible... Je ne peux pas croire...

– J'étais là ! C'est moi qui l'ai récupérée dans la neige ! Elle était déjà toute bleue et pourtant elle continuait de marcher !

– Je suis désolée, Laura. Il vaut mieux que tu partes.

– Qu'est-ce qui s'est passé dans cette ferme ?

Laura hurle à présent. Effrayée, Lucie se recule derrière son fauteuil.

Non. Il y a autre chose.

– Katia a des problèmes depuis longtemps, susurre Lucie. Ça aurait très bien pu arriver ailleurs.

– Vous êtes une vieille femme bornée ! renchérit Laura, furieuse. Je ferai tout pour protéger ma fille.

– Laisse le passé là où il est. Ça n'a rien à voir avec Vuillefer.

– C'est vous qui le dites.

Laura fait volte-face, empoigne son manteau et claque la porte d'entrée en sortant de l'appartement.

Lucie regagne sa place, essoufflée. Sa respiration peine à reprendre son rythme normal alors que des larmes se mêlent aux pelures de carotte sur sa manche et que le rôti carbonise dans le four.

*

C'est samedi. Le beau temps est revenu et dans deux semaines, c'est Noël. Alexandre fait des heures supplémentaires le week-end, Katia vient tout juste de se lever, elle s'est aussitôt enfermée dans la salle de bains, la musique à fond.

Elle me fuit, se dit Laura.

Elle tourne en rond dans son petit bureau, à l'autre bout de l'appartement. Porte ouverte. Elle fume cinq cigarettes en moins de trente minutes. Elle est en retard sur ses traductions d'allemand, des manuels d'utilisation, des dépliants publicitaires, et des notices explicatives d'œuvres pour une expo au musée des Beaux-Arts. Elle ressasse son entrevue avec Lucie. Elle cherche le moyen de faire cracher ses secrets à la vieille.

Katia installe son enceinte portative avec son portable à côté de la baignoire et les Kills résonnent en sourdine, entament « Nail in my Coffin ». Elle s'assied dans le bac de douche, ramène ses cuisses contre sa poitrine, enlace ses genoux de ses bras, recouvre son visage d'un gant de toilette humide et se laisse aller sous le jet d'eau bouillante qui ruisselle sur ses épaules. La vapeur envahit la salle de bains.

Il va falloir que tu lui parles à ta mère, Katia !

Elle ressasse cette pensée. Elle ne peut pas toujours fuir. Laura n'est pas son ennemie. Elle veut lui parler, lui expliquer, mais sa mère ne comprend rien : ni sa maladie ni ce qui s'est passé à Vuillefer. Elle la croit folle, c'est sûr.

Je dois la convaincre, elle doit me croire.

Sauf que je ne sais pas moi-même ce que je crois...

Katia doit lâcher du lest, se livrer, faire sortir tout ça. Elle doit repousser cette peur qui la terrasse. Elle doit savoir si Laura peut la croire. Si elle lui fait confiance.

Non.

La voix résonne dans sa tête, différente. Une voix éraillée, une voix d'homme.

Le gant de toilette bascule dans la flaque qui se forme autour de la bonde, Katia se redresse. L'air se rafraîchit.

Katia bondit hors de la douche, s'enroule dans sa serviette. Elle sent une présence, un regard sur elle. Elle cache son corps du mieux qu'elle peut, se replie sur elle-même. Quelqu'un est là, avec elle. Elle ne sait pas où. On la regarde, on la détaille. On lui chuchote derrière l'oreille, elle ferme les yeux. Elle ne veut pas voir, et elle ne veut pas être vue.

Un souffle, une respiration.

Écoute-moi. Regarde-moi.

Cette voix dans sa tête. Et cette caresse sur sa nuque. Malgré ses efforts, ses paupières s'ouvrent. Elle voit la buée sur le miroir, et devine sa propre silhouette. Et, à droite, une large empreinte de main.

L'odeur d'ammoniaque emplit la petite pièce, Katia tousse, son estomac brûle. Ses plaques d'eczéma la démangent, sur les mains, les coudes, le cou. Elle frotte sa peau à vif, se démène. Ses ongles raclent l'épiderme, mais elle ne peut se contenir. La sensation de doigts dans le creux de l'épaule la répugne.

Mon esprit voit ce qu'il veut voir.

Une impression d'étouffement, un poids sur le sternum, la serviette qui glisse sur le carrelage.

C'est moi qui invente. C'est mon cerveau qui me trompe.

La pression se fait de plus en plus forte sur sa poitrine, les démangeaisons deviennent insoutenables, et ses bras se mettent à convulser.

Son regard ne peut se détacher du miroir embué. Les mots sont tracés lisiblement du bout du doigt.

CROIS EN MOI.

Ils se dessinent sous ses yeux avec le petit couinement caractéristique de la peau contre le verre mouillé. Les mots résonnent au même moment…

Croisenmoicroisenmoicroisenmoicroisenmoicroisen- moicroisenmoi…

… de sa voix intérieure. C'est alors qu'elle le voit. Penché derrière elle, il semble susurrer pour lui-même. Cet homme, ce géant qui se déploie comme un ogre autour de sa frêle silhouette. Elle le voit dans le flou du reflet, sur son épaule. Joue contre joue. Leurs yeux se croisent, s'échangent. Il lui sourit, la perce de ses œillades.

Crois en moi, Katia. Tu n'es pas folle. Regarde-moi !

Je ne veux pas. Laissez-moi ! Je ne veux pas voir !

Elle se tient là, debout au centre de la salle de bains, nue, les bras recourbés sur sa poitrine, les chairs à vif. Elle se bat avec elle-même, le moindre mouvement dure une éternité, comme si elle était engluée dans une mélasse collante.

Le plafonnier s'éteint en claquant dans une gerbe d'étincelles et la voix dans la tête de Katia devient de plus en plus distante. L'emprise du colosse se relâche, sa forme s'évapore dans la glace, ses contours se disloquent. Il est comme absorbé par la condensation épaisse de la pièce.

...rois... moi...

D'impressionnants coups de masse s'élèvent des murs, des coups puissants, qui couvrent la voix, la relèguent dans les limbes. Les murs tremblent, le sol vibre sous ses pieds.

Katia détaille désormais dans le miroir son propre visage déformé par la douleur.

Sauf que non, ce n'est pas vraiment elle.

Les longues mèches orangées, en bataille, et l'œil vide. Ses cheveux à elle sont très courts et noir charbon, ses traits plus harmonieux. La Rouquine se révèle à elle dans le reflet, leurs visages se superposent parfaitement. Les gouttes qui ruissellent sur la vitre dessinent des larmes sur cette face exsangue.

En une fraction de seconde, l'apparition est soufflée par la carcasse massive de l'Ogre qui surgit des entrailles de Katia comme une tornade.

Toute la pièce implose d'un seul coup, tous les tiroirs et placards s'ouvrent et déversent leur contenu dans les airs. Katia est projetée contre le mur, brisant net trois carreaux de faïence. La douleur, fulgurante, se propage de l'omoplate au bassin, son dos semble se disloquer sous le choc. Du sang coule sur son épaule, elle tâte son crâne et en retire des doigts poisseux et rouge vif.

Un cri strident fait voler le miroir en morceaux. Katia a à peine le temps de lever les mains que des éclats de verre se fichent dans ses jambes et lacèrent la peau de son ventre. Le sang gicle en tous sens alors qu'elle s'effondre au sol, sans vie.

Laura cogne. Encore et encore.

Le vacarme cesse, mais Katia ne répond pas. Verre brisé, chocs, meubles renversés. Qu'est-ce qu'elle fait là-dedans ?

Réponds, je t'en prie.

Elle court jusqu'au placard du salon récupérer un tournevis et réussit finalement à ouvrir la porte, découvre sa fille en sang, inanimée. Et la salle de bains. Le même décor que cette nuit-là, dans le salon de la ferme, tout est ravagé, sens dessus dessous. Pas un meuble intact, tout est répandu au sol. Il y a du sang jusqu'au plafond.

Laura s'agenouille dans l'eau qui déborde de la douche et se mêle au sang. Elle s'empare de la serviette, couvre Katia, ses appels s'étouffent dans les sanglots.

L'air pénètre brutalement dans les poumons de l'adolescente et elle pousse un hurlement déchirant qui fait reculer Laura sous le lavabo, impuissante.

– Katia…

– Maman…

– Qu'est-ce qui se passe, Katia ? Dis-moi ce qui se passe…

– J'y peux rien, sanglote-t-elle. Tu dois me croire, j'y peux rien. Il m'a fait mal.

– Je vais t'aider, on va aux urgences.

– Dis-moi que tu me crois. Dis-moi que je suis pas folle.

– Je… Bien sûr que non ! On va t'aider.

Elle se rapproche, elle est presque au contact. Katia se rétracte dans son coin. Ses membres sont douloureux, son bras gauche est fracturé.

– Ils sont là, maman, ils m'ont suivie.

– Katia…

– Aide-moi, supplie Katia.

– Calme-toi. J'appelle le SAMU, ne bouge surtout pas.
Katia laisse sortir sa mère, porte sa main à sa bouche.
Elle ne la croit pas.
Bien sûr que non.
Sa mère pense qu'elle s'est fait ça toute seule.

Chapitre 3

Le médecin lui pose mille questions. Katia est épuisée, elle est fébrile. Elle est en colère et tremblante. Ils ont plâtré son bras, elle a droit à quelques points de suture sur le front et le ventre, mais la plupart des coupures sont superficielles. Des contusions, des abrasions. Et un mal de crâne tenace.

Elle ne sait pas quoi dire, elle ne sait pas expliquer. Qu'est-ce qu'il pourrait bien comprendre ? Il va penser qu'elle est folle, qu'elle se fait ça elle-même. Ils vont tous penser ça.

Parce qu'elle l'a déjà fait.

Parce qu'elle ne supporte pas son corps et qu'elle lui a déjà fait du mal. Elle l'a déjà coupé, brûlé. Tout ce qui pouvait lui faire oublier la vraie douleur. Les démangeaisons. Le contact de la peau. Cette peau qu'elle déteste au plus profond, qui la dégoûte, qui lui transmet l'intolérable. C'est par la peau qu'on la touche, c'est par elle qu'on l'agresse. Katia voudrait annihiler toute sensation, se libérer du toucher.

Elle a tout essayé.

Se nettoyer par la douleur. Brutaliser cette enveloppe corporelle.

Mais là, ce n'est pas elle. Non.

En est-elle persuadée ?

Ils sont là. Ils existent.

Ils sont venus pour moi.

– Tu es sûre que tu ne te rappelles pas ?

– Ma tête a cogné le mur. Je me suis évanouie, je sais plus comment.

– Rien de grave mais tu as beaucoup de blessures. Ta mère dit que toute la salle de bains était… renversée.

– J'ai des crises, ça arrive.

– Des crises d'angoisse ?

– Oui. C'est lié à mon haptophobie.

Le médecin la regarde de travers, un œil plus ouvert que l'autre.

– Qu'est-ce que c'est ?

– C'est la peur d'être touché. J'ai ça depuis que je suis petite. Peu importe.

– Il va falloir que tu voies un psychiatre. Une assistante sociale va également venir te parler.

– Pourquoi ?

– C'est mieux.

– Je vois déjà des psys. C'est quoi cette assistante sociale ?

– Ne t'inquiète pas. Elle est avec tes parents. Elle veut juste que tout se passe bien pour toi.

– Je… vous croyez que ma mère…

Sa voix reste en suspens.

Les cons.

– Vous êtes sérieux ? Je veux voir ma mère.

– Katia, c'est pour ton bien. Tu dois comprendre que ce genre de blessures… En général, c'est ce qui se passe.

– Je vous jure que ma mère a rien à voir avec ça.

Il tapote son stylo sur le rebord de son bureau. Il la dévisage, elle déteste ça. Elle n'a jamais entendu un tel ramassis de conneries, mais elle se doute que vu de l'extérieur, ça pue cette histoire. Soit elle s'est fait ça toute seule, soit on l'a battue. Les fantômes, les visions, il vaut mieux ne pas trop aborder le sujet. Elle ne sait pas comment se justifier, elle ne peut pas se défendre. Juste protester un peu. Les crises d'angoisse, la phobie, elles ont bon dos. Mais ce ne sont pas un médecin des urgences ni une assistante sociale qui vont régler son problème. Qu'ils appellent un prêtre exorciste plutôt, on en reparlera.

En attendant elle rejoint ses parents et l'assistante sociale, dans une pièce du rez-de-chaussée. Son père est arrivé un peu plus tôt, elle prend place à ses côtés. Il tient la main de Laura, crispée.

Sa mère peine à dissimuler ses yeux rougis, elle ne parvient pas à la regarder. Katia se sent honteuse également. Chacune d'elles préfère avoir Alexandre pour les séparer. Ils restent tous trois silencieux, répondent de temps à autre aux questions. Alexandre est le plus stoïque, presque calme. Il repousse les accusations voilées de la fonctionnaire sans animosité, explique la situation familiale, la maladie de sa fille, le deuil récent, le meurtre qui a retourné tout le monde, mais ça va aller mieux maintenant. Ils ont besoin de se retrouver, de reprendre leur vie.

L'assistante sociale hoche la tête, réajuste le col de son chemisier, les invite à la laisser seule avec Katia. Laura essuie ses larmes, froisse son mouchoir entre ses mains. Alexandre l'accompagne jusqu'à la voiture, Katia reste seule derrière le bureau.

– Tu te sens en sécurité à la maison ?

Non.

– Oui.

– Si tu as peur, il faut me le dire. Si ça se passe mal, il ne faut pas hésiter.

– C'est pas le cas.

– Tu comprends que quand une jeune fille se présente aux urgences avec des blessures… troublantes, on se demande si quelqu'un ne lui fait pas du mal ?

– Je comprends. C'est pas le cas.

– Tu as quoi, quinze, seize ans ?

– Seize.

– Je vais te donner mes coordonnées. Tu peux rentrer chez toi, mais au moindre problème tu peux me joindre. Je ne suis pas là pour t'embêter, je veux t'aider.

Katia prend la carte du bout des doigts. Françoise Henriot. Elle serait bien la dernière personne à pouvoir l'aider. Katia lutte, elle veut fondre en larmes, tout raconter, tout lâcher. Mais elle ne peut pas, ça ne ferait qu'empirer les choses. Elle ravale, rien ne transparaît. Aucune aide ne peut venir. Elle garde sa détresse en elle, au creux de l'estomac. Elle sait ce qu'ils penseraient. Tous. La folle. La petite tarée. C'est déjà comme ça qu'on l'appelle au lycée, et c'était pareil au collège. Elle en a vu des infirmières scolaires, des psychologues scolaires, et d'autres encore. Face à sa phobie, ils battent en retraite, ils sont démunis, personne ne s'y frotte. Alors si en plus elle déballe des histoires de spectres, ils l'enverront fissa à l'asile.

– Il ne faut surtout pas se croire coupable de quoi que ce soit. Il ne faut pas hésiter à parler à quelqu'un.

– Je sais. Je vous assure que personne ne me veut de mal chez moi.

Elle sent passer l'ombre de l'Ogre, et revoit la silhouette de la Rouquine derrière le miroir.

Presque personne.

*

Laura est furieuse. En plus d'être désemparée. Ses sentiments la bousculent, elle ne se maîtrise plus.

Elle a dû s'expliquer devant une assistante sociale, longuement, avant qu'Alexandre ne vienne à sa rescousse. Et la bonne femme ne la croyait pas. Il a fallu se justifier, dire qu'on ne tapait pas sa fille, qu'on ne toucherait jamais à un de ses cheveux.

Dans le rétroviseur, Katia se dérobe à son regard, elle a appuyé son front sur la vitre, la pluie rend la ville évanescente. Ses ecchymoses ont viré au violet, elle paraît affaiblie. Laura ne comprend pas contre quoi elle se bat. Alexandre pose une main compatissante sur son genou, elle baisse la tête, épuisée.

Elle ne ferme pourtant pas l'œil, ressasse. Fume quinze clopes sur le petit balcon, zone devant les émissions de la nuit. Alexandre la trouve emmitouflée sur le canapé, les yeux mi-clos. Ils déjeunent ensemble, il fait couler le café, très serré, très sucré. Katia sort en coup de vent, prend à peine le temps de les saluer au passage.

Alexandre doit partir au travail, ne peut s'attarder plus longtemps. Laura l'embrasse, promet que tout ira bien. *Ne t'inquiète pas, chéri.*

À lui non plus, elle n'arrive pas à expliquer ce qu'elle ressent. Qu'au fond, peut-être que Katia est à bout. Qu'elle veut en finir. S'élancer nue dans la nuit glaciale, ou se fracasser le corps contre les murs de la salle de bains. Laura expulse aussitôt ces pensées insoutenables.

Elle tourne en rond, incapable de se concentrer sur sa traduction. Elle téléphone à ses amies, évoque une éventuelle sortie pour se changer les idées sans évidemment prendre un quelconque engagement, et demande au détour des conversations des recommandations de psychiatres sur le secteur. Oui, oui, répond-elle, un nouveau. Ils en ont déjà usé pas mal dans l'agglomération bisontine, mais ils aimeraient en essayer un autre. Elle note tout, passe des coups de fil, prend rendez-vous. Dr Journot, rue de Belfort. Parfait.

Le reste de la journée ressemble à sa nuit. Végétative.

*

Alexandre écoute sa fille, il ne la coupe pas. Il la laisse exprimer sa détresse, même si en ce moment il a l'impression que celle-ci se mue en colère contre Laura. La voiture remonte l'avenue Droz, direction la gare.

— Tu dois aussi te mettre de son point de vue, ma chérie. Elle est terrifiée, elle ne sait pas comment t'aider. Elle se sent impuissante. On se sent impuissants.

— J'aimerais vraiment qu'elle ait raison, papa. J'aimerais vraiment pouvoir dire que ce ne sont que des hallucinations, que j'ai tout inventé. Ce serait plus facile pour tout le monde, et surtout pour moi, je te jure. Et j'aimerais qu'elle se mette à ma place.

— Elle le fait, Katia, je te promets. On n'est pas contre toi.

— Je me braque pas contre maman. Mais elle me croit pas. J'ai l'impression d'être une menteuse, en plus d'être « suicidaire ».

— Elle n'a jamais dit ça.

— Elle dit pas ce qu'elle pense.

— Ne parle pas comme ça de ta mère, c'est pas vrai. Ils s'engagent dans la rue de Belfort.

— C'est de toi que ça doit venir, poursuit-il en se garant en face du cabinet du psychiatre. Si tu ne le décides pas, rien ne changera, ça n'ira jamais mieux. Tu dois te battre.

— Je sais même pas contre quoi je me bats…

– Et tu n'es pas toute seule. Ce combat, c'est celui de toute la famille.

*

Le Dr Journot la reçoit seule, Alexandre doit attendre, il part donc enchaîner les cafés au bistrot du coin. Katia déteste les séances en tête à tête.

Mais rapidement, Journot lui paraît plus accessible que les autres psys, moins distant. De lui-même, il s'est renseigné sur l'haptophobie et ne tombe pas des nues, il a apparemment bossé le sujet. Ils s'installent dans un espace adjacent au bureau, comme un petit salon, avec des tables basses, des fauteuils. C'est accueillant et confortable, elle est au bon endroit. En confiance.

Ils parlent des symptômes, des crises d'angoisse, du dégoût des gens. De son asociabilité. La seule présence de personnes à l'approche de son espace vital la met dans un état d'agitation difficilement supportable. La peur d'un éventuel contact physique la paralyse.

Ils en arrivent bientôt aux événements de Vuillefer, son escapade dans la nuit, les visions, les trous de mémoire. Katia se replie, sur la défensive. Journot détaille ce que son père a rapporté, il sait peu de choses, et surtout il préfère entendre sa version.

– Parle-moi un peu de ton grand-père. Tu dis qu'il t'est apparu. Tu es sûre que c'était lui ?

– Je crois… Je suis pas certaine, je connaissais pas mon grand-père. Je comprends pas pourquoi il m'est apparu. Et je l'ai revu, depuis. Chez moi.

– Une mort violente comme celle de ton grand-père peut être perturbante, surtout quand on est déjà émotionnellement fragile.

– J'ai également vu une femme, que je connais pas. Je l'ai vue dans la maison de mes grands-parents, et elle aussi m'est réapparue depuis.

– Et tu ne vois pas de qui il s'agit ? Elle ne te rappelle personne ? Tu ne crois pas que ça pourrait être ta grand-mère, plus jeune ?

Katia reste un instant sans voix, pesant les mots du docteur. Est-ce qu'elle aurait créé sa propre histoire à partir du drame ? Est-ce qu'elle aurait créé ce personnage à partir de l'image de Louise, sa parente, la meurtrière ? Est-ce elle-même qui incarne ses peurs, ses fantasmes ?

– Mais… Ma grand-mère est toujours vivante.

– Justement. Qu'est-ce qui te prouve qu'il s'agit réellement de fantômes ?

– Vous me croyez pas non plus ?

– Il ne s'agit pas de ce que je crois, la coupe-t-il aussitôt. Il s'agit de ce que toi tu crois.

– Vous pensez à la schizophrénie ?

– C'est une possibilité, mais il est encore trop tôt pour tirer de telles conclusions. Le cerveau peut avoir de nombreux mécanismes de défense.

– J'ai également vu une scène du passé, quand j'étais à Vuillefer. Comme si je la vivais moi-même. Le présent s'est effacé et j'ai revécu une scène de quand j'étais petite. J'étais dehors avec ma mère, devant la ferme.

– Une scène qu'on t'a racontée, ou un souvenir ?

– Comme un souvenir, mais je ressentais des sensations, c'est comme si j'étais dans mon corps d'enfant mais avec ma conscience de maintenant, plus grande. Et puis tout s'est effacé, et j'ai vu des hommes à côté de moi, qui se dirigeaient vers la ferme. Des silhouettes, mais j'ai eu très peur. Et eux, ils me voyaient pas. Ils sont passés sans même remarquer ma présence, et ils se sont effacés.

— Il est possible que ton cerveau rappelle des souvenirs dont tu n'as pas conscience.

— Je sais pas interpréter ce que j'ai vu, docteur… Et ça me fait peur…

— Il ne faut pas avoir peur des termes, Katia. Schizophrénie, ça fait peur, mais il en existe de nombreuses formes.

— Et ça se soigne, c'est ça que vous voulez me dire ?

— Ce n'est pas aussi simple que ça, non. Il faudrait déjà être sûr. Ça demande de longues observations, des examens.

— Vous voulez que je prenne des traitements ? Vous pensez que je suis folle et que j'invente ?

— Il y a des traitements efficaces, et non, tu n'es pas folle. La schizophrénie est un dysfonctionnement dans le cerveau, comme il peut y avoir un dysfonctionnement dans le cœur, ou n'importe quel organe. C'est une maladie plus courante qu'on ne le pense. Et rien ne dit que ce soit ce que tu as. Le diagnostic n'est pas si évident, il va falloir qu'on se voie plusieurs fois, et peut être qu'on t'hospitalise, pour bien détecter la maladie.

Katia fond en larmes, elle aimerait tellement croire le psychiatre. Tellement, parce que ça expliquerait tout, et ça résoudrait tous ses problèmes. Elle voudrait croire que ce terme barbare éclaircirait son horizon, et elle s'accroche à cette idée en pleurant. Les apparitions, les crises d'angoisse, et même ses phobies, ça cadre parfaitement.

Si ce n'était cette petite voix dans sa tête qui lui susurre une possibilité tout autre. Cette voix omniprésente, obsédante. La voix de cet être gigantesque qui prend soudain toute la place, coule en elle et recouvre celle du médecin.

Crois-moi.

Je te protégerai. Crois en moi.

La crise remonte en elle, la pièce tangue tout autour. Et la neige emplit le bureau.

Le froid s'engouffre, l'espace auparavant chaleureux l'agresse de toutes parts.

Sa respiration s'accélère.

– Je… Je… Ça arrive… Ça arrive maintenant…

– Que vois-tu ?

– La neige ! Il y a de la neige partout, il fait si froid !

– Tu vois quelqu'un ?

– Non, mais je sens qu'il est là, il parle dans ma tête. Il veut que je croie en lui. Il dit… Il dit que ce n'est pas mon imagination, qu'il est là. Que… Que je ne dois pas vous parler, que je ne dois pas vous faire confiance.

Il ne te veut pas du BIEN. Il veut te coller en cellule, avec les FOUS, Katia.

Jamais elle n'a entendu cette voix caverneuse prononcer son prénom. Ça lui fait l'effet d'un électro-choc, comme si son cœur implosait dans sa poitrine. Jusqu'ici elle entendait la voix, comme un dédoublement d'elle-même. Maintenant elle s'en détache, ressent plus que jamais une présence extérieure. Il l'a nommée.

Et puis soudain, des coups, derrière le bureau, dans la pièce adjacente. Katia se lève, elle n'entend plus le psychiatre, interloqué. Ses chaussures s'enfoncent dans la neige. Elle passe la porte, entre dans la pièce.

Un enfant joue au ballon, l'envoie rebondir contre le mur près de la fenêtre. BONG. BONG. Il fait froid mais il est bras nus. Huit ans, maximum. La balle s'échappe, roule au milieu des flocons. S'arrête aux pieds de Katia.

L'enfant la fixe droit dans les yeux.

– Qu'est-ce que tu vois, Katia ?

La voix du Dr Journot la fait sursauter, bien que lointaine.

– Un enfant. Il neige, partout, et je vois un enfant là-bas, près de la fenêtre. Il joue au ballon contre les murs…

Elle n'a pas le temps de terminer, des mains lui saisissent les épaules et la font pivoter, le visage du médecin se matérialise dans son angle de vision. La réaction est immédiate, sa peau brûle sous cette emprise, un spasme arque sa colonne vertébrale et elle se dégage de la poigne par de larges mouvements des bras. Elle bascule en arrière et le corps du médecin heurte un coin de mur, il s'efforce de maintenir son équilibre.

Elle-même se retrouve allongée contre le mur, le ballon entre les pieds. Et tout disparaît, neige, enfant, ballon, tout est absorbé, flou.

Le Dr Journot se redresse, sonné, mais il va s'en remettre. Ce n'est pas ça qui lui fait mal.

C'est la vision de son fils.

Katia lève les yeux vers lui, et comprend.

Elle voit cette lueur dans ses pupilles, que seule la perte d'un enfant peut allumer, cette douleur insupportable qui remonte de ses entrailles et qu'elle a mise à vif. Elle hoquette, bafouille, elle voudrait s'excuser, mais aucun mot ne lui vient.

Comment pouvait-elle savoir que le petit Fabien Journot agaçait son père en faisant rebondir sa balle sur les meubles du cabinet et que c'est justement cette absence de bruit qui blesse le plus le médecin aujourd'hui ?

Katia se relève d'un bond et se rue hors du cabinet, dévale les escaliers. Journot ne la retient pas.

Il expliquera plus tard à Alexandre qu'il lui recommandera des collègues, compétents, spécialisés, il ne pourra pas délivrer lui-même de diagnostic, il ne pourra plus s'occuper de Katia. Mais pour le moment, il regagne la salle de consultation, se replie dans un fauteuil club et pleure comme un enfant.

*

L'ambiance à la maison est plus que tendue.

Un psychiatre de plus qui jette l'éponge.

La famille est au bord de l'implosion.

Katia et Laura ont de plus en plus de mal à se parler, même en prenant des pincettes, sans avoir peur de blesser l'autre. L'orage couve.

Les ombres sont là, avec elle.

Elles sont toujours là. Une simple sensation de présence permanente. Elle ne sera plus jamais seule. Elle n'aura plus jamais aucune intimité.

Katia passe sa soirée à faire des recherches sur son PC. Des témoignages, des spécialistes. Maisons hantées, vidéos de chasse aux fantômes, spiritisme, possession. Tout ce qui peut l'éclairer sur sa situation. Soudain la porte s'ouvre et la tête d'Alexandre apparaît dans l'encadrement. Elle referme prestement le navigateur, gênée. Alexandre s'arrête dans son élan, conscient de s'immiscer dans l'intimité de sa fille sans y être invité. Il a du mal à se mettre dans le crâne qu'elle n'est plus sa petite Katia, mais une ado de seize ans.

– Fais comme chez toi, gronde-t-elle.

– Excuse-moi. J'aurais dû frapper.

Il ressort, frappe. Elle soupire. Il entre dans la chambre, avec un large sourire. Elle baisse les épaules, vaincue.

– Tu es encore debout ?

– J'attendais que tu viennes me lire une histoire pour m'endormir.

Ils ricanent bêtement.

– Qu'est-ce que tu regardais de si secret ?

– Papa ! C'est pas tes oignons.

– C'est vrai. Mais j'ai cru lire « paranormal » sur ton écran.

– J'ai fait des recherches sur internet, et je suis tombée sur ce site, *paranormalchasing.fr*.

– Katia…

– Je sais que vous me croyez pas, mais tant pis. Il faut que je sache.

– Non, je trouve normal que tu cherches à comprendre. Il faut juste que tu restes ouverte à toutes les possibilités, peut-être que ton cerveau crée des choses pour te protéger.

– Je sais que ce sont des fantômes. Toutes ces apparitions sont des morts. J'ai pas d'hallucinations, je suis pas folle. Chez le psychiatre, j'ai eu une vision. J'ai vu un enfant. Et je crois que c'est le fils du psychiatre, et aussi qu'il est mort. Je pense que c'est facile de vérifier.

– Ma chérie, on n'est pas contre toi, assure Alexandre, c'est juste que c'est difficile à avaler. Il y a sûrement des raisons…

– Il y a beaucoup de cas de hantises chez des filles de mon âge. C'est très courant, il y a plein de cas recensés sur les sites de paranormal. Qu'est-ce qui te dit que c'est pas possible d'entendre ou de voir les morts ?

– Et donc, tu penses vraiment que tu vois mon père ? Ton grand-père ? C'est ça que tu crois ?

– Je crois que les morts arrivent à communiquer avec moi d'une certaine façon. Je… Je sais pas comment ça marche, mais je peux les voir et les autres, non.

– Et toi, tu aurais un don ? Pourquoi ?

Alexandre reste calme, il ne veut pas brusquer sa fille. Il veut l'écouter jusqu'au bout, que ça sorte.

– J'en sais rien, papa. Peut-être que c'est dû à ma maladie. J'y ai pensé, je peux pas toucher les gens physiquement, mais ça a sûrement développé autre chose. Une sorte de sensibilité qui ne passe pas par la peau. C'est plus…

– Spirituel.

– Oui. Quelque chose comme ça. Comme si je percevais des ondes. J'ai l'impression qu'ils s'adressent à moi. Dans les témoignages, ils disent que les fantômes ont besoin de communiquer quelque chose. Qu'ils ne sont pas là pour faire du mal, qu'ils ne sont pas dangereux.

Alexandre se perd dans ses pensées.

– La nana qui tient ce site, Caroline Grunwald, elle est ici, à Besançon, reprend Katia. C'est son boulot, elle chasse les fantômes. Elle aide les gens comme moi.

– Je ne suis pas sûr…

– J'ai besoin d'aide.

Il soupire, se masse les tempes. Regard triste.

– Je trouve ça bien que tu te renseignes, tu veux t'en sortir. Mais il faut faire attention.

– Ça coûte rien de tenter le coup.

– Rien n'est jamais gratuit, lui glisse-t-il en souriant.

– C'est le commercial qui parle.

– Et qui sait de quoi il parle ! Allez, au lit !

Il la laisse éteindre l'ordinateur, et referme la porte derrière lui en jetant un dernier clin d'œil complice dans l'embrasure.

Il s'éternise quelques minutes, adossé au mur du couloir. Est-ce vraiment raisonnable ? se demande-t-il. Consulter des médiums, des spécialistes du paranormal, plutôt que des psys ? Essayer une nouvelle approche. Alexandre est sceptique, ce n'est pas dans sa nature tout ça, c'est quelqu'un de rationnel, de scientifique. Mais contrairement à Laura, il considère les croyances de sa fille. Si elle est persuadée d'avoir affaire à des fantômes, des gens comme elle seront certainement plus à même de l'écouter et de la comprendre. Ils n'ont rien à perdre à tenter le coup, tout le reste a échoué. La seule chose qui compte, c'est la santé de Katia, ses convictions à lui, elles passent après.

Chapitre 4

Comme à son habitude, Katia, taciturne, griffonne des dessins sur le rabat de son cahier. Elle suit le fil de ses pensées, la voix du prof d'histoire-géo n'est qu'un bruissement qui peine à atteindre ses tympans.

Elle se place à gauche, près de la fenêtre, ça lui permet d'avoir un aperçu de la cour et du stade d'athlétisme. Autant de sujets possibles de dessins. Non qu'elle ait spécialement l'histoire-géographie en horreur, au contraire, elle est même bonne élève, mais elle a du mal à se concentrer ces derniers temps, c'est bien compréhensible. Tout lui paraît désormais dérisoire.

Thème du moment, les grandes découvertes, Christophe Colomb qui accoste dans les Caraïbes avec ses caravelles et découvre les populations locales.

Katia a déjà tout lu, plus jeune, passionnée par les récits d'aventures. La classe est à moitié endormie, on sort tout juste de table, et la cantine proposait steaks, purée, haricots verts. Pas grand monde à s'intéresser au choc des cultures, des expéditions dans un nouveau monde inexploré bientôt ravagé par la domination européenne et ses certitudes.

Katia méprise ses camarades, ils le lui rendent bien. Cette petite conne de Flora et ses deux complices, au milieu de la classe, Océane, Loane. Tu parles de noms à la con. Toujours à ricaner, à chercher l'embrouille, à se croire plus malignes. Les autres ne valent pas beaucoup mieux cela dit. À part Élodie, il va sans dire, qui roupille discrètement à côté d'elle en surlignant les lignes et les colonnes de son cahier pour tuer le temps, la paume en casquette pour se planquer du prof, qui n'est pas dupe, mais bon, que faire, c'est la classe entière qui est anesthésiée.

Et bientôt, le drame.

Le professeur qui demande quelqu'un au tableau, tous les regards encore éveillés qui plongent spontanément sur le cahier ou derrière l'élève de la table de devant, tous, sauf Katia. Trop occupée à détailler les élèves de première S3 qui s'échauffent avant la course d'endurance, elle n'a rien vu venir. Elle regarde autour d'elle, trop tard. Ses yeux ont croisé ceux du prof, elle est fichue. Océane donne un coup de coude à Flora, qui se tourne vers elle, ricane. Saloperie.

– Katia ?

Elle n'ose pas protester, mais elle déteste ça. Peu importe, se persuade-t-elle, je suis incollable, ils peuvent rire tant qu'ils veulent, ils y passeront tous. Les regards hostiles lui vrillent la nuque alors qu'elle monte sur l'estrade et s'empare de la craie bleue que lui tend le prof.

Il a lui-même esquissé l'Amérique, et le continent européen.

– Les Caraïbes, et le parcours des caravelles.

Facile.

Elle place Cuba, Haïti et la République dominicaine. Ça fait plaisir au prof, c'est visible. Ça fait un peu chier les connasses du troisième rang, ce qui est encore mieux. Elles préfèrent quand Katia se liquéfie, comme en maths ou en physique. C'est tellement plus marrant, elle perd tous ses moyens, elle gratte machinalement ses plaques d'eczéma, aux coudes. On peut se moquer un peu plus franchement, et le prof de maths s'en fout, lui.

Alors elle en rajoute un peu, elle dessine Porto Rico, la Martinique, la Dominique et la Guadeloupe, la Jamaïque, et même les pays d'Amérique centrale et le haut de l'Amérique du Sud, histoire de bien se situer.

Elle commence à tracer la ligne de navigation, mais la craie s'arrête net à l'entrée de la mer des Sargasses.

Elle crisse contre le tableau, le professeur détourne le regard, toutes les têtes se redressent de concert. Le geste de Katia ne suit plus la trajectoire du navigateur, mais trace ses propres arabesques. La craie frotte frénétiquement la surface noire. La main tremble, tire des lignes peu assurées, se reprend, part en zigzag. Les yeux de Katia se révulsent sous ses paupières, son corps entier s'agite de frissons.

Elle ne se contrôle plus, elle dessine ce qu'elle a devant les yeux sans le comprendre, des couleurs et des impressions. Elle est ailleurs, son bras ne fait qu'exprimer son ressenti, elle n'a plus conscience de la salle de classe, ni des élèves, dont certains dégainent leur portable en mode caméra, ni du professeur qui s'approche sur sa gauche.

Elle ne voit que la forêt blanche. Tout autour, les branches griffent ses bras, et la neige tombe dans son cou. Ses yeux sont figés sur la forme avachie sous l'arbre qui lui fait face, à moins d'un mètre. Cet assemblage de couleurs, bleu et rouge.

Puis une brûlure insoutenable sur la main gauche la tire de l'hébétude et elle est projetée contre le tableau, elle entend les cris des adolescents et la voix paniquée du professeur. Elle tombe à genoux, un liquide chaud imbibe son jean, coule le long de ses cuisses et se répand sur l'estrade. Elle s'est pissé dessus, et se trouve ainsi prostrée devant sa classe. Leurs regards la transpercent, la honte la submerge. Cris de consternation dans l'assistance, suivis de rires nerveux.

Flora tient son portable devant elle, elle a tout enregistré. C'est terminé pour elle. Sourire victorieux. Gêne absolue dans la salle.

Personne n'ose bouger, Katia se redresse, vacille, son regard affolé passe d'un visage à l'autre, se heurte à l'hostilité féroce et au dégoût.

– Katia… C'est rien. On va t'emmener à l'infirmerie.

Le prof balbutie, ses lunettes retombent sur le bout de son nez. Élodie se lève et s'avance vers le tableau, lève les mains vers son amie, maladroite, sans trouver les mots.

Katia se retourne face au tableau. Le corps d'un homme nu est grossièrement dessiné, les mains clouées à un arbre au-dessus de la tête. La bouche béante en un trou noir, de multiples lignes sur le corps comme autant de plaies purulentes.

Un cadavre, torturé et cloué à un arbre.

Un râle plaintif sort des lèvres de l'adolescente.

Comme au ralenti, elle fait volte-face et titube vers sa place, se retrouve devant Élodie. Les deux filles se fixent droit dans les yeux, la honte voile le regard de Katia. Elle attrape son sac et son manteau et se détourne en courant. Les élèves s'écartent sur son passage, écœurés. Ils lui jetteraient des pierres qu'elle n'en serait même pas surprise.

Elle se rue à l'extérieur, incapable de faire face plus longtemps à son humiliation publique. Élodie lui emboîte aussitôt le pas, affolée.

Personne ne cherche à les retenir.

Le prof les suit dans le couloir. En vain, il abandonne très vite, pantois et impuissant.

Élodie rattrape Katia au milieu de la cour, lui coupe le chemin.

– Parle-moi, Katia, qu'est-ce qui se passe ?

Katia éclate en sanglots, ne peut plus soutenir son regard.

– Me regarde pas...

– Qu'est-ce qui t'arrive ? demande Élodie, sincèrement touchée.

– Je... Je peux pas te parler. Je peux pas rester ici.

– Katia, dis-moi, je vois que tu vas pas bien.

– Tu peux rien faire pour moi ! Rien ! Personne peut rien faire ! Laisse-moi...

Elle contourne son amie sans même jeter un coup d'œil derrière elle, la boule au ventre. Élodie, abasourdie, la regarde disparaître à l'angle de la cour, bras ballants. Elle connaît bien l'haptophobie. Elle côtoie Katia depuis la sixième. Mais là, c'est autre chose. Depuis qu'elle est revenue de Vuillefer, elle est différente. Et ce qui s'est passé dans la classe, ça n'était jamais arrivé.

*

Katia enfourche son vélo et traverse la ville jusqu'à son immeuble. Elle veut se retrouver seule, dans sa chambre. Elle veut se barricader, fuir le monde. Disparaître.

Elle ne prend pas l'ascenseur, gravit les marches quatre à quatre. Sa mère est certainement à la maison, dans son bureau, il lui faut donc rejoindre sa chambre au plus vite, ce n'est vraiment pas le moment de recevoir des reproches en pleine figure.

La clé tourne dans la serrure. Malaga l'accueille joyeusement, aussitôt repoussée par sa maîtresse. Katia dépose son manteau dans l'entrée, éjecte ses baskets, cale son sac sur son épaule et traverse le couloir.

Sur le seuil de sa chambre, elle s'arrête net.

Porte ouverte.

Laura, assise sur le lit, surprise.

Et ses dessins, sur les genoux de sa mère.

Les corps martyrisés au fusain, toujours cette même posture agenouillée, les bras liés au-dessus de la nuque. Des corps égorgés, éventrés, et enveloppés d'un manteau blanc. La forêt et la neige, partout, forment un linceul pour ces dépouilles en putréfaction.

Laura se relève, les croquis parsemant les lattes du parquet. Les larmes aux yeux, elle ne sait comment réagir, s'empare du paquet de linge posé sur la couette.

– Excuse-moi… J'étais juste venue ranger tes vêtements.

– Les dessins étaient pas dans l'armoire des vêtements, répond sèchement Katia.

Elles se dévisagent en silence. Les jointures des doigts de Laura blanchissent de la pression qu'elle exerce sur le panier. Elle baisse les yeux.

Katia s'avance dans la chambre, s'accroupit pour ramasser ses dessins, les remet en ordre. Laura remarque alors dans quel état se trouve sa fille, le pantalon souillé, l'odeur âcre.

– Qu'est-ce qui s'est passé ? demande-t-elle, effarée.

– J'ai pas envie d'en parler.

– Tu as quitté les cours ?

– Il faut que je me change, et que je prenne une douche.

Laura la contourne, hébétée, recule sur le pas de la porte. Katia empile les feuilles éparses, les dépose sur son bureau.

92

Puis referme lentement la porte, masquant le visage implorant de sa mère.

Laura reste quelques instants figée au bout du couloir, alors qu'une musique douce s'élève dans la chambre.

*

Les deux semaines suivantes ressemblent à une longue plongée dans les abîmes. Laura et Alexandre sont convoqués au lycée, ils rencontrent la proviseure, Mme Bonnot, accompagnée de l'infirmière scolaire. Les questions embarrassantes, la suspicion. Une nouvelle épreuve humiliante pour Laura. La proviseure se montre plus que préoccupée par l'attitude de Katia. C'est la chute libre. La crise qui l'a terrassée en classe d'histoire-géo n'est que le symptôme d'un mal plus profond, cette ado est en pleine détresse, c'est évident. Quelle est la situation à la maison ? Katia fait-elle montre d'un comportement autodestructeur, ou suicidaire ? L'infirmière va dans le même sens. Elle peut recommander des psychologues. Laura serre la mâchoire.

Il ne reste qu'une semaine avant les vacances de Noël, Katia la passera à la maison, ce sera mieux. L'infirmière sourit, compatit en silence. Mme Bonnot tente de se montrer rassurante.

Laura craque en regagnant la voiture sur le parking. Alexandre veut la serrer dans ses bras, la réconforter. Elle s'écarte.

Pendant cette semaine de vacances forcées, Katia s'enferme dans sa chambre avec sa chienne et passe le temps à griffonner, noircissant cahier sur cahier. Les disputes entre ses parents se font de plus en plus fréquentes, et de moins en moins discrètes. Katia met ses écouteurs et pousse la musique. Les cris, dans le salon, ne sont que borborygmes à ses oreilles. C'est toujours la même rengaine. Sa mère n'accepte pas que son père la remette en question. Pour elle, ils doivent faire front.

Faire front contre moi. Mais papa me croit.

Elle a écouté, au début. Le premier soir après la crise, dans leur chambre, le ton est monté. Katia s'était immobilisée dans le couloir, sur le seuil de la salle de bains, toutes lumières éteintes :

– … Tu sais depuis quand elle ne m'a pas adressé la parole ? siffle Laura d'un ton sec et amer. Non, tu ne te rends pas compte.

– Bon sang, Laura… proteste Alexandre.

– Qu'est-ce que tu veux que je fasse ? Merde, elle ne veut plus me parler à moi, c'est comme pisser dans un violon.

– C'est pas en te tenant à distance que tu vas crever l'abcès avec elle.

– Arrête, tu vois très bien comment elle réagit avec moi.

– Je vois aussi comment tu réagis avec elle.

Laura en a le souffle coupé.

– Pardon ? Comment *moi* je réagis avec elle ?

– Tu te braques. Et elle sait que tu ne la crois pas et que tu ne feras rien pour. Comment veux-tu qu'elle se confie si elle n'a pas confiance ?

– Je rêve.

– Tu ne veux pas juste essayer un peu de lui accorder le bénéfice du doute ?

– Je… Tu ne vas pas me dire que tu y crois ?

– Je reste ouvert.

– Tu la confortes dans son délire, c'est juste irresponsable. Et c'est de la lâcheté.

– Tu vois, tout de suite les grands mots, *délire* et *lâcheté*. Tout ce que tu lui renvoies, c'est la certitude qu'elle est folle à enfermer.

– Et toi, tu la pousses dans la folie en entretenant ses illusions, s'insurge Laura. Des fantômes, Alexandre ! Sérieusement ? Tu crois que ton père est sorti de la tombe pour harceler sa petite-fille ? C'est ce que tu penses ? Moi ce que je pense c'est que tu n'oses pas entrer en conflit avec elle, avec ta fille chérie. Tu esquives. Tu la brosses tout le temps dans le sens du poil. C'est forcément moi la méchante, parce que j'ai le cran d'affronter la vérité figure-toi.

Les muscles de Katia se raidissent. Elle se contient d'entrer violemment dans la chambre et de bondir sur sa mère. Elle quitte la salle de bains, glisse le long du couloir sans un bruit et plonge dans l'obscurité de sa chambre, fébrile, la rage au ventre.

Les accrochages suivants sont du même acabit, moins frontaux, moins explicites, mais le conflit délétère disloque rapidement les liens de la famille. Chacun campe sur ses positions. Alexandre passe ses journées au travail, Katia partage l'appartement avec sa mère, sans aucun contact, la fuit ouvertement.

*

Puis vient Noël.

Les couverts tintent sur les assiettes, mais le cœur n'y est pas. Tous se forcent à respecter la tradition du réveillon, Laura cuisine des gougères, un chapon aux marrons.

L'appétit de Katia n'est plus ce qu'il était, elle y touche à peine. Elle maigrit à vue d'œil, mais Laura se garde bien de toute réflexion. Quand bien même, Katia se fiche de ce qu'elle pourrait dire. Elle avale quelques patates, pour faire plaisir. Son père se charge de finir.

La bûche suit rapidement, Alexandre débarrasse la table et sert une coupe de champagne à Laura. Katia demande la permission de quitter la table. Son père l'arrête d'un hochement de tête.

– Attends, reste là. Tu te souviens du site internet que tu m'as montré ?

– De quoi tu parles ? intervient Laura.

– J'ai cherché des gens qui pourraient être plus spécialisés dans ce… domaine.

– Tu parles de psychiatres ?

– Non. Je parle de personnes qui sauront parler à Katia et écouter ce qu'elle a à dire. Nous, on est dépassés, il faut qu'on le reconnaisse.

Katia n'ose pas bouger le moindre muscle, ni articuler le moindre mot, elle bloque son regard sur le pied de la table. Elle sent monter la tempête.

Ça y est. Nous y voilà.

Laura expire tout l'air de ses poumons. Alexandre soutient son regard dur.

– Tu ne parles pas de voyantes ou de trucs de ce genre, j'imagine ?

– Non. Des gens qui ont une approche plus scientifique de la chose.

– On parle de fantômes là, on est d'accord ?

– On parle de fantômes.

– Tu délires.

– J'ai rencontré une femme qui tente d'expliquer et de comprendre les phénomènes paranormaux. Elle se rend dans les endroits hantés, elle vient en aide aux familles.

– Sérieusement ? Tu me fais ça ce soir ? Pour de vrai ?

– Ça n'a rien à voir avec toi. Je fais ça pour ma fille. Elle a besoin d'en parler avec des gens concernés.

– Tu t'entends ? s'emporte Laura. Sérieusement, est-ce que tu t'entends ? Pourquoi est-ce que tu l'encourages ?

– Je veux essayer de l'écouter, je pense qu'on doit écouter ce qu'elle a à dire, se défend-il.

– Je veux pas que tu me croies, maman, intervient Katia, je veux juste que tu saches ce que moi je crois.

– Tu cherches à justifier ta… maladie, réplique Laura en la fixant dans les yeux. Je ne veux pas écouter ça. Tu ne veux pas aller mieux.

– Laura, arrête s'il te plaît.

– Elle… Tu es en train de perdre tout contact avec la réalité. Tu te persuades de choses parce que ça te fait une carapace contre le monde extérieur. Tu refuses d'affronter la vie en face, tu te mens à toi-même, et je refuse d'y participer !

Laura en tremble de colère et de dépit. Katia se lève, le rouge aux joues.

– Et ma maladie, c'est un fantasme également, c'est ça ? T'y as jamais cru. Dis-le carrément si tu crois que je simule depuis toutes ces années.

– Arrête ! Ne t'en prends pas à moi. Tu refuses n'importe quelle aide, nous, les médecins, les psychiatres. Tu es perpétuellement en colère contre le monde entier !

– Et je me suis jetée contre les murs de la salle de bains pour me faire du mal, bien sûr ! Tu crois que j'ai voulu me tuer ? J'ai été attaquée, maman ! On m'a frappée !

– Je refuse de te laisser t'autodétruire, et d'en être complice.

– Ose au moins me dire en face que je suis une menteuse. S'il te plaît, ose au moins me le dire !

Laura plisse les lèvres, secoue la tête, soutient le regard farouche de sa fille.

– Katia, je t'aime plus que tout, et je sais que tu le sais, au fond de toi.

– Tu as fouillé dans mes affaires, maman, tu me respectes pas.

Katia se laisse retomber sur sa chaise. Alexandre fronce les sourcils, pousse un soupir d'exaspération. Laura n'y prête même pas attention, les larmes brouillent sa vue.

– J'aurais pas dû. Ça me fait tellement mal de te voir comme ça.

– Tu as une drôle de manière de le montrer, réplique Katia.

– Ce que j'ai fait était stupide. Et vraiment je m'en veux. Mais je veux te protéger. Même contre toi-même. Tu peux le comprendre, ça ?

– Et si ça m'aidait, de rencontrer cette personne ? Si elle pouvait vraiment faire quelque chose pour moi ? Qu'est-ce que j'ai à perdre, vraiment ?

Laura s'adosse à sa chaise, se passe la main dans les cheveux.

– Elle s'appelle Caroline, précise Alexandre. Elle a un bureau en centre-ville, mais elle veut voir Katia ici d'abord, avec nous.

Laura ignore son mari, s'adresse directement à Katia, les yeux dans les yeux :

– D'accord, tu as gagné, je vais te dire ce que je pense. Je ne crois pas à tout ça. Je crois que c'est lié à ta maladie, et que ça dégénère. Je crois que tu t'isoles de plus en plus et que ça va très mal se terminer si on te colle des charlatans dans les pattes, qui ne feront que te construire un mur d'illusions pour te protéger de la réalité. L'haptophobie te coupe de tout lien social et

98

affectif, tu te crées un monde de fantasmes sans même t'en rendre compte ! Une fois pour toutes, ce sont des hallucinations ! On est dépassés c'est clair, et tu as besoin d'aide mais ça, non !

— Je m'en fous de ce que tu crois.

Laura encaisse la sentence comme un revers de la main en plein visage. Tourne ses yeux rougis vers Alexandre, pantois.

— T'es content de toi ?

— Arrête de t'en prendre à papa, rugit Katia. Au moins il essaie de m'aider. Toi tu refuses juste de voir ce qui est évident ! Tu penses uniquement à me faire enfermer ! Bien sûr que je vais voir cette femme, parce qu'elle a peut-être des réponses à me donner !

— Katia, calme-toi, dit Alexandre.

— J'ai compris, te fatigue pas, conclut Laura.

Elle termine son verre d'un coup sec, le repose aux côtés des restes de bûche en train de fondre dans son plat, se lève. Alexandre tente de la retenir mais elle lui intime de s'écarter d'un geste explicite de la main, et disparaît dans la chambre parentale.

De longues minutes passent ainsi, aucun des deux n'ose briser le silence. Laura vide son placard, tire sa valise de sous le lit. Alexandre la rejoint dans la chambre, la discussion reprend en sourdine, sans conviction. Bientôt, la porte d'entrée se referme. Katia et Alexandre sont désormais seuls, face à face.

Katia aimerait remercier son père de l'avoir défendue, mais c'est trop tard. Elle a divisé ses parents. Laura a abdiqué. Katia se sent tellement mal qu'elle voudrait que tout se termine, maintenant, qu'ils soient enfin tous débarrassés d'elle.

Chapitre 5

Les fêtes ont été troublées par un temps pluvieux et des nuages bas permanents qui ont plongé Besançon dans la torpeur, et ça ne s'est pas arrangé pour la reprise du travail et des cours. De larges flaques jonchent les rues pavées en centre-ville et le niveau du Doubs est inhabituellement haut pour cette saison, il atteint même sa hauteur de période de fonte des neiges. Les mines des passants sont déconfites, c'est bien le gris qui domine ce début d'année.

Laura n'avait pas besoin de tout ça pour que son moral plonge à des profondeurs inexplorées. Elle a passé la semaine chez sa sœur, à Dannemarie-sur-Crète, avec les deux mômes dans les pattes qui piaillent et se cherchent à longueur de journée. Ça ne va pas pouvoir durer, ça c'est sûr. La maison à deux étages se situe dans une petite rue calme. Annie et Arnaud, son mari, ne lui mettent pas la pression mais elle se sent déjà oppressée, ça ne va pas. Ça n'est pas chez elle, elle n'est pas à l'aise, point.

Ce soir, reprise d'école oblige, les petits mangent avec leur père dans la cuisine pendant que les deux femmes végètent devant les émissions régionales, un verre d'arbois savagnin à la main.

Elles n'écoutent que d'une oreille le grésillement du journaliste tiré à quatre épingles, bien au chaud dans une ferme d'alpage reconvertie en restaurant. Gastronomie locale, accueil des skieurs affamés, acheminement des victuailles par motoneige. L'art du bon vivre des montagnes.

Laura renverse la tête sur le canapé, le goût boisé du blanc au fond de la gorge.

— Tu as prévu de voir ta fille prochainement ? demande Annie.

— Je n'ai rien prévu du tout, j'ai claqué la porte et je suis partie, répond sèchement Laura.

— Tu vas peut-être devoir enterrer la hache de guerre à un moment ?

— J'ai besoin d'un peu de temps.

— Elle, elle a besoin de toi.

Laura se relève, emplit son verre. Secoue la tête.

— Ce dont elle a besoin… Je ne suis même pas sûre.

— Je ne te dis pas d'aller dans son sens, mais peut-être de te montrer plus… ouverte. Elle n'a aucune raison de te mentir ou de se braquer gratuitement contre toi.

— C'est juste une ado avec une vraie maladie, et un vrai problème relationnel, un peu qu'elle a des raisons ! Attends que les tiens atteignent son âge, tu m'en diras des nouvelles.

— Ce que je veux dire c'est qu'elle est mal dans sa peau et qu'elle réagit à vif, mais ce n'est pas pour ça qu'elle n'a pas besoin de toi. Et ce n'est pas non plus pour ça qu'elle a tort, si ?

Laura lui jette un regard glacial, manquant de recracher son vin.

— Tu ne vas pas t'y mettre aussi ?

— Je crois qu'elle a juste envie de réconfort. Elle va mal et elle cherche à comprendre pourquoi et à s'en sortir non ? Quelle que soit la voie, tu devrais l'encourager. Si jamais ce n'est pas la bonne direction, il y en aura toujours une autre. Qu'est-ce que tu as à y perdre ? Ça ne peut pas être pire, non ?

– Tu me parles de la confier à des médiums là, on est d'accord ?

– Il s'agit pas de la confier, il s'agit de l'accompagner, de la guider. Médiums, médecins, thérapeutes, peu importe. Si ça fonctionne… Elle ne te demande pas d'y croire, elle te demande de l'aider.

– Elle ne m'écoute pas, elle s'en fout.

– C'est là que tu te trompes à mon avis. Elle ne te cède pas, c'est différent. Ton avis est clairement primordial à ses yeux, et c'est le fait que t'essayes pas de la croire qui la blesse. Elle se sent incomprise. Franchement, on se demande de qui elle tient…

Laura grimace.

– Je ne sais pas comment m'y prendre avec elle. Peut-être que c'est ma faute, j'ai vraiment peur de ce qui peut se passer, je te jure. Je n'ai jamais eu aussi peur de ma vie. Quand je l'ai retrouvée à moitié congelée dans la neige…

– Je sais, Laura. Je sais que tu agis pour elle. Mais tu dois t'effacer un peu et la laisser t'emmener dans son univers. Tu dois accepter de ravaler ta fierté.

– C'est pas…

– Arrête, la coupe Annie. Pas avec moi. Ne la brusque pas, elle a besoin d'amour, elle a juste besoin que tu l'aimes et ça a plus d'importance que tes croyances ou tes convictions.

Laura ne lui répond plus. Son regard s'est bloqué sur la petite lucarne au fond du salon, les informations régionales ont commencé en gros plan sur un gendarme frigorifié, des gyrophares sous les giboulées, des

103

ambulances dans les dernières lueurs du jour. Un corps a été découvert à l'arrière d'une vieille ferme en ruine près de Longemaison, à une vingtaine de kilomètres de Morteau. Une femme d'une soixantaine d'années, selon le journaliste dépêché sur les lieux, morte de froid. Enfin presque, puisqu'elle a été retrouvée nue, ligotée, les bras tendus derrière la tête. La victime a été battue à coups de poing et abandonnée sur place, à l'agonie, selon les premières informations des gendarmes. Le cadavre serait demeuré là pendant plus d'un mois, à l'abri des regards.

Laura tressaille, un frisson parcourt sa colonne vertébrale. Elle ne peut s'empêcher de visualiser les dessins de sa fille, ces corps ficelés aux arbres et lacérés, à moitié ensevelis par la neige. La voix d'Annie ne lui parvient plus que de très loin, elle est saisie de vertige, la pièce tourne.

Le reportage se poursuit sur l'écran, les éléments délivrés sont très minces. Le propriétaire de la grange, qui a découvert le cadavre, a été interviewé avant d'être emmené dans la fourgonnette : la bâtisse en ruine ne servait qu'en été, pour abriter le bétail. La dépouille aurait pu rester là jusqu'au printemps s'il n'avait pas fait sa tournée d'inspection, comme il le fait chaque début d'année.

Le journaliste interroge ensuite le lieutenant-colonel Lièvremont, en charge de l'affaire, cherche à faire le lien avec une disparition inquiétante du côté de Vesoul, quelques mois auparavant. Trop tôt pour tirer des conclusions lui répond l'officier, mais aucune piste n'est écartée.

Aucune image de la scène de crime, évidemment.

Mais Laura sait. Elle le sent, parce que c'est là, dans son estomac, et que ça lui fait mal.

Cette scène de crime, c'est exactement ce que Katia a ramené de ses visions.

*

Katia serre les dents, la sueur colle ses vêtements à sa peau, sensation désagréable. Ses muscles se relâchent, le sang goutte sur le rebord de la cuvette. Elle presse le papier toilette contre sa cuisse, stoppe l'hémorragie. La coupure est bénigne, elle avait juste besoin de sentir la lame fendre la chair, la douleur remonter sa colonne vertébrale. De voir le sang s'écouler de son corps, de martyriser sa peau, encore, toujours plus.

La reprise des cours est particulièrement dure. Katia aurait tout donné pour ne pas retourner au lycée, c'est une véritable torture. Les regards, les moqueries. La méchanceté ambiante. Elle subit, à longueur de journée, et elle se réfugie dans les toilettes au fond de la cour dès que possible. Près du gymnase, personne n'y va jamais, c'est trop loin et peu entretenu, elle est peinarde. Elle se fait du mal, elle évacue. Mais ça ne pourra pas durer. Elle n'en peut déjà plus. À peine cinq jours de reprise et elle ne souhaite qu'une chose. Que tout cela cesse, une bonne fois pour toutes. Que sa vie s'écoule de ses veines et la laisse enfin en paix.

Elle tire une compresse de son sac qu'elle fixe avec du sparadrap, autour de sa jambe. Les bruits de la cour, assourdis, se glissent sous la porte des toilettes, un match de foot fait fureur sur le terrain bétonné. Elle remonte son pantalon et ferme sa ceinture, rabaisse son pull, nettoie consciencieusement la cuvette rougie. Et range la lame de rasoir dans le revers de son sac à dos.

– Katia ?

La porte d'entrée se referme doucement, la voix d'Élodie flotte dans l'air. Katia retient sa respiration.

– Je sais que tu es là. Tu viens toujours là, et je sais ce que tu viens y faire.

Élodie tapote délicatement du bout des doigts contre la porte close. Katia ferme les yeux. Élodie entre dans la cabine attenante et rabat la porte. Cliquetis de briquet. Des effluves de cigarette parviennent aux narines de Katia. Élodie s'en grille une, tout le monde sait que le détecteur de fumée est pété.

– Pourquoi tu refuses de me parler ? demande Élodie.

Ça pue la mort, un des WC est HS, débordant de papier mouillé et de mégots de clopes. Une odeur de merde et de désodorisant industriel qui n'arrive pas à masquer celle de tabac froid.

Katia expire longuement, les côtes comprimées. Elle aimerait tellement tout lâcher, enlacer Élodie et réussir à exprimer ce qu'elle a sur le cœur, mais ses pensées intimes restent enfermées sous son crâne :

Non, c'est pas toi, je ne veux pas te faire de mal. Je veux te parler, je veux te serrer contre moi, mais j'en suis incapable. Tu es la seule à pouvoir m'atteindre, à savoir m'écouter. Mais je ne veux pas que tu me voies comme ça. Je ne veux pas que tu aies à souffrir, comme tous ceux qui sont autour de moi. Tous ceux que je fais souffrir contre ma volonté.

– Katia, putain, parle-moi ! Tu me fais plus confiance ? Qu'est-ce que j'ai fait pour mériter ça ?

La voix d'Élodie chevrote, Katia en a le cœur retourné.

Pourquoi il faut toujours que je fasse du mal à ceux que j'aime ?

Elle se redresse en arrière, sa tête cogne contre la tuyauterie rouillée. Sa voix s'étrangle dans sa gorge, ne laissant poindre qu'un murmure inaudible :

– Pardonne-moi.

Sa phrase est recouverte par la porte des sanitaires qui claque contre le mur et le soleil ricoche sur les faïences. Des pas sur le carrelage humide, des rires étouffés, la porte se referme lentement, sans grincement, amortie par le bras articulé. La vive lumière du jour est repoussée au-dehors. Katia retient son souffle et entend le pschitt de la clope d'Élodie qui s'éteint dans l'eau. Silence.

Trois petits coups, sur la porte.

– C'est qui ? demande Élodie, qui n'attend pas la réponse, ouvre sa cabine, se retrouve nez à nez avec Flora et s'écrie : Putain, t'es conne ! J'ai cru que c'était le CPE.

– Aucun risque, il est occupé au premier, y a des mecs qui ont vidé les extincteurs.

– Qu'est-ce que vous voulez ?

– T'es toute seule ?

– Qu'est-ce que ça peut foutre ?

Les trois filles ricanent comme des idiotes. Katia n'a pas soufflé un mot, sur le qui-vive. Des ennuis se profilent. Elle récupère la lame de rasoir et la cache dans sa poche arrière.

– Hé, Katia, tu peux sortir de là ! lance Océane.

– Laissez-la, c'est pas marrant, s'interpose Élodie.

– Casse-toi, blondasse, on t'a pas sonnée, réplique Flora.

– Va te faire foutre !

Katia ouvre sa porte avant que les choses ne dégénèrent, et découvre le visage crispé de Flora, dans l'ombre, à quelques centimètres de celui d'Élodie.

Flora repousse celle-ci dans son box. Océane et Loane l'y bloquent immédiatement en faisant barrage. L'attention de Flora se fixe sur Katia, qui distingue un sourire mauvais malgré le contre-jour.

– Encore un problème de pipi ? demande Flora.

– Laisse-moi sortir, je cherche pas la merde.

– Arrête, on peut discuter un peu, non ?

Flora s'allume une clope, expulse la fumée en direction de Katia puis, pesamment, s'avance vers elle, la forçant à reculer. Bientôt coincée entre deux lavabos, Katia serre les poings dans ses gants, cache ses mains derrière ses reins, sous le sac à dos. Un élancement fulgurant dans sa cuisse, la plaie s'est rouverte, elle grimace.

– Tu sais que depuis ton petit numéro, tout le lycée se fout de notre gueule ? interroge Flora.

– Tu pisses encore au lit à ton âge ? renchérit Loane.

– Oh arrête, Lou, dit Flora, mimant une mine offusquée, c'est pas de sa faute quand même. Elle sait pas tenir ses nerfs, c'est médical tu vois, elle sait pas se contrôler.

– Laisse-la tranquille, putain ! hurle Élodie du fond de sa cellule.

Flora l'ignore et dresse brutalement le bras, suspend son geste devant Katia qui se tortille entre les deux lavabos. Paume de la main levée à moins de vingt centimètres de son visage.

– Ça fait quoi si on te touche, déjà ?

La douleur dans sa cuisse l'empêche de réagir, elle est tétanisée.

Elle va te toucher, Katia. Tu ne peux pas la laisser te toucher.

Elle ferme les yeux, la voix en elle envahit tout l'espace, se mélange à la douleur. Elle ne peut bientôt plus distinguer l'une de l'autre.

Elles vont te faire du MAL.

– Hé, tu m'entends ? Je te parle !

Timbre cassé, Flora lui paraît très lointaine. Katia glisse le long du mur, l'émail du lavabo contre sa joue. Elle s'accroupit, ses poings rencontrent le carrelage, la maintiennent en appui, pliée en deux, genoux en avant. Toute résistance vient de la quitter, sa volonté a disparu, elle s'abandonne tout entière.

Frappez-moi, achevez-moi, humiliez-moi. Finissez-moi.

Les trois filles se toisent, perplexes.

Elle a parlé à voix haute.

– T'es tarée, ma pauvre ! dit Flora.

– T'es bonne pour l'asile, ajoute Océane.

Elle ne se contrôle plus. Sa vessie se relâche une nouvelle fois, l'urine coule sur sa cuisse mutilée. La brûlure lui arrache un cri, elle tombe dans un gouffre sans fond, traverse le sol carrelé.

– Putain, elle se refait dessus, jubile Loane.

– T'es dégueulasse, putain ! vomit Flora.

Elle va te toucher. Elle VA LE FAIRE.

Sensation humide sous l'œil.

Ça coule sur sa joue, mais ce ne sont pas ses larmes.

Flora vient de lui cracher au visage.

Les deux autres l'imitent. Les glaires fusent et collent à ses cheveux. Elles n'auront de cesse de l'humilier, encore et encore.

Et toi, tu t'offres à elles.

Et elle va te toucher. Elles doivent souffrir.

Océane attrape Flora par le bras, la tire en arrière.

– Bon on arrête, non ?

Frappe le nez, frappe les oreilles. FRAPPE ET FAIS MAL. LA PREMIÈRE.

Flora se libère, les yeux brillants. Océane et Loane se reculent, mal à l'aise. Flora tire sur sa clope, crache la fumée au visage de Katia. Elle approche la cigarette à quelques centimètres. Ne serait-ce pas un sourire que Flora distingue au coin des lèvres de ce petit monstre ? Le bout incandescent de la cigarette entre en contact avec le lobe de l'oreille de Katia. Aucune réaction, elle semble absente, en transe. La peau dégage une sale odeur de brûlé.

– Flora, arrête !

Flora jette la clope et plaque ses deux paumes sur les joues de sa victime.

Katia pousse un hurlement strident qui scotche les filles sur place. Les néons en bordure de la pièce éclatent en parfaite synchronisation. Flora lâche sa prise et recule d'un pas, surprise.

TUE-LA.

Katia se redresse d'un mouvement vif, ne contrôle pas son bras qui décrit un arc de cercle dans la pénombre.

La gifle claque et résonne dans l'espace confiné.

Le sang goutte sur les baskets de Flora, elle n'a même pas le temps de crier, porte la main à son nez écrabouillé. Le liquide rouge et chaud enrobe sa main, les larmes de douleur embrument ses yeux.

Katia ressent la puissance qui s'empare d'elle, un souffle violent qui gonfle tous ses muscles, et l'insensibilise à la douleur. Et la rage qui éclate par tous les pores. Projetée en avant par une force incontrôlable, elle percute son assaillante de plein fouet.

Flora valdingue en arrière contre une porte battante, s'effondre dans un box en glissant contre une cuvette. Dans son élan, Katia bouscule les deux autres filles qui s'étalent sur le dos. Leurs crânes se cognent. Prise de panique, Élodie se recroqueville sur les toilettes. Étourdies par le choc, les filles sanglotent de terreur, Flora a le souffle coupé et le nez éclaté.

Katia se relève calmement, elle ne ressent plus aucune douleur. L'euphorie la gagne, la porte.

Elle a osé me toucher.

Elle sent l'ombre gigantesque enrober son être, électrisant les poils de ses bras. L'Ogre qui sort d'elle pour la protéger, visage grimaçant qu'elle seule peut contempler, qui la fixe dans le miroir. Qui veut faire *MAL,* qui va corriger cette petite salope au nez brisé. Les cris des filles tentent de l'arrêter alors que Katia se dirige vers elles. Elles sont affolées, elles ne comprennent pas. La forme vaporeuse du spectre se fond dans l'obscurité de la pièce, faisant corps avec les ténèbres. Seule Katia a conscience de sa présence. Les autres ne le voient pas, elles.

Elles n'ont pas ce que j'ai.

Katia progresse en claudiquant, laissant une trace de sang mêlé d'urine à chaque pas.

Océane réussit à se mettre à genoux, elle appuie frénétiquement sur la poignée de la porte d'entrée qui se refuse à elle. Panique totale.

Katia profite du moment.

FRAPPE. FRAPPE. FAIS-LUI MAL.

Flora a perdu une de ses baskets qui traîne dans une flaque d'eau. Katia la ramasse.

– Katia, laisse-la, supplie Loane. Arrête ça !

Katia serre la chaussure entre ses gants.

Elle t'a touchée. Elle doit avoir mal.

La voix, toujours en elle. Pas besoin de parler, elle le sent en dedans.

Je veux qu'elle pleure. Je veux qu'elle se sente sale.

Elle sourit. La puissance qui l'anime s'échappe brutalement de son corps et s'évapore dans l'ombre, disparaît en se fondant dans le mur.

Flora redresse la tête dans un rictus ensanglanté, prête à bondir pour se venger. Le robinet de la chasse du box où elle s'est effondrée saute comme un bouchon de champagne, l'eau jaillit en l'aspergeant, elle se plaque au sol pour se protéger. La tuyauterie grince et se met à vibrer tout autour des cabines. La pression redouble, et Katia éclate de rire.

– Katia, arrête, s'il te plaît, implore Élodie d'une voix étranglée.

La cuvette des toilettes se fissure, craquelle. Elle implose, à quelques centimètres à peine de la tête de Flora, et déverse tout son contenu, mégots et excréments, papier aggloméré, tampons usagés. La totale. Les fringues, les cheveux. Flora tente de se remettre sur pieds, dérape et tombe aux pieds de Katia, souillée. Elle parvient à s'asseoir, sous le regard abasourdi de ses amies.

D'un large mouvement du bras, Katia cingle la pommette de son adversaire avec le rasoir, ouvrant la joue de l'oreille au menton. Flora se renverse en arrière dans un cri bestial. Katia se recule, à pas mesurés. La lame s'échappe de sa main, tinte sur le carrelage. Elle contemple son reflet dans le miroir. Et cette silhouette noire démesurée qui l'enveloppe de nouveau. Puissante.

Elle n'est plus seule. Elle n'a plus à baisser les yeux.

Loane et Océane reprennent leurs esprits, soulèvent Flora et ouvrent la porte, la traînent dans la lumière. Dans la cour, toute activité a cessé. Les groupes d'élèves, gelés sur place, les regardent passer entre eux pour gagner l'infirmerie. Pas un n'ose approcher des toilettes.

Élodie sort de sa cabine, sous le choc. Contourne Katia sans un mot, s'arrête sur le pas de la porte.

Katia revient à la réalité. Ses pupilles s'étrécissent, et dans cette fraction de seconde, elle croise le regard d'Élodie.

Elle y voit la frayeur, elle y voit la répulsion. Élodie porte la main à sa bouche et recule dans la foule. Elle s'enfuit alors que la porte se referme sur Katia, hagarde.

*

Dans la cour, le CPE et les surveillants s'efforcent comme ils peuvent de disperser l'attroupement. L'infirmière tente à son tour de parler à Katia, de la raisonner, sans succès.

Une heure plus tard, c'est Laura qui fend la foule, sous les regards lourds. Elle est accourue aussitôt.

Elle pousse la porte, protège son nez de sa manche de manteau. La puanteur. Un des cabinets est éventré et son contenu répandu au sol. Elle serpente entre les flaques répugnantes, rejoint la seule porte bouclée. Elle donne trois petits coups du dos de la main.

– Katia, c'est moi. Tu veux bien ouvrir que je puisse te voir ?

– Va-t'cn. S'il te plaît, réplique Katia entre deux sanglots.

– Je veux juste te voir. Je veux être sûre que ça va.

– Je vais survivre. Je veux voir personne.

– J'ai bien réfléchi, ma puce. J'ai eu tort et je m'en veux.

– Qui… qui c'est qui t'a appelée ?

– Le CPE. C'est pas important. Tu veux bien m'ouvrir pour me raconter ? Je te promets, c'est uniquement entre nous. Il n'y a personne d'autre.

Après quelques moments d'hésitation, le verrou se relève. Laura pousse délicatement la porte. Katia est assise au fond du box, le sac à dos sur les genoux, le manteau trempé. Elle a des marques sur le visage, un filet de sang séché sous sa lèvre, une brûlure sur l'oreille. Laura s'accroupit devant sa fille, sans tenter d'approcher la main. Elle aimerait tellement la serrer dans ses bras, la réconforter.

– Maman... la porte.

– Bien sûr, ma puce.

Laura referme derrière elle et verrouille, personne ne les dérangera dans l'espace confiné.

– Tu as mal quelque part ?

– J'ai mal partout, maman.

– Tu as des blessures sérieuses ?

– Non, assure-t-elle dans un sanglot, c'est pas mon sang.

– Sûre ? Il va falloir que l'infirmière t'examine.

– Non. Rien de grave. C'est hors de question.

– D'accord. Je te crois.

– Je suis désolée, maman... Je voulais pas.

Elle s'effondre en larmes. Laura défaillit, ses jambes tremblent.

– Qu'est-ce qui s'est passé ? Raconte-moi.

– C'est toujours pareil. Je suis la folle, je suis la tarée de la classe.

– C'est Flora, encore ?

– Je l'ai frappée, maman, je voulais pas, mais j'ai craqué. Je crois que je lui ai fait du mal.

– Elle t'a poussée à bout...

– Je... c'est pas que ça. Il m'a poussé à la frapper. Dans ma tête. Il voulait que je me défende, que je lui fasse mal.

– Katia... D'accord.

– J'ai besoin que tu m'aides, maman. J'ai vraiment besoin d'aide.

Laura est submergée par l'émotion et par la fureur. Elle aimerait tellement avoir la petite peste en face d'elle en ce moment. Elle espère presque que Katia ne l'ait pas ratée et que le coup lui ait vraiment brisé le nez. Mais elle n'en dit rien, bien entendu.

– On va partir d'ici, reprend-elle. On va trouver une solution, je te le promets.

Katia baisse les yeux, renifle et se relève en prenant appui sur la cloison. Elle suit sa mère hors du box. Laura ouvre la porte, fusille du regard les élèves parsemés autour du préau. Silence de mort. Katia cille sous le soleil qui perce. Elles traversent la cour sous l'opprobre muet des élèves et des professeurs présents.

*

Katia va être renvoyée du lycée. Le conseil de discipline va se réunir, au plus vite. On ne peut pas tolérer une agression, avec une lame de rasoir qui plus est. Des établissements pour élèves en rupture de scolarité lui seront proposés. Laura hurle pendant plusieurs minutes contre la proviseure, une fois qu'elles se sont isolées toutes les trois dans le petit bureau du troisième étage. Katia reste muette, prostrée : à quoi bon ?

– Une élève en rupture ? Vous vous foutez de moi ?

– Les parents de Flora ont porté plainte, madame Devillers, répond sèchement la proviseure. Il va y avoir des suites, et ils vont certainement nous attaquer également. On ne peut pas laisser faire. Votre fille a besoin d'un environnement plus… adapté.

– C'est Flora et ses copines qui ont agressé ma fille, madame.

– Ce n'est pas la version d'Élodie. Qui est pourtant sa meilleure amie.

Laura en reste bouche bée. Katia se détourne, les yeux piquants. Élodie la lâche. Elle a peur des représailles.

Elle a surtout peur de moi.

Cette pensée lui est insupportable. Laura se retourne vers la proviseure, une rage noire au fond des yeux.

– Faites ce que vous avez à faire. De toute façon je la retire de ce lycée. Elle ne remettra jamais les pieds ici.

Laura devance sa fille dans le couloir. La porte claque sur leurs talons.

Le soir même, Laura entre dans la chambre de Katia, s'assied avec douceur dans le fauteuil à côté du lit. Elles se fixent en silence. Katia ne sait comment exprimer sa gratitude. Alexandre passe dire bonne nuit, les laisse seules à ce rare instant d'intimité. Laura souhaite revoir le dessin qu'elle avait trouvé dans la chambre, en fouillant. Cette fois, elle demande la permission.

Katia ouvre son carnet de dessins, feuillette les pages. Sa mère découvre son univers. Un monde sombre et douloureux, tapissé de bois insondables et de lacs opaques, peuplé d'êtres diaphanes et de corps meurtris. Le cœur de Laura s'emballe. Elle ne s'est pas trompée. Le cadavre, retrouvé à Longemaison, gelé, ligoté, torturé. Aucun doute possible. Les croquis de Katia représentent des corps molestés de la même façon…

Elle s'en ouvre à Alexandre une fois couchés, les larmes aux yeux. Il est sous le choc. La souffrance de sa fille lui serre les tripes, il ne peut pas l'accepter. Ces visions d'horreur, ils doivent tout mettre en œuvre pour l'en délivrer. Il prend la main de Laura, glacée, dans la sienne. Elle vient enfouir son visage dans le creux de son cou, il l'enserre de ses bras, de toutes ses forces, masquant son désarroi.

– Est-ce que... tu as toujours le contact de cette femme, la spécialiste du paranormal ? demande Laura à Alexandre, dès que les lumières sont éteintes. Peut-être... Peut-être qu'il est temps de l'appeler à l'aide.

Chapitre 6

C'est Laura qui lui ouvre la porte.

Alexandre et Katia restent en arrière, sur le seuil du salon. Malaga grogne, Katia la repousse, la chienne baisse les oreilles, penaude. En ce samedi après-midi, il fait sombre dans tout l'appartement, l'hiver grignote les heures de soleil.

C'est une femme bien en chair et sûre d'elle. Elle ôte son chapeau cloche en polaire noir et réajuste des lunettes parfaitement rondes sur l'arête de son nez retroussé. Ses mèches blondes retombent sur un long manteau vert profond, qu'elle s'empresse de retirer après avoir serré la main tendue de Laura.

– Caroline Grunwald. Vous devez être Laura.

Laura acquiesce de la tête, lui laisse le passage et referme la porte. Caroline gagne le séjour, salue Alexandre, puis tend sa main à Katia, qui s'est placée en retrait.

– Bonjour, Katia.

– Désolée… je peux pas vous serrer la main.

Caroline remarque les gants de la jeune fille malgré la chaleur qui règne dans la pièce, les bras croisés devant elle, les épaules rentrées.

– Tu gardes toujours tes gants ?

– J'ai une maladie, répond Katia, gênée. Je supporte pas qu'on me touche, ou de toucher les autres.

– Depuis quand ?

– Depuis toujours.

Caroline baisse sa main, affiche un large sourire.

– Aucune importance. On s'assied ?

Elle suspend son sac au dossier d'une chaise et se laisse tomber dessus.

– Bon, bon. Je suis bien contente de te voir. Asseyez-vous, je vous en prie.

Ils obtempèrent tous d'un même mouvement, se répartissent autour de la table. Laura a préparé une théière fumante et quelques sablés empilés sur deux assiettes. Caroline ne laisse pas le silence s'installer, entre aussitôt dans le vif du sujet :

– Je préfère être claire d'emblée. Je ne suis pas médium. J'ai une certaine connaissance du monde des fantômes, comme vous le savez, vous m'avez contactée par mon site internet. J'ai une approche plutôt scientifique de la question. Je ne vais pas faire de chamanisme ou d'exorcisme ou des trucs dans ce genre-là. Je me fonde sur des observations, des tests et des expériences concrètes. Il va falloir me faire confiance là-dessus, et me laisser le champ libre. C'est mon métier, et je mène mes enquêtes de la façon qui me paraît la plus appropriée. Ma démarche est de comprendre le phénomène, et de l'expliquer.

– On a… beaucoup de questions, commence Laura. On espère vraiment que vous…

– J'en ai quelques-unes aussi, la coupe Caroline, surtout pour Katia. Pour déterminer de quoi il s'agit. On va tout reprendre au début, ne mettons pas la charrue avant les bœufs.

– Oui. Bien sûr.

Katia est assez impressionnée par la carrure de cette femme, et par son aisance. Elle ne s'attendait pas à une personne si jeune, tout juste trentenaire. Elle ne sait pas trop à quoi elle s'attendait en fait.

– Depuis quand tu vois ou tu entends des fantômes ?

Katia jette un coup d'œil rapide à sa mère, qui crispe la mâchoire. Aucune remarque. Cette tension sourde n'échappe pas à Caroline.

– Ne te préoccupe pas de ce qu'on pense, raconte uniquement ce que tu ressens, de ton point de vue.

– Ça fait quelques semaines, seulement. Depuis la mort de mon grand-père.

– Et c'est ton grand-père que tu vois ?

– Je crois. Pas seulement lui.

– OK, on y reviendra. Il est là ?

– Comment ça ?

– Est-ce que tu le vois, maintenant ?

– Non. Il n'y a que nous. Il se manifeste que quand il le veut.

– Ou quand toi tu veux.

Katia fronce les sourcils. Laura ouvre la bouche, mais Caroline la stoppe en levant l'index, fixant toujours Katia dans les yeux.

– Ça marche dans les deux sens, Katia.

– Mais moi je veux pas. Moi je veux qu'ils partent.

– Ils ne t'apparaissent pas par hasard, ça fonctionne pas comme ça. Ils apparaissent parce que tu *peux* les voir. Ils sont attirés vers toi particulièrement, parce que tu agis comme un aimant. Tu as une certaine aptitude que la plupart des gens n'ont pas, et ces esprits le sentent. Ils parlent à travers toi.

– Vous voulez dire que Katia est une sorte de médium ? intervient Alexandre.

Caroline ne réagit pas, ne relève pas le mot.

– Tu es comme une antenne. Tu laisses le flux passer à travers toi, tu captes des ondes invisibles, et toi seule peux les communiquer à ce qu'on appelle le monde des vivants.

– Mais je veux pas de ça.

– Tu n'as pas le choix. Tu dois apprendre à maîtriser ce don, tu ne peux pas t'en débarrasser. C'est dans ta nature, c'est au plus profond de toi.

– J'ai lu que certaines personnes peuvent créer ces phénomènes, dit Katia.

– C'est une fausse idée, répond Caroline. On retrouve dans la plupart des cas de hantise la présence d'une adolescente, quelquefois d'un adolescent. C'est vrai. Mais ils ne créent pas les fantômes. Ce sont des catalyseurs. Ils les rendent visibles, ils les rendent réels. Pour les autres. Mais pour eux-mêmes ces fantômes sont toujours réels, ils font partie de leur vie. Certains apprennent à vivre avec, d'autres non.

– Qu'est-ce qui arrive aux autres ? Ceux qui n'apprennent pas ?

– En général, ils ne comprennent pas, ou personne ne les croit, ni ne les aide de la bonne façon. Certains sont diagnostiqués schizophrènes, d'autres essaient de soulager leur mal de n'importe quelle façon. Drogue, alcool, médocs. Quelques-uns se suicident, ne supportent plus l'incompréhension.

– On n'est peut-être pas obligés de parler de ça… intervient Laura.

– Je veux juste vous faire comprendre qu'avec la bonne écoute, en apprenant à communiquer et à appréhender ces choses-là, on peut tout à fait vivre avec. Je sais que ça fait peur, à quel point c'est terrifiant, surtout à ton âge, Katia, mais tu n'es pas la seule. Il y a d'autres gens comme toi.

– Vous les voyez aussi ?

Hésitation. Caroline se frotte le menton, puis sourit.

– Non. J'ai pas cette sensibilité. J'utilise d'autres moyens pour entrer en contact. Des moyens scientifiques, des outils électroniques, la technologie. J'essaye de les mettre en lumière, de les révéler.

– Qu'est-ce qu'ils veulent ?

– Ça dépend. Il y a plusieurs types d'apparitions. Mais ton cas, si j'en crois ce que m'a raconté ton père, ça ressemble à ce qu'on appelle un esprit frappeur. C'est une hantise, focalisée sur toi, et c'est un esprit qui peut interagir. On croit souvent à tort que seuls les lieux peuvent être hantés. Mais non. Les gens également. C'est un peu le même processus qu'un parasite. Le fantôme s'accroche à toi parce que tu es réceptive. Il peut très bien avoir été *accroché* à la ferme de ton grand-père, puis l'énergie qu'il a perçue quand tu es venue dans ce lieu hanté l'a attiré, et maintenant, il est avec toi.

– Ils sont. Il est pas tout seul. Il y a une femme aussi.

Caroline se redresse sur sa chaise, pince les lèvres en finissant sa tasse.

– Deux fantômes. Parle-moi de cette femme.

– J'ai du mal à la voir, elle se cache de moi. Elle porte un anorak vert. Elle est rousse, des cheveux très longs, très colorés. Presque rouille. Elle est moins présente et elle me parle pas. J'arrive pas à voir son visage.

– C'est la première fois que j'entends parler de deux fantômes en même temps.

– J'en ai vu d'autres. Un enfant, chez mon psychiatre. Et à Vuillefer, j'ai eu des visions, plusieurs hommes qui s'approchaient de la ferme. Ça avait l'air très vieux, comme un film en noir et blanc ou une photo, mais en mouvement.

– Oui, c'est normal, comme je te disais il y a plusieurs types d'apparitions. Celles qui se manifestent ainsi sont des apparitions résiduelles. Chaque lieu garde en lui la mémoire des événements tragiques qui s'y sont déroulés. Quelqu'un avec le don de vision peut capter ces moments en passant dans le lieu. Comme un film projeté au travers du temps. Il n'y a aucune interaction possible avec ces apparitions-là, dans un même lieu tu verras toujours la même chose et de la même manière, et les spectres ne te remarqueront jamais. Les événements se sont déjà produits, ils sont immuables. Dans le cas des fantômes, c'est différent. Ils ont quelque chose à exprimer, ils sont réels dans le temps présent, ils traversent les âges. Ce sont des êtres à part entière, généralement tués de façon violente ou inattendue. Des êtres dont la vie a été retirée trop tôt, et qui cherchent le sens de cette mort.

– Mais pourquoi me faire du mal ?

– Normalement ce n'est pas le cas. Le fantôme n'a aucune intention maléfique, ça c'est uniquement dans les films. Ils cherchent à faire le bien, à joindre leurs proches, pour les rassurer, pour leur dire adieu. Dans la grande majorité, les fantômes sont bienveillants.

– Et ceux qui ne le sont pas ? demande Katia.

– C'est la troisième catégorie. Les poltergeists. Ce sont des *esprits frappeurs*. Pour la plupart des professionnels du surnaturel, c'est une légende. Des fantômes capables d'interagir de manière physique avec les vivants, capables de contact avec la matière. Un phénomène extrêmement rare, si bien que beaucoup d'entre nous mettent en doute leur existence.

– Les miens sont plutôt physiques.

– C'est ce que j'ai cru comprendre. C'est aussi pour ça que je voulais te rencontrer au plus vite.

– Est-ce qu'ils peuvent me tuer ?

– Je ne vois pas en quoi ça les aiderait. Ils perdraient leur moyen de communication.

– Ils l'ont pourtant attaquée, dans notre salle de bains, dit Laura.

– J'entends bien, répond calmement Caroline. Mais ils ont besoin d'elle quand même. On ne sait pas ce qu'ils veulent ni pourquoi ils agissent ainsi. Le fantôme est un prolongement de la personnalité du vivant. Si le vivant était quelqu'un de bienveillant, aucun souci. Dans le cas contraire… Il va falloir découvrir ce que veulent ces fantômes.

Elle se tourne vers Alexandre :

– Et qu'on parle de votre père.

– C'était pas quelqu'un de bien, si c'est ce que vous voulez savoir.

Il lui raconte la distance, la froideur du vieux paysan. Sa fuite en pleine forêt et l'indifférence totale que ça avait provoquée chez cet homme. Il parle de sa mère, silencieuse, dans son monde, qui avait passé des années auprès de lui, comme un meuble de salon, déplacée d'une pièce à l'autre. Aussi loin qu'il se souvienne, sa mère avait toujours été traitée comme un sous-être, même du temps où elle était lucide, quand elle était jeune. Pour Alexandre, c'est son père qui a mis sa mère dans cet état végétatif. Un travail sur la durée, l'anéantissement d'un esprit. Il avait broyé toute envie, toute joie, il l'avait privée de toute liberté, sans qu'elle s'y oppose. Cette ferme, c'était une prison mentale. Sa mère avait été asservie par cet homme, et Alexandre lui en avait voulu de s'être laissé faire, il l'avait haïe. Il les haïssait tous les deux.

– Vous comprenez que ça ne m'étonne pas du tout si c'est lui qui s'attaque à ma fille.

– Et cette femme que tu vois, reprend Caroline en s'adressant à Katia, ça ne peut pas être ta grand-mère ?

– Ma mère est toujours vivante, intervient Alexandre.

– Ah…

– C'est elle qui a tué mon père, d'un coup de couteau en pleine gorge.

– Alexandre… gronde Laura.

– On est tous au courant, ça va. C'est juste la vérité. Oui, il a eu une mort violente et soudaine, ça colle, non ?

– Quoi qu'il en soit, on doit déterminer avec certitude l'identité de ces deux fantômes, sinon on ne pourra pas communiquer avec eux de façon constructive, répond Caroline en apaisant la tension d'un geste de la main. Je ferai aussi passer quelques tests à Katia dans mon laboratoire. Ne vous inquiétez pas, rien de très impressionnant, c'est pour tester ses capacités sensitives.

– Vous acceptez de nous aider ? demande Alexandre.

Caroline se tourne vers Katia. Discret clin d'œil. Sourire en coin de l'adolescente en réponse.

– Bien sûr, monsieur Devillers. Bien sûr que j'accepte.

*

Laura attend déjà depuis une demi-heure au cœur du fort des Justices, gros bloc de pierre impersonnel en périphérie de la ville, dans les bureaux de la section de recherche de la gendarmerie. On l'a installée dans une petite salle où siègent deux bureaux surchargés équipés de PC hors d'âge. Elle serre son dossier sous le bras, elle n'est pas sereine. Elle hésite encore, peut-être a-t-elle eu tort d'insister. Il lui a fallu convaincre les gendarmes pour rencontrer le lieutenant-colonel Lièvremont.

C'est fait, le voilà. Un grand type carré, les cheveux ras sur un crâne anguleux, les yeux rentrés dans leurs orbites sous un nez saillant. Il prend place sur une chaise à côté du banc où est installée Laura, les gestes lents, aucune maladresse. Direct et sûr de lui.

– Vous avez des informations, donc ?

– Je ne sais pas. Vous allez trouver ça étrange.

– J'en ai vu d'autres.

Elle lui tend la chemise avec les dessins de Katia. Il feuillette l'ensemble, sourcil redressé, les grosses paluches agrippent les pages.

– C'est ressemblant. Vous imaginez bien que chaque enquête de ce genre nous apporte son lot de voyants ou de médiums qui ont des *visions*, qui nous font perdre un temps précieux, qui cherchent leur moment de gloire.

– Je… J'imagine. C'est ma fille qui dessine. Je suis venue uniquement parce que j'ai trouvé la coïncidence troublante.

– Et donc votre fille *voit* ces choses ?

– Je ne sais pas comment ça marche. J'ai beaucoup de mal à y croire, je vous assure. Ça ne fait pas très longtemps qu'elle a ces visions. Mais quand j'ai entendu parler du meurtre, je me suis dit que ça valait le coup de contacter la gendarmerie.

– Bon, bon. Il y a des éléments, les ecchymoses au visage, la position des corps, admet le gendarme. Mais vous comprenez que nous sommes toujours… réticents à utiliser ce genre de méthode.

– Bien entendu.

– Elle sait que vous êtes là ? Votre fille ?

– Oui. Je ne veux pas trop la mêler à ça, je ne voulais pas qu'elle m'accompagne.

– Quel âge ?

– Seize ans.

– Ce sont des dessins très durs. Pour une ado.

– Elle ne le vit pas très bien.

Lièvremont hoche la tête en signe de compréhension, il perçoit la tension qui plisse le front de Laura, l'émotion qui gagne ses pommettes, fait trembler sa lèvre supérieure.

– Madame Devillers… Je suis désolé. Comprenez ma position, c'est une enquête sur un meurtre.

– Excusez-moi. J'ai été idiote. Je n'aurais pas dû vous embêter avec ça.

– Bien au contraire. Chaque élément peut être important, et je ne remets nullement en cause ce que vit votre fille.

– Mais une gamine de seize ans qui a des visions…

– Je suis navré.

Laura se lève, rassemble les feuilles.

– Je suis venue au cas où ça pouvait être utile. Je ne voulais pas vous faire perdre votre temps.

– Je peux vous emprunter les dessins ? réclame Lièvremont en se levant à son tour, main tendue, la recouvrant de son ombre, ses larges épaules masquant les deux étroites fenêtres. Elle les lui remet, il cale la chemise sous son bras.

– Je vais en faire des copies, je vous les rends immédiatement.

Laura reste seule une poignée de minutes dans la pièce surchauffée. Tout ça ne sert à rien, c'est juste idiot. Qu'est-ce qu'elle croit pouvoir apporter à une enquête sur un meurtre dans lequel elle n'a rien à voir, dont elle ne connaît même pas la victime ? Elle se rend compte de la politesse du gendarme, qu'elle doit être une parmi des dizaines. Qui gravitent autour des assassinats comme des vers sur une charogne. Des comme elle, le gendarme doit en subir à chaque enquête, qui cherchent un peu d'attention. Elle se sent pathétique. En quoi croit-elle aider Katia en venant ici coller ses dessins morbides sous le nez d'un flic ?

À peine Lièvremont revenu, elle s'empare de la chemise et fait demi-tour sans le saluer, regard bas, dévale l'escalier jusqu'à regagner la pleine lumière et se réfugie dans sa voiture.

*

Caroline Grunwald dépose la tasse de thé sucré au miel sur la petite console qui jouxte le fauteuil club dans lequel Katia s'est lovée, Malaga à ses pieds.

– Je vous remercie, dit l'adolescente.

– Dis donc, on n'est plus chez tes parents. On va peut-être se tutoyer tu ne crois pas ?

Katia pouffe dans son thé, se sent en confiance.

– C'est un peu comme une maladie, non ? demande-t-elle. J'ai attrapé ça là-bas et maintenant ils sont avec moi. Il faut que je les repasse à quelqu'un pour m'en débarrasser ?

Caroline sourit avec malice, sa tasse de café aux lèvres.

– L'analogie est amusante. Il y a une véritable interaction entre eux et toi. Ils attendent quelque chose de toi, en particulier. On ne se débarrassera pas d'eux aussi facilement. Ce sont tes facultés pour voir et entendre l'invisible qui les attirent à toi, il va donc falloir que tu utilises ce don pour comprendre.

– Comment on fait ça ?

– Je vais t'y aider, t'inquiète pas. Ta présence, ta concentration, ça va nous aider à les faire *venir*. Il faut provoquer leur manifestation, ne pas l'attendre, ne pas la subir.

– Je… Je crois que j'ai fait quelque chose comme ça, lundi dernier. Je crois que j'ai fait apparaître l'Ogre.

– L'Ogre ?

– C'est comme ça que je l'appelle… Il me fait penser à un ogre.

– Dans quelles circonstances ?

Katia se rembrunit, colle ses deux mains à la tasse chaude. Elle hésite.

– J'avais besoin d'aide. Des filles de mon collège, qui m'en veulent. Elles m'ont coincée dans les toilettes, elles voulaient me faire du mal. Mais *il* est venu, et *il* m'a défendue.

– Attends, tu veux dire qu'elles l'ont vu ?

– Non. Je pense pas. Elles l'ont senti. Il s'est comme *emparé* de moi. J'ai pu les mettre à terre, toutes les trois. C'est comme si j'avais toute sa force en moi.

– Il a réagi à ton état émotionnel. Il est apparu dans un grand moment de stress. Et l'autre ?

– L'autre fantôme ? Non, elle est pas apparue.

– Il va falloir qu'on domine ta peur, c'est notre première étape. Il faut que tu souhaites les voir, que tu cesses de les refouler. Tu dois ouvrir les vannes. Tu souffres et tu es terrifiée parce que tu les contiens. Tu les bloques en toi.

Katia replie ses jambes sous elle. Elle aime la façon dont la pièce est agencée, la décoration chaleureuse, les odeurs feutrées. Elle se sent protégée, comme si les problèmes restaient à l'extérieur. Caroline semble lire dans ses pensées.

– Il faut que tu les fasses sortir, Katia.

– Comment ?

Caroline se lève, tire de lourds rideaux sur les hautes fenêtres qui donnent sur la rue piétonne, le bourdonnement de la ville s'éteint instantanément, isolation totale.

Seul le tic-tac de la montre de Caroline reste audible, lorsqu'elle se penche par-dessus l'épaule de Katia.

– Tu vas t'allonger, tu vas te détendre, et je vais te parler. T'as rien à craindre, je reste avec toi.

Elle débarrasse le sofa des piles de dossiers entassés, invite Katia à s'étendre. Malaga, couchée sous le canapé, lève la tête, perturbée par ce changement, quitte sa place. Katia pose sa main sur le museau, la chienne s'assied à côté d'elle. Caroline installe un magnétophone sur la table basse, à quelques centimètres de la jeune fille, puis un trépied avec une caméra infrarouge doublée d'une caméra thermique cadrant en large l'ensemble de la pièce. Plusieurs détecteurs de mouvement et trois détecteurs de champ électromagnétique quadrillent l'espace.

La chasseuse de fantômes éteint toutes les lampes, et prend place avec son ordinateur portable dans un second sofa qui fait face au premier. Elle déclenche une playlist, des morceaux de musique classique mixés à des sons recueillis en bord de mer et dans les forêts des Landes, au hasard de ses pérégrinations. Erik Satie, Bach, la côte d'Opale ou les plateaux des Causses balayés par les vents. Elle crée une ambiance, elle plonge la jeune fille dans son imaginaire. Les embruns caressent la joue de Katia, le musc du sous-bois pique presque ses narines. Ses paupières sont closes, ses pupilles dilatées, sa respiration régulière et paisible. Elle ôte son gant gauche, délicatement, laisse sa main entrer en contact avec la fourrure de la chienne qui repose sa tête contre son flanc. Les doigts s'emmitouflent entre les poils.

Les minutes s'écoulent, de nouveaux bruits s'agrègent à la bande-son, des sifflements. Des grattements contre le plancher, puis des couleurs qui défilent devant ses yeux. La neige fouette les branchages autour d'elle, et elle redouble d'efforts pour ne pas ouvrir les yeux. Dans son espace onirique, elle distingue la silhouette noire au long manteau, et cette voix sans timbre qui l'invite. Le visage de l'homme se dessine, plus net que jamais, les yeux en amande, version anguleuse de son propre père, bouche béante sur une dentition grise. Ils se font face dans une plaine blanche. Elle avance vers l'Ogre sans jamais le rejoindre, il l'attire toujours plus loin aux abords de la forêt, paraissant flotter à reculons pour ne jamais la perdre de vue.

Elle s'arrête juste à l'orée, un frisson parcourt son échine, un second regard irradie son cou. Elle ne sait à quelle distance se situe la Rouquine, juste derrière elle ou dissimulée dans le lointain derrière le rideau de neige, mais elle ne parvient pas à se tourner. Ses mains sont moites malgré le froid. Des lames de glace la transpercent. Tétanisés, ses membres ne répondent plus. Le paysage, pourtant, continue de défiler, la forêt se fait de plus en plus dense, les aiguilles des sapins couvertes de poudre blanche picotent ses bras, elle en ressent le contact, comme s'ils étaient nus. Et paradoxalement, même si la pièce autour d'elle s'est volatilisée, elle a toujours la sensation de sa main dans le pelage de sa chienne.

Cette présence dans son dos, elle tente d'en faire abstraction, de concentrer son regard sur l'Ogre. L'aura de ces deux forces qui l'enserrent comprime sa cage thoracique, son souffle amorce un rythme saccadé. Dans le lointain tintent les premières notes de *La Sonate au clair de lune,* les notes très espacées, la mélodie en résonance contre les montagnes qui la cernent. Et le décor se dissipe, le noir absorbe sapins et rochers, elle se retrouve dans une caverne hermétique, pas le moindre point de jour.

Les formes, humaines mais désarticulées, en cercle autour d'elle.

Toutes attachées, nues, mains par-dessus le crâne, corps décharnés aux joues tailladées, on y voit jusque dans la gorge, les globes oculaires se détachent des orbites. Visages figés en cris muets, les cheveux pris dans une épaisse couche de glace. Une fresque perverse, mise en scène de dépouilles martyres. Figures blanches comme la cire, yeux vides, langues gonflées. Pommettes déchiquetées, lèvres fendues, traces de dents sanglantes le long des mâchoires. Sauvagerie.

La dernière chose que voit Katia avant que le monde ne disparaisse est le contour féminin de l'ombre qui se détache de la paroi de pierre, juste derrière les cadavres, les longs cheveux roux, alors que cette apparition emplit l'espace avec une rapidité stupéfiante et s'introduit dans le corps de l'adolescente en infiltrant chaque pore de sa peau.

*

Katia reste allongée de longues secondes, le cœur affolé, haletant bouche ouverte. L'image de la Rouquine s'est figée dans ses pupilles ; le temps d'un souffle, elles ont été face contre face, les yeux dans les yeux. Une tristesse infinie s'est engouffrée dans son âme dès que la créature a fusionné avec elle, elle la sent, au plus profond d'elle-même. Elle est encore là, tapie dans ses os, dans sa chair.

Je n'ai pas rêvé ça.

Malaga pousse un jappement aigu, ses longues oreilles caressent la main de la jeune fille, qui détourne le regard vers l'obscurité. Une lampe de salon s'allume, le visage de Caroline se dessine dans le faisceau. Les yeux de Katia piquent.

– Je l'ai vue. Elle est entrée en moi.

– Raconte-moi.

– J'ai suivi l'Ogre. Dans la forêt, il y avait une grotte. La Rouquine, elle était là, tout le temps. Il y avait des morts, partout.

– Des fantômes ?

– Non. Des corps. Des cadavres ligotés, torturés. Du sang séché. Et ce… cette femme, qui est venue à moi, qui est entrée dans mon corps.

Elle ferme les yeux, prise d'une toux soudaine, son estomac remonte dans sa poitrine, brûlure dans la gorge.

Caroline lui apporte un verre d'eau, qu'elle vide d'un trait, puis repose sa tête sur le coussin, mains croisées sur le buste. La fièvre revient, elle a chaud.

– J'ai vu l'Ogre de près. Il ressemble à mon père, j'en suis sûre.

– Ça confirmerait donc ton intuition. C'est certainement ton grand-père.

– Par contre, il me paraît plus jeune que l'âge qu'il avait à sa mort.

– C'est peut-être une interprétation de ta part. Je ne sais pas comment l'expliquer.

Katia reste pensive quelques secondes, rebondit aussitôt :

– Ces morts que je vois. Pourquoi ?

– Difficile à dire. Peut-être des souvenirs, un de ces deux fantômes projette quelque chose pour toi. Un message. Un avertissement.

– Une menace ?

– Je ne crois pas. Une tentative de communication.

– La façon dont ils sont tués, dont on les a attachés… une femme a été tuée comme ça, il y a quelques jours, vers Morteau. Ma mère m'a montré ça dans le journal, elle a été en parler à la police.

– Étonnant.

– Tu as vu quelque chose ? Il s'est passé quoi ?

– Les détecteurs d'ondes se sont affolés. Ça paraît logique. Je n'ai rien vu concrètement, mais ta chienne est très vite devenue nerveuse. L'ambiance s'est électrifiée, t'as pas arrêté de gémir et de trembler. J'ai tout filmé, tu pourras revoir si tu veux.

– Non. Je préfère pas. J'ai peur, Caroline. J'ai peur de ce que je vois.

– Ça ne peut pas te faire du mal. Tu ne crains rien.

– Tu en es vraiment sûre ?

Caroline amorce un geste dans sa direction, compatissante, se retient au dernier moment. Katia se recule contre l'accoudoir.

– Ils ont tous été torturés. Des sales plaies sur les joues, sur le front. Des morsures, des coupures.

– Mon Dieu. Je comprends que tu aies peur, mais il faut affronter ça.

– Je veux qu'ils disparaissent.

– Ils disparaîtront quand on aura compris le sens des messages. Pour t'aider, il faut les aider eux.

Caroline éteint les différents appareils, transfère les données sur son ordinateur.

Bruit blanc. Crachotement, respiration tendue de Katia, jappements de la chienne. Katia et Caroline sont assises autour de la table basse, sens en alerte. Murmures indistincts. Silence.

Elles retiennent leur souffle, cherchent la moindre variation dans le bruissement de fond.

Enfin, une rupture. Les poils se hérissent sur les bras de Katia, elle voit les traits de Caroline se plisser. Elle sursaute. Un cri sifflant vrille ses tympans, fait trembler le haut-parleur. Cri de souffrance, la douleur qui arrache les tripes. Des chocs graves, sinistres, des craquements évoquant des troncs d'arbres qui s'ouvrent et s'effondrent.

C'est elle.

Des mains grattent. Des pas frottent.

Et soudain une voix d'homme se superpose à ce tintamarre, Katia tressaille, elle reconnaît nettement la voix qui parle dans sa tête : *« LAISSE-NOUS. LAISSE-LA. »*

La voix se mue en hurlements incompréhensibles, des invectives sans réponse. Des rugissements terribles. Les deux êtres luttent l'un contre l'autre, c'est un combat furieux auquel assistent les deux femmes, un affrontement autour de Katia, virulent, un combat implacable.

L'enregistrement se termine sur le réveil de Katia, les manifestations s'interrompent abruptement à ce moment-là. Les images des caméras infrarouges montrent de fortes variations de chaleur autour de Katia pendant la séance. Caroline stoppe la lecture, referme l'ordinateur.

– Tu as réussi, Katia. Tu as réussi à les faire venir.

L'activité a été très intense, Caroline a les yeux brillants. De fait, elle n'a jamais vu ça. La chance est inespérée, elle a assisté à une manifestation surnaturelle inédite, à ce niveau. Cette gosse, c'est un don. Il faut lui faire prendre conscience de son importance, il est hors de question de gâcher une telle aptitude. Katia a déjà plus que largement prouvé son potentiel.

Katia ne partage pas son enthousiasme. La terreur a redoublé, elle lui broie les intestins.

Quelque chose lie ces deux fantômes, c'est indiscutable.

Une haine implacable.

Et elle est en plein milieu.

Caroline ouvre les rideaux en grand, Katia cligne des yeux, en sueur.

– Je vais rentrer…

– Repose-toi, surtout. Ce n'est qu'un début.

– Qu'est-ce que tu veux dire ? demande Katia, sur la défensive. Début de quoi ?

– Je veux juste dire qu'il va falloir être patiente.

La sonnette retentit, coupant court à la conversation. Caroline fronce les sourcils, se dirige vers la porte. Katia passe son manteau sur ses épaules et crochète la laisse au collier de Malaga, prête à partir.

Caroline ouvre la porte et s'efface devant un vieil homme claudiquant qui s'aide d'une canne en noyer. Il s'appuie contre le chambranle et tend une enveloppe à Caroline, qu'elle s'empresse de ranger dans le placard de l'entrée.

– C'est gentil, mais j'aurais pu venir la chercher à Mamirolle, tu n'as pas besoin de te déplacer jusqu'ici…

– Sans doute, mais ça fait trois semaines que tu dois venir récupérer ton argent, rétorque le vieillard dans une pluie de postillons. Faut bien que tu règles ton loyer.

– J'ai été un peu prise. Je comptais venir dans la semaine.

Le vieillard se redresse brusquement et tourne la tête vers Katia, prenant conscience de sa présence. Il la dévisage de ses yeux bleu azur, sa main tremble sur le pommeau de sa canne. Un malaise indescriptible envahit Katia, comme si l'homme fouillait son âme jusqu'aux tréfonds.

– Qui est-ce ? demande-t-il à Caroline, sans quitter Katia des yeux une seconde.

– C'est… une amie, rétorque Caroline. Peu importe. Elle allait partir.

– Qu'est-ce que tu fais ? Qu'est-ce que tu fiches avec elle, bordel ?

Il plaque une main ferme sur l'épaule de Caroline et visse son regard dans le sien.

– Qu'est-ce que tu fais à cette gamine ?

– Lâche-moi, Théo. T'as pas à me faire la morale, réplique-t-elle en se libérant de son emprise.

L'homme prend appui sur sa canne et fait trois pas dans la direction de Katia, un rictus de fureur joignant ses sourcils épais. Malaga grogne entre ses crocs.

– Comment tu t'appelles ? demande-t-il sèchement.

– Katia.

– Laisse-la tranquille, intervient Caroline.

– Katia comment ? poursuit Théo.

– Katia Devillers.

– Tu n'as rien à faire ici, Katia Devillers. Rentre chez toi, et restes-y. Elle ne peut rien pour toi !

Caroline le contourne et s'interpose.

– Fous le camp d'ici, Théo ! Tu lui fais peur !

– Comme c'est moi qui paye le loyer, je reste si je veux, siffle-t-il. Tu ne sais pas à quoi tu t'attaques. Tu ne peux lui faire que du mal, tu le sais aussi bien que moi ! Quand est-ce que tu changeras ?

Le malaise les gagne tous trois. Ils se dévisagent en silence, silence que Malaga rompt bientôt d'un bref jappement. Katia en profite pour se faufiler dans le vestibule et gagner l'entrée.

– Je reviendrai plus tard… glisse-t-elle en bondissant dans le couloir.

– Tu reviens demain, assure Caroline.

Katia ne demande pas son reste, la porte se referme sur des éclats de voix inintelligibles et elle dévale les marches dans l'obscurité, guidée par sa chienne, sonnée par cet échange perturbant. Comme si le vieil homme avait sondé son esprit en une fraction de seconde, sans qu'elle le lui permette. Elle se sent nue, vulnérable. Et Caroline lui a paru soudain fragile face à cet homme, comme si sa seule présence révélait la nature profonde des gens. Leur face cachée.

Chapitre 7

Caroline se montre néanmoins toute guillerette quand Katia passe la porte le lendemain après-midi. Des journaux étalés sur la table basse et la télé en sourdine. Katia, c'est tout le contraire. Mauvaise humeur, renfrognée, boudeuse. Caroline n'y prête aucune attention, elle prépare son matériel, emballe les caméras et les appareils photo dans leur housse, les instruments de mesure dans un sac à dos de randonnée. L'adolescente fait tapisserie sur le canapé, suit des yeux la chienne qui déambule entre les piles de magazines.

– On va où ? demande Katia.

– Oh mon Dieu, mais elle parle, répond Caroline sans cesser de retourner le bureau.

– Je suis crevée. Comme d'hab.

– Tu as mentionné ce meurtre que ta mère a vu au journal télé.

Katia relève le sourcil, ce qui n'échappe pas à la sagacité de son interlocutrice. Sourire en coin.

– Il est temps de voir ce que tu vaux sur le terrain, jeune fille.

– Où ça ?

– J'ai fait quelques recherches. Longemaison, à quelques kilomètres de Morteau. Une grange délabrée, dans la forêt. On a une petite heure de route.

– Je devrais peut-être avertir mes parents.

– Ils savent que tu es avec moi, non ?

– Ouais, mais on va pas être rentrées avant la nuit, dit Katia, méfiante.

– Tu as peur de quoi ? s'exclame Caroline. Si tu ne ressens rien, sur place, c'est pas bien grave. Mais je pense que ça ne sera pas le cas.

– Tu crois vraiment que j'ai envie de voir ces choses ?

– Il faut bien t'y confronter. Tu ne veux pas comprendre pourquoi on te montre ça ?

– On a le droit d'aller là-bas ? C'est une scène de crime, non ?

– On verra bien comment c'est. On n'est pas forcément obligées d'aller super près pour que tu *sentes* une présence. Ceux qui sont en toi peuvent très bien réagir à ce moment-là, on ne sait pas.

– C'est encourageant.

Caroline se place face à sa jeune protégée, dépitée, bras ballants.

– Je suis désolée que tu aies assisté à cette scène, hier. Cet homme, c'est mon oncle, c'est lui qui m'a élevée. Tu me fais toujours confiance, n'est-ce pas ?

– Oui, pardon. J'ai été un peu déboussolée. Je suis pas à l'aise. Il m'a regardée tellement bizarrement.

– Je ne sais pas comment t'expliquer. Il sent les choses.

– Il les voit, lui aussi ?

Caroline laisse planer un silence, soupire.

– Oui. Enfin, il les voyait. C'est plus compliqué, aujourd'hui. Il a tourné le dos à tout ça, et il n'accepte pas très bien que j'y consacre ma vie. Ça a toujours été difficile avec lui, ça n'a rien à voir avec toi.

– Et il pourrait pas m'aider ? S'il est comme moi ?

– Son attitude d'hier parle d'elle-même, répond Caroline. Il fuit tout ce qui a rapport avec l'autre monde. Il se planque, si tu veux mon avis. Il a tout de suite senti que tu avais un don, et il a paniqué, tu l'as vu. Mais moi, je vais t'aider.

– Promis ?

– Promis.

Katia hoche la tête, donne son assentiment du regard. Elles s'équipent chaudement et chargent les sacs dans la Clio. À seize heures, elles ont quitté Besançon par la nationale 57. La neige commence timidement à floconner.

*

Laura gare sa 206 à Chamars puis remonte le quai Vauban jusqu'au pont Battant, en longeant le lycée Pasteur. Il fait un froid glacial, qui s'infiltre sous son long manteau et lui fait serrer les poings dans les poches, malgré ses gants de peau fourrés. Les passants sont rares, repoussés dans les bureaux ou les appartements, ou retranchés dans leur voiture. Le Doubs gèle le long des rives, Laura fait très attention où elle marche, ses chaussures dérapent sur les trottoirs givrés.

Elle ne comprend pas encore très bien ce qu'elle fait là, comment elle a pu se laisser convaincre aussi facilement. Un appel matinal, un homme au téléphone, agité. Et qui se présente comme l'oncle de Caroline Grunwald. Il veut lui parler de Katia, c'est urgent. Il bafouille, paraît confus. Sa nièce, ce n'est pas quelqu'un de bien. Elle va se servir de Katia. Laura n'a pas le temps d'en placer une. Il ne lui laisse pas le choix. Il lui fixe rendez-vous l'après-midi même au Brass'éliande, au bout du pont Battant. Et raccroche aussi sec. Laura est restée de longues secondes avec le téléphone en main, interloquée. La matinée n'a pas été de trop pour se décider.

Et la voilà qui franchit le pont, le soleil rasant de début d'après-midi se reflète sur les cadenas que les amoureux ont attachés aux grilles du parapet. Le tramway sonne derrière elle, elle le laisse serpenter sur le pont puis traverse les rails pour rejoindre la brasserie qui fait l'angle avec le quai opposé, à l'ombre de l'église Sainte-Madeleine. Elle pousse la porte arrondie. Peu de monde à l'intérieur. Une bouffée d'air chaud agrémenté des derniers arômes des assiettes de midi empourpre ses joues, elle ôte son bonnet et le fourre dans sa poche.

Elle fouille la pièce du regard : la salle est sombre mais chaleureuse, parsemée de poteaux de bois ornementés de plaques de rues, et de poutres apparentes garnies de chéneaux, donnant l'illusion de toits miniatures surplombant les tables, sol couvert de dalles de pierre, tabourets bas, en gros un assemblage de boiseries, de pierres taillées et de métaux. Deux couples, un groupe d'amis au bar, et un vieil homme qui termine un café allongé, à sa gauche, dos à la fenêtre d'angle, sur une banquette en bois massif encadrant une table ronde. Il lève la tête, lui fait un signe discret avec deux doigts.

Elle prend place sur la banquette, entre deux poutres, commande rapidement un thé vert à la menthe. Lui renouvelle son allongé.

– Monsieur…

– Théo. Ça ira très bien.

– Je ne comprends pas. Comment connaissez-vous ma fille ?

– Je l'ai croisée chez ma nièce, hier.

– Qu'est-ce que vous voulez de moi ?

– Moi, je ne veux rien. Mais je pense que vous faites fausse route. Je suis là uniquement pour vous mettre en garde.

– Contre qui ? Votre nièce ?

– Évidemment. J'ai vu votre fille. J'ai vu ce qu'elle avait en elle. Caroline va en tirer tout le profit qu'elle pourra, soyez-en sûre.

– Qu'est-ce qui vous fait dire qu'elle veut du mal à ma fille ?

– Je ne dis pas qu'elle lui veut sciemment du mal, réplique Théo, mais elle n'a pas le même but que vous. Car Caroline n'a pas ce don. Elle cherche les phénomènes surnaturels, les apparitions, tout ce que vous voulez, parce qu'elle n'est pas capable de les voir elle-même. Elle ne les comprend pas, elle ne les sent pas.

– Et vous dans tout ça ?

– Je suis médium. Étais serait plus juste. Je sais ce que traverse votre fille. Et ce dont elle a besoin, c'est de vous, pas d'une soi-disant chasseuse de fantômes. Caroline ne réussira jamais à combattre celui qui hante Katia. Jamais. Et de toute manière elle n'a pas l'intention de le faire.

– Vous pensez qu'elle utilise ma fille comme une sorte de vecteur ?

– Oh, je pense même que tout ce qui l'intéresse au fond, c'est sa petite gloire personnelle. Trouver un vrai sensitif, quelqu'un qui ait un contact privilégié avec les morts, et le mettre en scène. Elle a un vrai public. Elle cherche le « buzz », comme disent les jeunes. Elle veut communiquer avec ce fantôme, le voir, lui parler. Toute sa vie, elle a couru après ça. Parce qu'elle voulait être comme moi. Katia est secondaire.

– J'ai du mal à croire à tout ça.

– C'est hors sujet. Partez du principe que votre fille voit des esprits. Elle est *sensitive*. Elle a ce don, point.

– Et vous, qu'est-ce que vous cherchez ?

– Rien. J'ai passé ma vie à aider les gens à parler à leurs disparus. À les accompagner. Votre fille, elle n'a pas de temps à perdre avec ces conneries de chasse aux fantômes. Elle doit se trouver un but. Elle doit utiliser ce qu'elle a en elle.

– Ce qu'elle a en elle lui fait du mal. À nous aussi.

– Non. Ce qu'elle a en elle, c'est un moyen de communication. Ce n'est ni bien ni mal. Ce qui lui fait du mal, c'est l'esprit qui lui parle par ce biais.

Laura entoure sa tasse de ses mains, la chaleur se répand dans ses doigts, sa paume colle à la porcelaine. Regard dans le vague.

– Je ne peux pas croire que je vais demander ça... Vous avez vu cet esprit ?

– Non. Je l'ai senti. À vrai dire, j'en ai senti deux. Et l'un des deux est particulièrement malveillant. C'est pour ça que je voulais vous voir. Les fantômes ne sont pas dangereux. Sauf si, de son vivant, la personne l'était. Ses intentions, à celui-là, elles sont malsaines. Malheureusement, Katia est encore jeune, elle n'a pas les réflexes, elle ne sait pas comment réagir. Mais je veux que vous compreniez : c'est elle qui est aux commandes. C'est à elle de décider quoi faire de son don.

– Elle veut guérir. Elle veut que ça disparaisse.

– Ça n'arrivera jamais. Ce n'est pas une maladie. C'est une faculté. C'est pour la vie. Il faut qu'elle apprenne à vivre avec, pas à le combattre. Et ça peut lui apporter beaucoup de bonnes choses par ailleurs, à elle, à vous.

– Cet esprit... Comment on s'en protège ?

– Il n'apparaît que parce qu'elle le *laisse* apparaître. Je vous le disais, elle est aux commandes. Il n'y a qu'elle qui puisse le vaincre. Ce sont ses émotions à elle qui dirigent la communication. Ces esprits sont en elle, ils la hantent, si on peut dire. Mais ils sont également prisonniers d'elle, ils n'existent pas sans elle. Et j'ai le sentiment que le second, plus faible, est là pour la protéger du premier.

– Un ange gardien ?

– Un esprit bienveillant. Qui connaît l'étendue de la perversité de l'esprit malveillant.

– Katia pense qu'il s'agit de son grand-père. Le père de mon mari, décédé le mois dernier. C'est en allant aux funérailles que tout a commencé.

– C'est possible.

Des flocons minuscules s'écrasent à présent sur le carreau. En sourdine, Nick Cave emplit le café de sa voix suave. Le groupe du bar en a terminé et regagne la rue soufflée par les bourrasques. Un courant d'air fait frissonner Laura.

– Déjà de son vivant, autant vous dire que je détestais ce connard.

– Les gens ne changent pas en mourant, répond Théo.

– Mais pourquoi il s'en prend à elle ?

– Je ne sais pas. Il va vous falloir le découvrir. Les esprits restent car ils cherchent quelque chose. Il est entré en elle parce qu'elle est sensitive, elle peut le voir et l'entendre. Il a besoin de ce canal de communication pour survivre, elle le maintient en vie. Pour faire court, c'est un parasite dans son esprit à elle. Il se nourrit de sa vie, elle est jeune et inexpérimentée, c'est la proie idéale.

– Qu'est-ce que je peux faire ? Pour l'aider ?

– Ne mettez pas en cause ce qu'elle voit. Croyez-la, quelles que soient vos convictions. Elle a besoin de vous. Elle doit apprendre à se maîtriser et à gérer ses émotions.

– C'est une ado.

– Ça ne va pas être facile.

Les images inondent les yeux de Laura, les baignent de larmes. Katia, bébé, appuyée contre son cou dans la maison de Pouilley, au coin du feu. Alexandre, le regard craquant, ses douces caresses sur les joues de sa fille. Trois ans plus tard, le parc pour enfant, Katia qui refuse la main tendue, la fin de tout contact physique. Les étreintes du soir après la nounou, la petite qui s'endort entre eux deux dans le grand lit, c'est terminé. La distance s'installe tout au long de l'enfance difficile. Le rejet des camarades de maternelle, les crises de colère. Douze ans, Katia est diagnostiquée. Haptophobe. Les griffures, les taches d'eczéma, et maintenant les poussées d'acné, elle multiplie les problèmes de peau. Et les médecins, de fait. Elle se couvre, elle se cache, elle s'éloigne. Crée des barrières imaginaires, construit des murs entre elle et le monde.

Ces murs viennent de se fissurer, Katia est terrorisée. C'est le monde qui s'engouffre dans son univers protégé. La détresse que ressent sa fille broie le cœur de Laura. Katia a tout fait pour se préserver, mais c'est de son corps et de son esprit même que provient désormais la menace. La dernière digue, qu'elle pensait immuable, a craqué. Le soi n'est plus un refuge providentiel, ses propres sens la trahissent, son corps même est habité par plusieurs âmes. Laura en a le vertige, porte la main à sa tempe.

Théo règle les consommations, pose sa main fripée sur le poignet de son interlocutrice, geste bienveillant dont elle lui est aussitôt reconnaissante. Chaleur humaine reçue à sa juste valeur, gratuite, simple. Elle lui répond d'un sobre merci, essuie ses larmes, se prépare à sortir sous la neige. En la quittant pour monter dans le tram, il lui glisse un dernier mot :

– Venez me voir, avec Katia. Je ferai ce que je peux pour vous aider.

Il serre la main de Laura puis disparaît dans la rame, laissant Laura aux prises avec ses pensées nostalgiques, mais armée d'une force et d'une confiance nouvelles au creux de l'estomac. La détermination, qu'elle doit maintenant montrer et transmettre à sa fille.

*

Elles atteignent Longemaison vers dix-sept heures, trafic ralenti sur la quatre-voies car le vent s'est levé, la neige densifiée. La bourgade s'endort, quelques lumières aux fenêtres. Une poignée de maisons seulement, que Caroline dépasse en roulant au pas, un plan imprimé sur les genoux, itinéraire au marqueur rouge. La voiture s'engouffre aussitôt sur des routes de campagne longeant la voie ferrée. Caroline a installé les pneus neige dès les premières giboulées, et s'en félicite. La forêt dévale des talus qui enserrent le chemin en ligne droite, les résineux en maillage touffu griffent presque les flancs du véhicule, de part et d'autre. Les dernières lueurs du jour s'évanouissent dans le rétroviseur. Les cailloux crissent sous les roues, la voiture progresse difficilement, Caroline reste très concentrée sur la route, dont on ne voit toujours pas le bout. Sa passagère, elle, mains enfoncées dans ses gants épais et calées sous ses cuisses, cache mal son trouble. Des sensations d'écrasement, comme si son squelette était pris dans une presse à métaux. Une impression de déjà-vu. Au bout de cette route, la ferme de Vuillefer. Elle la voit déjà, au sommet de sa colline. Impossible bien sûr, la maison de ses grands-parents est à bien soixante-dix kilomètres plus au sud. Pourtant. Frissons dans la nuque, crampes dans les bras. Elles approchent. Le même isolement, une route impraticable qui se termine en cul-de-sac, le bout du monde.

Les arbres s'écartent bientôt sur une clairière tout en longueur, un fond de ravin encadré par des remblais dont on ne distingue pas le faîte dans la nuit. La voiture ralentit, s'arrête devant une barrière à bétail fermée au fil de fer. Au-delà, le chemin se perd dans le noir, mais Caroline le sait, la vieille étable de bois se dresse là devant elles, à moins de deux cents mètres. L'excitation est à son comble, d'autant qu'elle sent l'adolescente fébrile et tourmentée à ses côtés. Bon signe.

Elle évite soigneusement de regarder Katia et s'extrait de la voiture. Des scellés de gendarmerie, à même les piquets. Sans y réfléchir à deux fois, elle les rompt, entreprend de dérouler la ligature et d'ouvrir la clôture. La paume de ses mains brûle au contact du métal gelé, le fil de fer cisaille ses doigts. La voie est libre, mais le chemin se compose désormais de terre et de rochers protubérants, recouverts d'une couche de glace. Caroline regagne l'habitacle.

– Alors ?

Katia n'entend pas le mot. Elle se revoit, en sous-vêtements, remontant la pente de Vuillefer, les pieds dans la neige. Elle ne se rappelle pas, mais elle se voit, d'en haut. Les lieux se troublent, se mélangent. Elle perçoit des cris, la douleur irradie jusque dans sa chair.

Elle sort du véhicule, laissant Malaga aboyer son mécontentement sur la banquette arrière, s'engage sur le chemin, les mains en avant, elle tâte la nuit. Caroline lui emboîte le pas, tout juste le temps de récupérer une caméra infrarouge. Katia pousse des gémissements, s'arrête par moments, se recroqueville sur elle-même. La chasseuse de fantômes reste en retrait, fascinée. L'adrénaline tend tous ses muscles, ses sens se mettent en alerte. Enfin. Elle y est. Cette fille, c'est du lourd.

Pas après pas, Katia descend vers le fond de la combe. Le bout de la forêt. Elle voit plusieurs endroits en même temps, le chemin derrière la ferme de Vuillefer, la grange qui se dessine devant elle, mais également des bribes de souvenirs, ou des projections. Une croix de fer sur une crête de montagne, un arbre en feu, et la maison de son enfance à Pouilley-les-Vignes, ainsi que le grand manoir en ruine qui lui faisait face, qui l'a terrorisée pendant des années. Les époques se mêlent, les hivers se ressemblent.

Les cris se font lamentations, devant elle. Elle hésite, mais soudain la voix de l'Ogre résonne.

Va voir. Va voir ce qu'il s'y passe. N'aie plus peur.

La grange, qui ne doit servir que pour abriter les bêtes durant l'été, est large mais basse, renforcée de pierres sur les côtés, ouverte sur l'avant pour laisser libre accès aux vaches. Un abreuvoir en métal de plusieurs mètres en son centre. Des outils au mur. Un cabanon fermé, à l'arrière. Une silhouette, un râle, entre les planches. Katia frissonne. La présence, en elle, la pousse vers l'avant. L'abreuvoir la sépare de la porte de la remise, close, scellée. Rire intérieur, montée de plaisir. Katia sait que cette joie n'est pas la sienne, mais son cœur bat à tout rompre. Des sentiments effroyables s'emparent d'elle. L'odeur du sang, une caresse sur la chair martyrisée. Le monstre, en elle. Elle sait que c'est lui, son plaisir à l'approche de ce lieu de mort est perceptible.

La chaleur dans son ventre, le frisson dans ses muscles. Elle ne peut détacher ses yeux de la porte, ses jambes ne lui obéissent plus. Elle veut fuir. Courir. Détruire ce mal, le tuer, l'enlever d'elle. Elle se sent sale, et souillée par ce désir de mort. Cette maladie qui ronge ses entrailles.

Elle s'approche de la porte, elle n'a même plus conscience de la présence de Caroline, à son côté, qui immortalise la scène, sidérée. Le sourire cruel sur les lèvres de Katia, le regard creux. C'est une autre personne, ce n'est absolument plus l'adolescente de seize ans mal dans sa peau. Caroline sait à qui elle a affaire.

Il a pris possession du corps de la gosse.

Elle n'a pas eu le temps d'installer ses machines, elle n'a que la caméra infrarouge à la main, mais ça n'a plus aucune importance. Elle voit tout, elle filme tout. Pour la première fois, elle est là, et elle voit.

Katia arrache le scellé sur la porte, et la tire vers l'extérieur. L'espace est confiné. La vieille femme qui lève les yeux vers elle est attachée par une chaîne, deux bras relevés en arrière vers un crochet dans la charpente. Elle est nue, et bleue. Ses cheveux crépus retombent sur ses épaules tremblantes, ses seins flasques contre son ventre fripé. Des gelures aux doigts. Les râles reprennent, dirigés contre elle. La femme la regarde dans les yeux, son visage se décompose, elle tente de se reculer contre les planches.

Touche-la.

Sans résistance, Katia ôte le gant de sa main droite, son geste est porté par la volonté de l'ombre qui se tient tout contre ses épaules. Il l'englobe de sa silhouette massive, il la commande. Elle ressent sa puissance, et son poids sur ses épaules, elle ne peut se battre. Son bras s'avance. La femme, engourdie par le froid, ne peut pratiquement plus bouger, elle tourne la tête au ralenti. Les doigts de Katia effleurent sa joue ridée et endurcie par la lutte pour la survie. La décharge de plaisir remonte tout le bras de Katia, s'empare de tout son être. Elle pose sa paume le long de la mâchoire, remonte vers le menton. Bien que totalement impuissante face à ce qu'elle ressent, elle comprend la nature de la jouissance morbide que lui inflige le monstre, elle sait immédiatement qu'elle ne pourra plus jamais se regarder en face.

Quelque chose, à l'intérieur d'elle, vient de mourir dans ce cabanon.

Tout s'accélère, les cris, les lumières. Elle entend Caroline crier, et des voix plus graves.

Et là, sur sa gauche, une nouvelle silhouette apparaît. Indistincte, floue. Une stature d'homme, dont elle ne discerne que le contour.

Le tueur... C'est ça que veut me montrer l'Ogre. Que j'assiste à la mise à mort.

Et l'homme inconnu de poser ses doigts gantés sur la joue de sa victime, dans le même geste que Katia quelques secondes auparavant. L'adolescente tente de détourner le regard, de se retirer de cette scène du passé projetée pour elle, insoutenable. Mais l'Ogre s'est emparé de sa volonté et de son corps, ses yeux sont ouverts, ses muscles ne lui répondent plus.

Le tueur, debout devant la vieille femme nue, lui relève la tête en plaçant sa main sous le menton, paraît lire dans les yeux écarquillés de sa victime, y chercher la lueur de terreur, s'en nourrir. Prendre plaisir à l'abandon de l'être supplicié qui gît à ses pieds. Le pouvoir total, absolu. Cette image reste gravée sur la pupille de Katia, et réveille une impression lointaine de déjà-vu, une étrange familiarité.

Et le bras de l'homme se tend, se redresse tel un arc prêt à décocher sa flèche fatale. Et les coups pleuvent sur le crâne de la vieille femme. Le craquement des os dans la nuit, le déchirement des chairs, et la jouissance conjointe du tueur et de l'Ogre s'amalgament en un instant d'abomination absolue, un choc d'une violence radicale qui assaille Katia, incapable de démêler ses sentiments et de refouler ce déferlement abject.

Elle éclate d'un rire convulsif, secouée de spasmes, ses membres tremblants, quand elle est soudainement tirée en arrière, tombe à genoux contre l'abreuvoir et perd connaissance, le feu aux tempes, la fièvre aux tripes.

*

Katia est empaquetée dans deux serviettes sèches, juchée sur un tabouret rouillé dans une pièce aux minuscules fenêtres, carrelée de blanc. Les reflets orange des éclairages publics scintillent au plafond. Il est tout juste vingt heures. Un grand gendarme prend place à sa droite, un café fumant dans un gobelet en plastique pour lui, un sandwich au thon et un Coca pour elle.

– C'est donc toi, Katia ?

Elle hoche la tête, déballe le sandwich.

Elles ne sont pas passées inaperçues à Longemaison, c'est le moins qu'on puisse dire. La voiture a été vite repérée dans ce petit village. Habituellement, c'est calme et personne n'aurait tiqué, mais bon, on a retrouvé un cadavre quelques jours plus tôt, forcément, on est un peu à cran. Alors une bagnole qui prend le chemin du lieu du massacre, on appelle les gendarmes, c'est un peu suspect. Aussitôt deux véhicules de gendarmerie arrivent de Morteau et rejoignent la grange ; les scellés sont rompus, une Clio bloque le passage, un chien à l'air penaud les fixe à travers la vitre arrière. Lampes torches, mains sur l'arme de service. On tombe sur une femme avec une caméra et une ado en pleine crise, les membres qui tremblent, la sueur qui goutte du front, les yeux pâles.

On les sort de là, on les charge dans les voitures. La fille se met à hurler, à gesticuler, à griffer. Une fois calée sur le siège, elle se calme. Elle est perdue, elle ne sait même plus où elle est. On se concerte. On veut les emmener à la gendarmerie, à Morteau. On confisque la caméra, on attache le chien, très sage, on fouille la Clio. On trouve le matériel, les sacs. La blonde s'énerve, ça coûte cher tout ça. On récupère ses clés. Violation de propriété, rupture illégale de scellés, limite entrave à l'enquête, elle est dans de beaux draps, elle ferait bien de la mettre en veilleuse avant qu'on ne lui colle un outrage à agent.

La gosse est à moitié dans les vapes, les yeux mi-clos. On appelle le patron. Silence au bout du fil. On les transfère à la section de recherches de Besançon. Pas de problème. Un des brigadiers embarque la Clio, le convoi se met en route et arrive à la gendarmerie à dix-neuf heures trente. On prend les noms. On prévient les parents de la môme.

– J'ai rencontré ta mère, il y a quelques jours. Elle est venue me parler de toi.

Katia a les larmes aux yeux. Elle voudrait disparaître, se cacher dans ces serviettes et ne plus être vue de personne.

– Où est ma chienne ?

– Elle est en bas, avec mes hommes, ne t'inquiète pas pour elle.

Lièvremont détend ses jambes, s'accoude au bureau. La voix est grave et posée. Aucune trace d'agacement. La patience même.

— Tu sais que c'est interdit de pénétrer sur une scène de crime ? Tu es jeune, mais Mlle Grunwald le sait, elle. Pourquoi tu penses qu'elle t'a emmenée là-bas ?

— Elle risque quoi ?

— Pas mal de problèmes, crois-moi.

— C'est ma faute, susurre Katia, entre deux reniflements.

— En fait non, c'est la sienne. Elle est responsable de toi. Tu es mineure. Elle t'y a emmenée en toute connaissance de cause.

— Je voulais pas créer de problème, monsieur.

— Est-ce que tu savais où vous alliez ?

— Oui.

— Est-ce que tu as vu quelque chose ?

Katia se méfie, elle triture le plastique du sandwich. Une bouchée.

Le plaisir qu'elle a ressenti. Le dégoût.

— Oui. J'ai vu ce qui s'est passé. Le meurtre.

— Comme dans tes dessins… Ta mère me les a apportés, précise-t-il.

— C'était plus net que d'habitude. Cette femme, elle était attachée, gelée, et il la frappait, en plein visage.

— Qui ça ? Qui te montre ça ?

— Mon grand-père, je crois. Il me force à regarder. Il veut profiter du spectacle. Ça le… ça lui donne du plaisir.

Silence. Elle repose l'emballage, avec le sandwich à peine entamé dedans.

— C'est ça que tu as ressenti là-bas ?

— Je veux pas en parler. C'était horrible.

156

– Personne ne veut voir ça. Pourquoi est-ce que tu as accepté d'y aller ?

Katia plonge sa tête dans le creux de ses mains, étouffe ses sanglots.

– Je pensais que ça pourrait servir. Que… que je pourrais trouver un sens à ça. Que je pourrais me trouver un but.

– Et elle, pourquoi elle t'emmène ?

– Elle veut m'aider.

– Tu lui donnes de l'argent ?

– Non, réplique Katia, offusquée. Elle chasse les fantômes, elle comprend ce qui m'arrive. Elle va m'aider à les faire disparaître.

– Elle fait ça gratuitement ? Tes parents sont d'accord ?

– Je… oui.

– Et elle te filme.

– Oui. Elle filme tout. Elle cherche des preuves. Elle veut les voir.

– Elle est payée par les publicités sur son blog vidéo. Plus ça marche, plus elle va toucher. Tu lui fais une super-vitrine, tu t'en rends compte ? Elle se sert de toi.

– Non, c'est pas que ça. Elle m'écoute.

– Elle t'emmène sur le lieu d'un crime violent, elle espère que tu vas voir le crime. Et elle te filme.

Katia ne sait quoi répondre. Elle avait donné son accord. Mais elle ne veut pas que ce qu'elle a vécu ce soir ressorte d'une manière ou d'une autre sur internet.

– On a saisi la caméra, elle ne récupérera pas l'enregistrement, dit Lièvremont, comme s'il avait lu dans ses pensées.

– Je suis vraiment désolée.

– Bon. Tes parents sont venus te chercher, ils attendent en bas.

– Et Caroline ?

– Elle va sortir aussi, mais ça ne va pas s'arrêter là pour elle. Je suis indulgent avec toi parce que tu es mineure et que c'est la première fois. Elle, elle a déjà un casier. Ce n'est pas sa première violation de propriété privée, mais ça, elle ne te l'a certainement pas dit. Elle aime bien visiter les lieux prétendument hantés, certes, sans trop se préoccuper de leurs propriétaires. Ni visiblement des enquêtes en cours.

Il se lève et invite Katia à le suivre, elle jette le reste de sandwich au passage.

– Dites… La femme… Il la frappait, encore et encore. Elle est morte comme ça ?

Ils se sont arrêtés au sommet de l'escalier. Il soupire, hésite.

– Elle est morte de froid.

*

Laura bondit de son siège à l'entrée de sa fille, accompagnée du colonel Lièvremont. Alexandre suit dans la foulée, tiré en avant par Malaga, qu'il tient en laisse.

– Oh, Katia, est-ce que ça va ?

Son maquillage dégouline, elle paraît plus inquiète que furieuse. Katia la rassure d'une mimique du coin des lèvres. Une boule se forme dans sa gorge.

– Qu'est-ce qui s'est passé ? demande Alexandre, s'adressant à Lièvremont.

– Mlle Grunwald a jugé bon d'emmener votre fille sur une scène de crime, pour une petite expérience. Vous étiez au courant ?

Le ton est neutre. Katia baisse les yeux. Laura est mortifiée. Alexandre blanchit sur place.

– Qu'est-ce que… comment ça ? bafouille-t-il.

– Alexandre… C'est ma faute.

Il tourne la tête vers sa femme, un rictus tord son front.

– Pourquoi ?

– C'est moi qui ai évoqué ce meurtre. Parce que ça ressemble à ses dessins. Katia, je suis désolée ma chérie, je ne voulais pas te mettre des idées dans la tête. Tu aurais dû m'en parler.

– J'ai décidé d'y aller, c'est uniquement ma faute.

– Mais qu'est-ce qui t'a pris ? ! rétorque Alexandre, empourpré de colère.

– Je veux rentrer à la maison. S'il vous plaît.

– Il n'y aura pas de suite pour elle, intervient Lièvremont. Ça te donnera une bonne leçon. Tu devrais faire attention à tes fréquentations.

Katia n'ose répondre, elle tord ses mains derrière son dos, apathique, épuisée. Elle n'a qu'une envie, quitter la gendarmerie et dormir pendant des jours. Oublier cette journée. Son énergie envolée, elle ne ressent plus rien. Le vide en elle. Malaga vient se coller à ses jambes, un geste de réconfort.

Des voix étouffées la tirent de la torpeur, on hausse le ton derrière les portes vitrées. La porte s'ouvre en grand, Caroline déboule dans le hall en pestant contre trois gendarmes blasés qui lui emboîtent le pas. Dans son élan elle bouscule Lièvremont à l'épaule, perd presque l'équilibre, se rattrape et s'immobilise juste devant Laura.

La gifle claque dans la salle d'attente. Les gendarmes sont cloués sur place, personne ne bouge. Laura dévisage Caroline qui porte la main à sa joue rougie, souffle coupé.

Katia s'écarte en silence, franchit les portes et le sas de sécurité, immédiatement suivie de son père et de la chienne, sous la pluie battante. Laura s'attarde un instant, attend la contre-attaque. La haine dans ses yeux fait reculer la chasseuse de fantômes, pourtant d'une carrure dominante. Lièvremont s'avance vers les deux femmes.

– Ne vous approchez plus jamais de ma fille, siffle Laura entre ses dents, avant de se détourner et de quitter la gendarmerie.

Caroline se retourne vers les gendarmes, tous bras croisés, impassibles.

– Vous ne vous rendez pas compte de l'aide qu'elle peut vous apporter. Vous me regardez de haut dans votre uniforme de flic, vous me prenez juste pour la mytho habituelle qui vient chercher son heure de gloire dans votre enquête. J'en ai rien à foutre de votre enquête, capitaine, mais ça montre encore une fois le manque d'ouverture d'esprit des gens comme vous.

– C'est lieutenant-colonel, mademoiselle Grunwald, et les gens comme moi en ont un peu marre des parasites comme vous qui viennent nous coller des emmerdements sur des affaires aussi sérieuses. Vous n'en avez rien à foutre de cette femme qui est morte après avoir été torturée, c'est très bien, c'est une affaire entre vous et votre conscience. Mais ne venez pas pourrir ma scène de crime. Je ne vais pas être clément avec vous là-dessus, vous pouvez me croire. Vous aurez des nouvelles du juge rapidement. Et je pense que vous n'en avez pas plus à foutre de cette gosse que de ce crime, arrêtez de prendre les gens pour des idiots, c'est un prétexte minable. Maintenant, du balai, on a suffisamment perdu de temps avec vous. Ou continuez à m'insulter et je vous colle en cellule pour outrage à agent. Bonne soirée à vous.

Caroline reste plantée là dans le hall, sous les yeux du garde de service qui dissimule un sourire derrière son comptoir. Elle plisse les lèvres, récupère les clés de sa voiture, fusille le type du regard et regagne sa Clio sur le parking en grognant, la pluie dégoulinant de ses cheveux.

Chapitre 8

L'eau brûlante ruisselle sur les épaules de Katia jusqu'au creux des reins, elle se masse le cuir chevelu, évacue la tension de la journée. Le froid jusque dans ses os, la souillure du monstre. La crasse file entre ses orteils avant d'être aspirée par la bonde de la douche. Le cœur lourd, la honte vissée à l'estomac, la jeune fille se frictionne à grande eau. Il est là, toujours là. En sommeil, attendant de revivre à l'appel du sang. Depuis le début, elle s'est trompée, il n'a jamais *voulu* la protéger. Il n'a pas le choix, il vit à travers elle. Son existence même n'est possible que grâce à elle. Elle comprend pourquoi sa grand-mère lui a tranché la gorge, elle n'ose même pas imaginer ce qu'a pu être la vie de cette femme. Et son père alors, avait-il conscience de l'esprit furieux et malfaisant qui l'avait engendré ? Est-ce pour cela qu'il a fui le foyer familial, tout jeune, loin de cet être corrompu ?

Katia s'assied au coin de la cabine de douche, passe le pommeau le long de son cou, ferme les yeux, s'asperge le visage. Cette chaleur nouvelle, dans son ventre, Katia ne l'avait jamais ressentie. C'est son cadeau à lui, toujours là. Ce plaisir, l'envie de toucher une peau lisse, de caresser une pommette. Cette envie de toucher qui la rebute tant. La peau, qui la dégoûte.

Elle coupe l'eau. La vapeur suinte, dense, on n'y voit pas plus loin que le bout du bras. Un frissonnement. Courant d'air. La chair de poule alors qu'elle se relève. Elle pose un pied hors de la douche. Un bruissement, près de la porte. Elle s'arrête net dans son mouvement, distingue une silhouette dans la brume. Elle fait marche arrière, couvre sa nudité de ses bras. De longues mèches. Rousses. La femme, filiforme, s'approche. Les yeux percent sous la tignasse, Katia discerne enfin les traits de la créature. Les taches de son et les joues tombantes, une infinie tristesse trahie par le pincement des lèvres. Katia sent le regard sur son corps, referme la porte de la douche, dresse une barrière. Inutile, elle le sait, c'est un réflexe. Elle est nue et vulnérable.

L'ombre s'avance imperceptiblement, lève le bras et pose un doigt opalin sur la paroi du battant. Allant de droite et de gauche, elle trace des lignes, en arabesques, puis des angles. Intriguée, Katia en oublie sa peur, scrute le visage. Les lèvres qui remuent en silence, comme un psaume murmuré pour soi-même.

Elle cherche à me parler, se dit Katia, *elle ne peut pas parler, elle ne peut pas écrire, mais elle veut communiquer.*

À l'envers, dans la buée, s'esquisse un arbre, des branches à nu. Un arbre sans feuilles, mort, puis une maison, comme sur les dessins d'enfants, un croquis simple, limpide. Le grand arbre mort de la ferme du Haut-Lac, à Vuillefer.

– Est-ce que… est-ce que tu veux que j'y retourne ?

La femme rousse suspend son geste, son expression mélancolique ne laisse transpirer aucune réponse. Elle descend sa main, approche son visage jusqu'à presque le coller à la vitre, et trace un grand rectangle en dessous de la maison et de l'arbre.

– Quelque chose est caché sous la maison ? C'est bien ça ? Il y a quelque chose sous la maison ?

La femme au blouson vert recule d'un pas, efface son œuvre de la paume.

Katia avance brusquement la main, la plaque contre le carreau. Le fantôme, surpris, dévisage la jeune fille, y lit une détermination inédite, acquiesce d'un infime mouvement de tête, faisant onduler ses boucles couleur rouille. Pose sa paume à plat, en parfaite symétrie avec celle de Katia, les deux femmes ne sont séparées que d'une fine couche de plexiglas. Des fourmis au bout des doigts, Katia est envahie d'une vague d'espoir, comme un encouragement de cet être sans voix.

Elle ouvre la porte de la douche, se retrouve à nouveau seule dans la salle d'eau, face à son reflet dans le miroir. Une jeune fille recroquevillée sur elle-même, grelottant, mais avec une étincelle dans l'œil et un sourire qui fend ses joues.

Une alliée, une aide inattendue. Une lueur dans un horizon si sombre.

Qui est-elle ?

De quoi est-elle morte ? Est-ce son cadavre, enfoui sous la ferme ? La victime d'un crime horrible, perpétré par son grand-père, Étienne Devillers ?

Son propre sang.

Elle a une dette envers cette femme.

Elle doit retourner à Vuillefer.

*

Katia remonte la rue pour la cinquième fois, hésite, s'arrête sous un porche. Elle a fait le mur. Sa mère a un rendez-vous pro, son père est en déplacement à

Montbéliard. Elle en a profité pour filer de l'appartement, c'est sa dernière chance. Ils sont sur son dos en permanence depuis Longemaison.

Malaga se colle à sa hanche, les tergiversations de sa maîtresse ne la gênent pas le moins du monde, mais elle sent sa nervosité. Quinze minutes qu'elles vont et qu'elles viennent, ça fait de l'exercice mais c'est monotone, la chienne aime autant quand elles passent des heures dans ce petit square près de l'église. Mais cet après-midi, non, on a tourné dans le centre-ville, on a erré dans les rues piétonnes avant de se décider, on a fait des cercles concentriques autour de cette rue, avant de la piétiner en tous sens. Malaga s'assied, sort la langue, patiente.

Enfin ça y est, Katia se lance et tire sur la laisse. Elle compose nerveusement le digicode. Elle traverse le hall, la chienne sur ses talons, et s'engouffre dans les escaliers, direction le premier étage. Sonnette. Le cœur pulse, les doigts tremblent. La haute porte s'entrebâille.

Caroline est étonnée. La mine défaite, les cernes sous les yeux. Hématome sur la joue. Katia détourne le regard, Malaga la traîne dans le studio. L'odeur de cigarette lui pique les narines, et Katia remarque des feuilles volantes remplies de notes sur le bureau. Caroline, négligemment appuyée contre le montant de la porte encore ouverte, dans un jogging gris informe et une veste de sport mauve délavée, des chaussettes de laine trop longues. Tenue d'intérieur, mégot au coin des lèvres.

– Je sais, je ne suis pas présentable. Je n'attendais pas franchement de visite, s'amuse-t-elle.

Katia décide de ne pas tourner autour du pot, elle sait que le temps ne joue pas en sa faveur. Caroline fait demi-tour face à elle, expire la fumée.

– J'ai besoin que tu m'emmènes à la ferme, lâche Katia. À Vuillefer.

– Tes parents ne savent pas que tu es là. Tu sais que ça va me poser des problèmes, non ?

– Il n'y a que toi qui peux m'accompagner. Sinon, j'irai toute seule. D'une manière ou d'une autre.

– Tu ferais mieux de partir, Katia. Je suis désolée, je peux plus rien faire.

– Elle m'a montré. La femme, la rousse. Elle m'a montré. Il y a quelque chose de caché, sous la maison. Je sais qu'elle me guidera. Tu avais promis de m'aider.

Elles se fixent intensément. Katia tremble de tous ses membres, énervée et impatiente. Caroline tire son paquet de Pall Mall de sa poche de survêtement et s'allume une blonde avec le mégot de la précédente. Le temps semble suspendu à son geste, Malaga trépigne en se frottant derrière les jambes de sa maîtresse.

– Les risques ont changé, souffle Caroline en expirant la fumée.

– Il faut qu'on y aille maintenant, aujourd'hui, insiste Katia. Sinon mes parents m'empêcheront. C'est notre seule chance de pouvoir aller là-bas. J'ai chipé les clés. Il y a quelque chose à trouver, je le jure. Me dis pas que tu n'as pas envie d'y aller aussi.

Caroline claque la porte dans son dos et vient se coller à moins d'un mètre de Katia, la domine de son imposante silhouette.

– Quoi qu'on trouve, ça revient ici, au labo, avant toute chose. Et tu me dois une interview.

Katia acquiesce. Peu lui importe. Elle veut savoir.

Caroline fait un détour rapide par la salle d'eau, et en moins d'une heure elles ont embarqué le matériel nécessaire dans la Clio et quitté la ville en direction des plateaux.

*

Elles traversent les forêts épaisses à vive allure, longent la vallée de la Loue, s'enfoncent dans les replis des reliefs jurassiens. Le soleil est enveloppé de nuages gris qui déversent des giboulées de pluie mêlée de flocons de neige, on ne distingue presque plus le ciel des champs qui bordent la quatre-voies. La luminosité chute progressivement. Les hameaux croisés en chemin paraissent à l'abandon, et rares sont les voitures qui doublent la Clio en direction des plateaux. Une fois dépassé Pontarlier, la neige s'intensifie, recouvre désormais de son manteau les talus et charge les branches des épicéas. L'hiver s'est emparé du Haut-Doubs et ne daignera pas le libérer avant de nombreuses semaines. Malgré ses pneus neige, Caroline reste prudente, pas question de se retrouver dans le fossé aussi près du but. Elles croisent trois chasse-neige le long des lacs, avant d'atteindre enfin le bas de la vallée de Vuillefer.

La voiture doit gravir plusieurs lacets serrés coincés entre une falaise abrupte et la rivière qui sillonne, bouillonnant à plusieurs dizaines de mètres en contrebas de la chaussée. Heureusement la route est bien déneigée et salée, les pneus accrochent le bitume sans la moindre difficulté. Après une gorge étriquée d'où dégringole une cascade, la Clio émerge de la forêt et déboule dans le bas de la vallée, en contournant le petit lac qui surmonte la chute d'eau, ceinturant le bas de la rivière. La voiture entame les vingt derniers kilomètres en montée avant le bourg encaissé en amont de vallée, sous la source de la Roussette. Seuls quatre villages se succèdent dans le val avant Vuillefer. Villages modestes ayant conservé un aspect typique avec de longues fermes comtoises le long de rues centrales hérissées de clochers avec leurs dômes à l'impériale caractéristiques, agrémentés de motifs géométriques, et souvent flanqués d'une fruitière à comté sur la grande place.

Caroline et Katia ne remontent pas jusqu'à Vuillefer, elles vont tourner quelques kilomètres avant, vers Houvans-les-Vaux, à peine plus d'une trentaine d'âmes. Le chemin qui s'enfonce dans la forêt pour relier les fermes à la départementale a été déneigé, Katia est soulagée. La voiture bute sur les pierres gelées, patine un peu, mais progresse sous le tapis de résineux blanchis. Katia cherche du regard le rapace, mais point de trace de vie alentour. La forêt paraît endormie, la montagne engourdie. Le calme infuse jusque dans l'habitacle, l'ambiance est paisible. Le ciel se dégage, Katia admire le scintillement des branches sous le soleil bas qui perce les nuages. Elle est baignée de sérénité, emplie de la force des arbres et des hauts rochers vers lesquels elles se dirigent. Sur la banquette arrière, Malaga, ravie, reconnaît les lieux.

Caroline gare la voiture à un embranchement de trois chemins. À une trentaine de mètres à droite s'ouvre la clairière du Haut-Lac, trou aveuglant au travers duquel on distingue en fond de colline l'imposante demeure des Devillers. La route, à partir de ce point, est recouverte du manteau neigeux, il leur faut terminer à pied. Qu'importe, elles sont toutes deux portées par l'euphorie, entre transgression et aventure. Katia retrouve le bien-être éprouvé lors de sa précédente visite : elle retourne chez elle. Comme si elle appartenait à ce lieu, depuis toujours, et qu'elle ne le découvrait que maintenant. Comme si elle en avait été privée toute sa vie. Elle ne peut s'empêcher de se demander si ce sentiment lui est propre, à elle, ou à celui qui vit en elle. Car c'est bien son chez-lui.

Caroline extrait les deux sacs à dos du coffre, Katia se saisit de celui qu'elle lui tend.

Malaga tourbillonne autour d'elle, surexcitée. Katia vérifie machinalement que les clés sont bien dans sa poche. Ses parents ne devraient pas s'apercevoir qu'elle s'est absentée avant la fin de journée.

Les pas crissent dans la poudreuse, qui engloutit les jambes jusqu'à mi-mollet. Chacune avec sa charge au dos, elles laissent la voiture derrière elles et entrent sur le territoire d'Étienne Devillers. La progression est difficile, le terrain est pentu une fois passé le petit lac qui ouvre le champ, mais l'air frais les pousse vers le haut, gonfle leurs poumons. La chienne ne cesse de partir en avant et de revenir vers elles, courir dans la neige la ravit et la replonge dans ses vieilles habitudes. Leurs deux fines silhouettes semblent écrasées par l'immensité de la montagne, noyées dans la mer de sapins qui s'étend de tous côtés.

Des picotements chatouillent Katia dans la nuque à mi-distance, elle s'arrête, fait signe à Caroline. Un tintement de clochette et un crépitement. Un murmure dans l'air, une rumeur, plusieurs voix qui se superposent sans qu'elle puisse distinguer le sens, ou reconnaître un timbre particulier.

– Tu entends ?

Caroline remue la tête. Non. Silence de plomb. Elle pose son sac à dos, en tire son enregistreur qu'elle actionne aussitôt. Katia passe devant elle, attirée par les voix. Elles se font plus audibles, le ton est envenimé. Les mots se croisent, s'entremêlent, indistincts, mais il y a au moins quatre ou cinq personnes. Malaga grogne, se serre contre sa maîtresse.

Soudain, une violente décharge électrique remonte du ventre de Katia et lui vrille le cerveau, elle tombe à genoux. Caroline accourt, lui tend un mouchoir, des gouttes de sang perlent de ses narines. Mais Katia ne l'entend pas, elle ne la regarde plus. Caroline n'est plus qu'une présence lointaine quelque part aux confins de sa conscience.

Devant elle, la ferme a changé, elle semble moins longue, moins haute. Le bois qui tapisse le mur oriental est décrépit. Une charrette en bois avec des bûches fraîchement taillées est appuyée à l'entrée de la grange. De la fumée émerge de la large cheminée. Cette ferme est habitée, cela ne fait aucun doute. Le grand arbre mort, que la rouquine a esquissé sur la porte de douche, et qui donne toute son identité à la colline, lui paraît bien fringant maintenant, même couvert de neige. Comme s'il était revenu à la vie. Les branches sont déployées, il semble pouvoir toucher le ciel. Ce chêne a traversé les époques, elle le contemple dans toute sa splendeur.

Elle entend les hommes se rapprocher, dans son dos, mais elle ne peut se tourner pour les regarder. Les voix sont juste derrière elle. Les silhouettes entrent dans son champ de vision, sans s'arrêter, cinq longs manteaux d'hiver qui avancent conjointement vers la ferme. Elle parvient à se remettre debout malgré la douleur dans son crâne, et accompagne la procession jusque devant l'entrée de la ferme. Ces manteaux, qu'elle a entra-perçus dès sa première visite, sont aujourd'hui bien nets, réels. Elle pourrait presque les toucher, si elle arrivait à les rejoindre. Elle veut parler à Caroline, elle veut lui montrer ce qu'elle voit, mais rien ne sort. Sa gorge s'est nouée. La troupe entre par l'étable, un des hommes reste à l'extérieur. Il porte un fusil de chasse en bandoulière, et tapote nerveusement des doigts sur la crosse. Il jette des coups d'œil alentour, mais ne voit pas Katia, pourtant à moins d'une dizaine de mètres. Celle-ci sait que Caroline ne partage pas ce qu'elle voit, par contre la chienne est affolée, crocs sortis en direction du bonhomme.

Le crépuscule s'abat rapidement, et des cris se répandent dans la combe, depuis l'intérieur de la maison, suivis de coups sourds, témoins d'une lutte violente. L'homme en faction est surpris, la porte s'ouvre avec fracas alors qu'un homme en bras de chemise se met à courir comme un dératé pour fuir les lieux.

Le jeune, en panique, épaule sa carabine et aligne le fuyard. Katia est en plein dans la ligne de mire. L'homme qui court se dirige droit sur elle, et la voilà tétanisée. Ce visage et ce regard. C'est le visage même de celui qui la hante, le fantôme de l'Ogre. Il a exactement le même âge, la même façon de se déplacer que l'être maléfique qui vit en elle. Elle va pousser un cri lorsque le coup de feu claque et que la jambe du fugitif explose en magma d'os et de chair. Katia se protège le visage, mais les giclures de sang ne l'atteignent pas, elle ne peut avoir aucune interaction avec cette vision.

Les quatre autres hommes rejoignent le jeune à la carabine, et s'emparent du blessé. Katia pense alors à son carnet de dessin, dans la doublure de sa veste, et entreprend d'ouvrir la fermeture éclair. Elle doit retranscrire les détails, les impressions.

Caroline, juste derrière elle, l'observe, la filme : l'adolescente ôte ses gants, prend son carnet et son crayon, et commence à tracer des lignes. La caméra n'en perd pas une miette. Katia n'essaie plus de parler, totalement absorbée dans son univers alternatif. Il se

172

passe quelque chose, là, sous ses yeux, mais Caroline est incapable de le voir. Elle ne peut que regarder se former, sur la feuille blanche, la ferme, et l'immense arbre, devant. Sauf que sur le dessin, il est beaucoup plus grand. Des silhouettes ; un homme est adossé à l'arbre, la jambe blessée. Des hommes à longs manteaux l'entourent, armés. Katia noircit la page jusqu'à ce que Caroline comprenne que Katia assiste à une exécution. L'homme est abattu d'une balle de revolver en pleine gorge, Katia détaille le cadavre dont la vie s'échappe en teintant la neige.

Elle ne sursaute pas à la détonation. Elle a compris ce qui allait se passer. Le plus vieux sort un Luger de sa gabardine et presse la détente. Le colosse s'effondre face dans la boue, une balle dans la trachée, gargouillant de sang. Les hommes transportent le corps dans la pièce principale de la ferme, puis y mettent le feu.

Debout en ligne, ils admirent le brasier qui s'empare de la grange et va lécher les tuiles. Le tuyé s'écroule avec fracas, le groupe recule devant la chaleur. Katia se tient à leur côté, elle détaille chaque visage. Ce qu'elle y lit, ce n'est pas de la haine. C'est de la terreur. Une peur indicible empreinte de tristesse et de résignation. Des rides précoces lardent les fronts, les regards se perdent dans la forêt.

L'incendie ravage entièrement la ferme et se répand à la charrette de bois, puis au chêne majestueux. Les branches crépitent, les écorces brûlées s'éparpillent en copeaux rougeoyants vers les nuages. L'arbre se consume jusqu'à atteindre sa taille actuelle.

À l'intérieur, les flammes rongent le corps qui se dissout dans le bois brûlé.

Cet esprit, assassiné, qui reviendra la hanter des années plus tard.

*

Le retour à la réalité se fait en douceur, Katia commence à en avoir l'habitude. Elle est un peu ébranlée, mais Caroline prend le temps de lui parler. Elle la précède dans le salon et la couvre d'un châle, ses mains sont bleuies par le froid.

La maison est plongée dans l'obscurité du soir précoce, l'électricité est coupée. Katia tremble de tous ses os. L'odeur du bois brûlé emplit encore ses narines, elle pense même sentir la chair calcinée, son estomac se soulève. Caroline feuillette les cinq croquis qu'elle a dessinés d'une main sûre, malgré le froid. Les cinq hommes et leur victime, le sang dans la neige, le feu dans les cieux. La vieille ferme commence à délivrer ses secrets à Katia, les événements dissimulés par les années, oubliés ou tus, qui demeurent gravés dans la mémoire du lieu. Des images volatiles, que seul un esprit sensible aux flux invisibles peut capturer.

Ce récit pose évidemment problème, car si le lieu est défini, l'époque reste incertaine. L'arbre, toujours vivant, la ferme plus petite. Et surtout, l'homme. Est-il vraiment mort ce jour-là, est-ce vraiment Étienne Devillers, qui aurait survécu ? Ou un de ses ancêtres ? La fin de l'histoire manque cruellement, ce n'est pour l'instant qu'un fragment du récit.

Caroline entreprend de vider son sac et d'installer son appareillage dans les différentes pièces de la maison, suivie par Malaga. Étage en premier, rien à signaler. Elles redescendent, Katia a quitté le fauteuil. La porte donnant sur l'atelier est entrebâillée. Caroline allume sa caméra portative et passe la porte. L'adolescente se tient au centre de la pièce, le châle sur les épaules, et la tête tournée dans sa direction. Pour la première fois, Caroline devine une présence, sur sa droite, et ses poils se hérissent sur ses bras. Elles ne sont pas seules, c'est une certitude. Le regard de Katia est vissé au mur, à l'endroit où se trouve l'immense cheminée de salaison qui sépare le salon de l'atelier. Malaga s'avance sans aucune appréhension et s'assied à l'abord du tuyé, langue pendante. Caroline dirige la caméra dans cette direction. L'âtre est sombre et poussiéreux, les pixels s'agitent sur l'écran de contrôle. Elle braque son détecteur électromagnétique K2 droit sur les vieilles pierres, les LED clignotent aussitôt. Elle se rapproche du foyer, le cœur battant. Un mouvement vif, sur l'écran, et la caméra s'éteint d'un coup. Caroline sursaute, recule d'un pas, se retourne.

Katia est juste dans son dos, immobile, très calme.

– Tu la vois ? demande l'adolescente.

– J'ai vu quelque chose. Dans la cheminée, répond-elle, sans masquer son excitation.

– Regarde la chienne. Elle a pas peur d'elle. Elle nous montre le chemin.

– Là-dedans ?

– En dessous. Sous le sol.

Le plancher, à l'intérieur de la structure de pierre, est formé de lourdes poutres accolées les unes aux autres.

– Elle est toujours là ? demande Caroline.

– Elle est remontée là-haut, dans le conduit. Elle me protège.

Caroline dépose sa caméra et balaie l'espace du regard. Elle s'empare d'une fourche près de la porte de la grange et en fait glisser les dents sous la première poutre.

Katia la rejoint avec une pelle, elles font levier et délogent rapidement le morceau de bois de son emplacement. La poussière s'élève dans la pièce, elles toussent et s'écartent. Une cavité s'enfonce sous la terre, dans le prolongement du conduit de cheminée. Une échelle de bois est posée contre le rebord. Caroline tire une lampe torche de son sac et pointe la crevasse. C'est une petite pièce d'à peine deux mètres de large sur un de long, et deux de profondeur, les parois revêtues de pierres brutes. Au sol, un grand panier contenant quatre ou cinq cadres en bois, et des papiers enroulés et ficelés.

Caroline tend la torche à Katia et dégage la seconde poutre pour pouvoir se glisser dans l'interstice. Elle descend prudemment l'échelle barreau par barreau. Elle assume son surpoids au quotidien, mais là elle est un peu crispée, aucune envie de se casser la jambe dans ce trou au fin fond de nulle part.

Premier pied à terre, elle relâche sa pression sur les montants et se retourne vers les cadres, rectangles de toiles de dimensions modestes. Des peintures, monochromes pour la plupart, sauf une.

Un grand incendie. Rouge et jaune. La ferme, l'arbre, les cinq hommes armés. Le supplicié, plaie béante à la gorge, le sang dans la neige. La même scène que Katia a griffonnée quelques minutes auparavant.

Le second tableau, des corps nus suspendus dans une caverne par des chaînes. Dans l'ouverture, tout au fond, un visage dans le brouillard. Toujours la même tête, le fantôme.

Un frisson cambre le dos de Caroline. Ces peintures, ce sont les mêmes scènes, les mêmes postures que les croquis de Katia. La même histoire, les mêmes visions. Elle entend un souffle saccadé au-dessus d'elle : Katia découvre en même temps les tableaux par-dessus son épaule, dans le faisceau de la torche.

Les derniers représentent de nouvelles images de corps torturés, enchaînés à des murs de pierre, tapis dans des caves rocailleuses. Et encore cette présence obsédante dans la toile, ce sourire grimaçant et contenté. La jouissance de la mort.

Caroline remonte avec son butin, dépose le paquet au sol. Katia est assise en tailleur, abasourdie. Elles déroulent les papiers qui contiennent toujours plus de croquis macabres.

– C'est comme moi, susurre Katia. La personne qui a peint ça a vu les mêmes choses que moi. Elle a le même don.

– Ta grand-mère ?

– Je sais pas... Je crois pas que ma grand-mère peignait...

– Pourquoi les cacher ?

Elles continuent de fouiller les croquis, quand soudain Katia bloque sur une feuille volante.

Un dessin en couleurs, plus grossier. La ferme, et posant devant le grand arbre brûlé, la famille Devillers. Étienne. Alexandre, tenant à peine sur ses jambes. Et assise à l'écart, Louise. Les yeux perdus au sol, la tête couverte d'un bonnet de laine. Et autour d'elle, la silhouette maléfique. Les yeux gris.

– C'est pas elle qui peint... bafouille Katia.

– Ils sont tous là... Le fantôme est là, avec ta grand-mère, et Étienne est là aussi, bien vivant... Ce fantôme...

– Ça peut pas être mon grand-père... Mon arrière-grand-père, ou plus vieux encore ? Tout ça c'est lié à ma famille, c'est pas par hasard que les fantômes sont avec moi. J'ai été choisie. Quand j'ai vu ma grand-mère, à l'hôpital, elle m'a jeté un regard. Elle a vu en moi, j'en suis persuadée. Elle savait ce qui allait se passer.

– Il faut qu'on emporte tous ces tableaux. C'est la preuve que tout ce que tu as vu est réel. T'es pas la seule. Ce que tu vois, quelqu'un l'a vu avant toi. Des années avant. Et l'a peint.

*

Katia fonce à travers la neige, Malaga dans son sillage. Caroline peine à suivre le rythme, les cadres fixés à la hâte dans son dos, les croquis fourrés dans le sac qu'elle porte par-devant. La nuit enrobe la clairière, elles se dirigent à la lueur de puissantes lampes torches, dévalent la pente en haussant péniblement leurs pas au-dessus de la neige qui entrave les jambes jusqu'à mi-mollet. La clameur nocturne de la forêt accompagne leur progression difficile vers l'orée. Les joues de Katia rougissent sous l'effort, le poids des sacs dont elle s'est chargée ne freine pourtant pas sa marche décidée, poussée en avant par l'adrénaline.

Elle atteint la voiture et reprend son souffle en haletant, et efface les traces de sueur d'une poignée de poudreuse fraîche. Caroline se traîne le long du sentier, Katia s'adosse à l'habitacle. Il se passe bien cinq minutes avant que le coffre soit ouvert et que peintures et matériel ne l'emplissent. Caroline est en feu, éructe pour dégager sa respiration. Katia bondit sur son siège.

Les phares scindent la route au travers des flocons, se frayent un chemin entre les branchages menaçants. Les mains de Caroline tremblent sur le volant, le chauffage ronronne à plein régime, peinant à dissiper le froid. L'air exhalé s'évapore en filets de vapeur, la condensation embue les vitres. La voiture avance avec une lenteur extrême, Katia remue du pied, frustrée. La visibilité est minimale, les essuie-glaces écartent tant bien que mal les flocons qui viennent s'écraser en cadence infernale sur le pare-brise. Les pneus patinent par endroits, la voiture chasse par l'arrière. Caroline, concentrée, ne perd pas le contrôle, gère les coups de volant, évite le frein.

Bientôt, la nationale apparaît, bien déneigée, salée. Les roues accrochent, la Clio dépasse Houvans-les-Vaux et s'élance vers le bas de la vallée. Caroline respire. Katia triture la poignée de la fenêtre du bout de son gant. La chaleur de la ventilation pèse sur son manteau, de la sueur perle dans son cou. Elle repousse la grille d'aération dans la direction opposée, agacée. Caroline baisse le thermostat et stoppe le ventilateur.

– Tu es trop nerveuse, glisse-t-elle à Katia.

– Je veux montrer ça à ma mère. Je veux qu'elle voie ces tableaux.

– Pourquoi ?

– J'ai besoin qu'elle sache, répond Katia.

– Je comprends. Je veux juste te dire que tu as un don vraiment particulier, une faculté que peu de gens ont. Et tu peux en faire quelque chose.

Katia appuie sa tête contre la portière, la chienne, à ses pieds, se love contre ses tibias.

– J'ai envie que ça s'arrête.

Caroline ralentit, se gare sur le bas-côté, laissant passer la déneigeuse qui approche en sens inverse, raclant le bitume gelé en repoussant la neige en congères qui emprisonnent la route. Elle entrouvre la vitre d'un moulinet de poignet et allume une cigarette, expulse la fumée en redémarrant. Le souffle d'air froid ravive les joues de Katia, gonfle ses poumons. La Clio s'engage dans la gorge qui clôt la vallée au-delà du lac, les épicéas se referment sur la voiture.

– Ça ne s'arrêtera jamais, Katia. Cette faculté, communiquer avec les morts. Tu l'as, ou tu ne l'as pas. Ça ne s'acquiert pas. Et ça ne disparaît pas. On naît avec, on meurt avec. La seule chose que tu puisses faire, c'est apprendre à vivre avec, et apprendre à la domestiquer.

– Ça m'avance à quoi ?

– À toi de le décider. Tu peux aider les gens, tu peux contacter les esprits. Pense à ce que ça peut t'apporter dans la vie de tous les jours.

– De l'argent ?

– Oui, par exemple. Si tu en fais ton métier plus tard.

– Et toi, ça t'apporte quoi ?

Caroline éclate de rire et fait tomber la cendre de sa cigarette par l'entrebâillement.

– Je n'ai jamais rencontré un médium qui avait ton don, qui voyait si nettement. Même mon oncle n'a pas une perception des esprits aussi forte.

– Mais tu touches de l'argent, non ? Pour les vidéos. Pour ton site.

– Il faut bien vivre. Et ça ne rapporte pas tant que tu crois.

– Sauf qu'avec moi, et avec ces tableaux qui prouvent ce que je dis, ça risque de changer, non ? murmure Katia.

– C'est possible.

Caroline fixe la route, évite le regard de Katia, chargé de suspicion. La colère monte, tremble sous ses côtes. Les larmes piquent ses yeux, elle les contient.

– Ça t'arrangerait pas que tout ça disparaisse.

La phrase est prononcée calmement, sans violence, mais Caroline note les veines qui pulsent sur les tempes de l'adolescente, la mâchoire qui se serre.

– Katia, la question ne se pose pas, ton don va pas disparaître !

— Le don, peut-être pas. Mais le fantôme ? T'as pas l'intention de m'aider à le combattre ?

La question reste suspendue dans l'air. Caroline jette sa cigarette dans l'obscurité, et finit par répondre :

— Tu sais que ce type de fantôme, c'est presque une légende. Les esprits frappeurs, personne a de preuves, on est très peu à y croire. Et encore moins à y avoir été confrontés.

— Et moi je suis quoi, un putain de cobaye ?

— C'est toi qui es venue à moi. Donnant, donnant. Je ne suis pas ton ennemie.

— Tu te sers de moi !

— Tu sais très bien ce que je fais, Katia. Je chasse les fantômes. Je veux les voir, les montrer. Je veux qu'on sache qu'ils sont là. Prouver qu'ils existent, qu'ils sont parmi nous. Qu'on cesse de nous regarder de haut.

Son ton calme, ses œillades dans le rétro, elle ne perd pas ses moyens. Ça fiche Katia en rogne, elle voudrait la gifler, lui faire mal et partir. Elle se sent prisonnière de la voiture, au milieu de la forêt en pleine nuit, avec la tempête de neige qui tambourine aux portières. Ses muscles se tétanisent, un sanglot lui échappe, trop tard. Elle a perdu, elle s'est fait manipuler. Katia est touchée en plein cœur, les larmes débordent. Rien que pour ça, elle la hait.

— Tu t'en fous, de moi.

Caroline réplique, placide, se justifie, mais Katia n'écoute plus. Les paroles mensongères glissent loin de ses oreilles, et sa vision se brouille. Ses entrailles sont en feu, la fureur l'immobilise. Un voile passe devant ses yeux, puis les couleurs qui dansent partout, plus vives que jamais. Les sensations de l'autre monde, l'être maléfique en elle se réveille, la possède. Sa fierté blessée le nourrit, décuple sa force, elle ne peut lutter,

181

elle se laisse aller. Tout au fond, très loin, elle perçoit la présence féminine qui tente d'attirer son attention, de la détourner de sa rage. Un visage figé. Une supplique empreinte de désespoir, mais cet appel de détresse silencieux est écrasé par la voix éraillée de l'Ogre qui emplit son cerveau, sature ses sens. Elle ne maîtrise ni ses émotions ni son corps.

Et pourtant elle voit tout, de façon distincte, comme au ralenti. Le moindre geste, les doigts de Caroline autour du volant, le crissement des pneus sur la glace. Elle entend le cliquetis des boucles des deux ceintures de sécurité qui s'ouvrent et elle comprend immédiatement ce qui va suivre.

Caroline se tourne vers elle, mouvement lent du cou, sourcils froncés. Flash blanc dans la nuit, ses yeux repartent sur la route.

Un cri déchire les ténèbres. Un visage crayeux, happé par les phares, surgit juste devant le capot de la Clio, yeux écarquillés. Caroline hurle, enfonce la pédale de frein en donnant un coup de volant.

La voiture heurte le parapet de la voie extérieure, surplombant la rivière, vrille sur elle-même avant d'être arrêtée en pleine course par un arbre massif.

L'air vif aspire Katia, puis le froid. Le pare-brise se fissure en fragments avant même qu'elle ne le traverse, sans aucune égratignure. Elle flotte au-dessus de la chaussée, des mains puissantes la soulèvent, des bras musclés la tirent en arrière et amortissent sa chute alors qu'elle atterrit au sommet d'une falaise, une dizaine de mètres en aval de la carcasse de la voiture. Souffle coupé, elle sent ses côtes se briser net à l'impact, sa clavicule se déboîte. Sa tête cogne une plaque de glace et une douleur fulgurante inonde ses sinus. Elle tente de hurler, l'air reste bloqué dans sa cage thoracique.

Elle est en miettes, mais bien vivante. Le visage grimaçant de son fantôme la surplombe, il l'enveloppe de son manteau, la protégeant des débris métalliques qui s'abattent alentour. Du sang coule dans ses yeux, elle ne peut bouger ses membres pour essuyer son front et la plaie sur son cuir chevelu.

C'est alors que la forêt s'embrase.

La voiture se transforme en torche et les flammes grimpent le long des arbres. La chaleur du brasier ranime la jeune fille, qui réussit à s'abriter contre un rocher. La silhouette de l'homme, déployée, colossale, se détache sur ce fond flamboyant et, dans l'illumination de la nuit, Katia réalise l'horreur de la situation.

Aux pieds de l'Ogre, la chienne respire à grand-peine entre deux jappements de douleur, c'est même à se demander comment elle est encore en vie. La fourrure striée de débris de verre et de carrosserie, la bête a l'abdomen béant et déverse ses intestins dans le vide. Katia tente de tendre la main, impuissante. Le corps de Malaga bascule par-dessus la falaise et s'écrase dans les flots écumants.

Caroline a eu plus de chance. Elle est morte sur le coup, son vol plané s'est terminé dans un sapin immédiatement après avoir traversé le pare-brise, la tête la première. Le crâne s'est rétracté jusque dans la colonne vertébrale, elle s'est littéralement fondue dans le bois, avant que les flammes de l'incendie de la voiture ne la dévorent.

La vision de Katia se brouille dans l'épaisse fumée, elle suffoque. L'odeur de chair calcinée lui retourne l'estomac, elle parvient enfin à pousser un hurlement. La douleur. Le froid. La puanteur. Si elle en trouvait la force, elle se jetterait de la falaise. À peine une cinquantaine de centimètres à sa droite.

Mais il ne la laisserait pas faire.

Malgré la violence de l'accident, malgré les flammes, et malgré le froid, elle vivra.

Parce qu'il l'a sauvée.

Parce qu'il refuse qu'elle meure.

SECONDE PARTIE

Chapitre 9

Les paupières qui collent.
Les yeux qui brûlent.
Le souffle chaud qui pique en remontant des poumons.

Premier jour.
Une chambre d'hôpital. Bloquée sur le dos. Les élancements insoutenables, côté gauche. Les doigts qui remuent doucement, des picotements aux extrémités. Le corps est lourd et douloureux, comme une plaie géante. Le bras immobilisé, le thorax enfermé dans les bandes de contention. Les blessures au visage qui se referment en cicatrices violettes.

Deuxième jour.
La chair brûlée. L'odeur. Les souvenirs qui remontent, pendant l'absence de sommeil. La voix dans la tête, les cris au fond de la gorge. Des formes autour d'elle, la voix de sa mère, chevrotante. Chaque mouvement est une douleur.

Troisième jour.
La terreur. Le dégoût. Caroline qui brûle dans l'arbre, magma de chair et d'os, la chienne qui bascule dans la rivière. Le visage de craie sur la route. Le sourire

mauvais et les pupilles qui la fixent au moment de l'impact. Elle a cru le contenir en elle. Il lui a montré son pouvoir.

Quatrième jour.

Les pas dans le couloir. Les paroles dans la salle commune. Les douches, les tintements des tasses à la cantine. Les rares sons qui parviennent aux oreilles de Katia.

Hier, elle a pu marcher pour la première fois toute seule. La fatigue l'a relâchée une courte demi-heure, puis elle s'est effondrée dans son lit pour le reste de la journée. Le regard dans le mur bleu pastel. Loin, très loin de la chambre. Dans le gouffre, sur les falaises. Les lumières rouges et bleues, le pompier, moustaches grises, la cinquantaine, larges épaules. Sirènes.

Elle est restée dans la neige une quinzaine de minutes avant que la déneigeuse ne passe. Les employés communaux, blancs comme des linges, qui la couvrent, lui parlent. « Les secours vont arriver, ne bouge pas. »

Elle ne sent plus ses pieds.

L'ambulance fonce dans la campagne et gagne l'hôpital, elle est en hypothermie, la douleur s'évapore. Clavicule brisée net, côtes fêlées, hématomes et coupures profondes à la joue et le long du front, lèvres éclatées. Vu le choc de l'accident et son vol plané, ce ne sont que de simples égratignures. C'est une miraculée, les médecins ne comprennent pas. Sur place, les pompiers l'ont regardée avec des yeux écarquillés.

Une semaine.

L'odeur de javel. Les légumes de midi dans la sauce, ça ne passe pas. Rien ne passe.

La Rouquine a disparu. Il n'y a plus que lui. Il la visite plusieurs fois par jour, lui parle sans qu'elle puisse fermer les vannes. Elle s'abandonne.

Dix jours.

Il se nourrit de ses souvenirs de l'accident, il les lui fait revivre, à l'envi. Il en retire un intense plaisir, elle le ressent elle-même. Suivent les migraines, et le désir de mourir. Plusieurs fois, elle s'est mordue, elle a planté ses incisives dans le gras du bras droit. Les infirmières l'ont sanglée. Elle voit trouble. Son existence s'est vidée de toute substance.

Deux semaines après l'accident, elle est admise à la Clinique psychiatrique Sainte-Cécile, là même où sa grand-mère réside un étage plus haut.

C'est elle qui a demandé à être ici.

Laura n'a pas bronché, son père non plus. Ils sont impuissants devant la détresse sans fond de leur fille. Les hurlements la nuit, le refus de s'ouvrir à eux. Les mutilations. Il lui fallait fuir, et il lui fallait de l'aide. Et surtout, il lui fallait quitter le monde, s'enfermer à double tour.

Un ancien couvent en bordure de ville, agrémenté de nouveaux bâtiments modernes entourant un jardin à flanc de montagne. On peut même distinguer la Citadelle qui trône de l'autre côté de la ville, depuis certaines chambres, la vue est imprenable. La propriété forme une percée dans la forêt dont les limites n'affleurent qu'à quelques mètres de la grille d'enceinte. Il n'est pas rare l'été d'apercevoir par les fenêtres de l'aile est un renard s'aventurer jusqu'aux clôtures. En cette saison, bien entendu, tout est couvert d'un revêtement blanc, la neige est tombée tout le mois de janvier jusque dans la plaine. Il faudra encore une semaine à Katia pour pouvoir se redresser sans grimacer de douleur et fixer son attention sur ce paysage paisible.

Une infirmière avec un nom marrant, Mme Perrachon, est passée la voir en fin de matinée. Elle l'aime bien, malgré son visage dur. Peu souriante. Mais cette femme qui ne laisse rien paraître respire la bonté. Toujours une petite gentillesse, un mot tendre, sans s'y attarder. Elle l'appelle par son prénom, Aline. L'infirmière laisse faire, touchée par cette gamine. Leur relation s'établit dans le silence. Il a fallu quelques jours pour décrocher un regard de Katia. Elle y a lu un vide profond, la lumière de la vie s'y était éteinte. Elle passe la voir régulièrement, et la salue avant la fin de son service. Mais respecte la distance professionnelle, ainsi que la distance physique exigée par l'adolescente. Aline Perrachon se revoit aisément à cet âge difficile, elle comprend la détresse de ces jeunes filles. L'isolement de Katia lui paraît encore plus extrême que celui dont elle a l'habitude, une fibre est absolument brisée en elle. Le désir. La fille est apathique. De manière morbide.

Elle refuse désormais tout contact avec ses parents.

Elle se soumet sans espoir aux tests et aux traitements. Même avec trois côtes et une clavicule en morceaux, elle ne se plaint jamais. La douleur ne se lit que sur son visage. Elle a vu la mort en face, elle y a échappé par une chance incroyable. Le traumatisme semble irréparable. Les crises d'angoisse sont subies en silence. Elle se montre docile avec le personnel, évite soigneusement le contact des autres pensionnaires. Son état ne le lui permet pas de toute façon, et c'est tant mieux. Aline Perrachon sait qu'elle s'enferme pour se couper du monde, que les médicaments l'aident à s'échapper momentanément des tourments. Ça et les mutilations. La fille n'est pas violente, mais utilise la douleur comme anesthésiant du mal en elle. C'est ce mal qu'Aline voudrait saisir, du moins apaiser.

Premier entretien avec le Dr Tissot, le lendemain de l'admission. Le diagnostic pourra prendre du temps. Katia hoche la tête. Possible schizophrénie. Troubles de la personnalité. Katia hoche la tête. Peu importe. Elle est dedans. Elle a déjà une étiquette sur le front, la Schizo. Ils vont la parquer dans une chambre, la médicaliser, l'observer. Elle va végéter. Elle va attendre. Elle ne ressortira pas. Comme sa grand-mère. Elle a dit au revoir à Laura et à Alexandre, elle leur a interdit de venir. Elle ne les recevra pas. Sa mère a éclaté en sanglots. Elle s'est détournée. Katia n'a pas supporté le regard de son père, anéanti. Ils ne savent pas.

Elle a perdu le contrôle.

Elle a tué Caroline.

Et ce petit quelque chose, au creux du ventre. La mort de sa chienne. C'est ce qui l'atteint le plus. Elle a honte de ce sentiment. Elle a causé la mort d'un être humain, le fait l'accable au plus profond de son être, mais c'est la mort de Malaga sous ses yeux qui la bouleverse. Victime collatérale, l'innocence même. Le seul être qu'elle pouvait toucher. Le reste lui semble insignifiant.

Février est arrivé. La lumière bleue du matin. Le monstre l'a assaillie toute la nuit. Paupières collantes. Encore.

Au moins, il n'est pas dehors. Il est emprisonné ici, avec elle. Elle meurt, il meurt. Il la domine, la martyrise, mais elle a ce pouvoir sur lui. Tant qu'elle est enfermée, isolée, elle le séquestre avec elle. Un face-à-face en huis clos. Elle le rend inoffensif, elle est sa seule victime. Il souffre des blessures qu'elle s'inflige. Une bête acculée. Enragée. Elle le voit tourner dans la chambre, silhouette indistincte, voûtée. Un fauve en cage.

Katia croise d'autres patientes en se déplaçant pour la première fois à la cantine. Elle fuit les regards, rase les murs. Aline l'accompagne, la sortie dure une petite heure. Éprouvante. Katia dort trois heures l'après-midi, sans interruption. Son corps se relâche. La voix dans sa tête est impuissante.

Va te faire foutre, saloperie, sa dernière pensée en sombrant. Spirituelle.

Le psychiatre, Tissot, lui présente un nouveau psychologue dont elle oublie aussitôt le patronyme, trop compliqué. Ils lui proposent des séances d'hypnothérapie. Peu importe. Qu'ils essaient tout ce qu'ils veulent. Mais cette fois ça lui fait un peu peur. L'hypnose, comme ils le lui expliquent, c'est entrer en dedans, c'est fouiller sa mémoire. C'est pas très beau, à l'intérieur, et surtout elle n'est pas toute seule. Elle se demande bien comment l'Ogre va réagir à cette intrusion. Elle n'est pas très partante, mais le psychologue au nom compliqué prend le temps de la rassurer, il est gentil et ne cherche pas à la forcer. Elle a envie de lui faire confiance, et Aline l'encourage. Bon.

Elle ne dessine plus. Personne ne connaît son talent, ici. Elle n'a pas touché un crayon ni une feuille de papier. Elle maintient les visions le plus loin possible.

Elle bloque toute image des peintures trouvées dans la cavité sous la ferme. Les toiles se sont consumées dans le coffre de la voiture, il n'en reste aucune trace. Elle n'en a pas parlé.

Les jours passent. Assise dans la pièce commune, Katia contemple la neige qui recouvre la forêt.

Un groupe de filles s'approche, tente le contact. Une suicidaire, une anorexique, deux toxicos, belle brochette. Pas de réponse, le regard vague. Elles passent leur chemin.

Une autre fille, une paire d'écouteurs blancs sous des cheveux mauves, un pull trop large, leur fait signe de dégager. Elle aussi occupe ses journées devant les baies vitrées, à l'autre extrémité de la pièce. Alex. Vingt-neuf ans, traits tirés, cicatrices sur tout le corps. Crack, dépression, violence, personne ne lui cherche des noises. L'œil mauvais quand il se pose sur vous.

Un jeune couple, petite trentaine, assis à ses côtés, main dans la main. Deux ombres au visage mal défini, mais qui lui ressemblent. Katia est la seule à les voir. Elle regarde ailleurs. Lorsque Alex se lève pour sortir fumer, les deux silhouettes lui emboîtent sagement le pas. Le rituel se répète le lendemain. Katia n'est pas la seule à traîner ses fantômes.

*

S.C.H.W.E.I.K.H.A.R.D.T.

C'est marqué en toutes lettres sur la porte, mais ça reste imprononçable. Ce sera juste « docteur ». Les deux sourcils froncés qui se rejoignent en une longue ligne velue, surmontant de fines lunettes rondes sous des touffes de cheveux gras ondulés, distraient l'attention de Katia alors qu'il lui explique les bases de la thérapie par l'hypnose. L'induction, la transe, il va la guider. Elle affiche une moue dubitative, se demande ce que ça va bien pouvoir changer. Il paraît lire dans ses pensées. Coudes sur le dossier de son fauteuil, il joint ses paumes, le menton appuyé sur ses doigts écartés. Sourire charmeur.

– Qu'est-ce que tu veux trouver en toi, Katia ? Qu'est-ce qui t'a amenée ici ?

– Vous devez le savoir, non ?

– Je sais ce que dit ta fiche d'admission. Ça ne m'intéresse pas. Ce sont les conséquences. Nous, nous allons chercher les causes et faire en sorte que tu t'en libères. Ce que tu subis, ce sont des signaux d'alerte de ton corps. Ton inconscient envoie des messages.

– Vous savez pourquoi je suis là ? Je suis là parce que je peux voir les morts. Les fantômes. Vous croyez que ça se soigne ?

– Très bien. Tu manies l'ironie avec talent pour ton âge. C'est un mécanisme de défense. Je ne suis pas là pour juger quoi que ce soit.

– Ça vous paraît pas quand même un peu absurde ?

– Notre inconscient recèle tellement de choses mystérieuses.

– Vous croyez que fouiller dans mon cerveau va donner quelque chose ?

Le psychologue éclate d'un rire bruyant. Katia sursaute, sa clavicule la rappelle à l'ordre ; elle se recale dans le sofa. Le médecin s'excuse.

– Je ne vais pas « fouiller » ton cerveau. Tu vas te relaxer et lâcher prise, ton être conscient sera endormi et arrêtera de résister, c'est tout. Mais tu restes maîtresse de toi-même. C'est toi qui vas faire le travail, moi je te guide.

– Je crois pas que vous puissiez me délivrer des fantômes, docteur, désolée de vous le dire.

– Je n'ai pas cette prétention, jeune fille. On va plutôt agir sur tes peurs, sur tes émotions. Tu es haptophobe, n'est-ce pas ?

Katia est piquée au vif. Une plaque d'eczéma, le long de l'aine, se réveille pour la démanger.

– Vous connaissez ?

– J'ai déjà eu un patient avec cette pathologie.

– Et vous l'avez guéri ?

– Assez facilement, oui. L'hypnose est une bonne méthode pour réapprendre à toucher. Ça permet d'expérimenter la sensation en imagination, c'est une première étape. Mais il va falloir qu'on reparte vers l'origine de la maladie.

– Comment ça ? J'ai toujours été comme ça.

– Ça m'étonnerait. Tu as certainement cette phobie depuis aussi longtemps que tu te souviennes, mais ça ne veut pas dire que tu l'as depuis ta naissance. Généralement, la maladie se déclenche en cours de route. Après un traumatisme.

– J'ai eu aucun traumatisme dans mon enfance.

– Ça peut être beaucoup de choses. Et justement ton inconscient peut très bien refouler des souvenirs pénibles. C'est cela qu'il nous faut libérer.

Katia fait délibérément la grimace, hausse les sourcils. Les démangeaisons, à présent au creux du cou. Désagréable. Le docteur garde sa mine confiante et amusée.

– Tu ne vois pas un lien entre le fait de ne pas pouvoir toucher les gens et celui de voir des personnes mortes, intouchables ?

– Docteur, mes visions ont commencé il y a à peine plus de deux mois.

– Bien. Nous verrons ça.

– Je vous assure.

– Est-ce que tu acceptes qu'on commence la séance ?

– C'est vous le chef.

Les odeurs et les sons de forêt baignent la pièce, la lumière baisse en intensité jusqu'à la limite de la pénombre. La phase d'induction commence. Katia est noyée dans un oreiller mou, sa main valide à plat sur le ventre, l'autre remontée contre sa poitrine par les écharpes de contention. Elle laisse le médecin l'emmener de sa voix ouatée dans un espace d'abandon. Immédiatement, une résistance s'empare de ses muscles, l'Ogre en elle s'éveille. La colère combat la tranquillité, il refuse qu'elle se réfugie en un lieu dont il est exclu. Katia s'accroche à la voix du psychologue comme à un canot de survie, elle se glisse dans l'état de veille comme on fuit une tempête imminente.

Le médecin est surpris de la rapidité avec laquelle Katia s'est plongée en transe, alors que c'est sa première séance. Elle s'agite quelques secondes, sa main droite crispée sur son abdomen, puis son visage se relâche. Sa respiration se ralentit, son expression est sereine.

Katia est euphorique. L'Ogre est banni de ce lieu en elle-même. Il y a ici les mêmes couleurs dansantes, les sensations et les odeurs des visions, mais elle contrôle tout de ce monde. Et il ne peut rien y faire. Elle ressent cette puissance inédite. Les intonations du médecin, lointaines, lui parviennent comme un écho, mais elle en comprend le sens. Elle cherche, fouille ses souvenirs. Ses parents, la maison de Pouilley-les-Vignes, les vacances à Saint-Jean-de-Monts. Rien. La maladie, omniprésente, mais des souvenirs heureux. Le docteur la ramène à son adolescence, les relations difficiles en classe, Élodie, l'apparition du fantôme, et les autres spectres, la Rouquine, invisible depuis Vuillefer. Des engueulades avec sa mère, son père qui la réconforte.

Elle ressort de sa transe avec une sensation de repos qu'elle n'a pas éprouvée depuis des semaines.

Les heures passées à approcher le noyau de son âme l'ont remplie d'extase.

– Tu es très réactive à l'hypnose. Tu es sûre que c'est la première fois ?

– Je… Oui.

– Comment tu l'as ressentie ?

– C'était trop bien. Ça a duré longtemps ?

– C'est la première séance, je n'ai pas poussé très fort. Tu es restée en transe une quinzaine de minutes.

– C'est tout ? J'ai eu l'impression d'y passer la journée.

– C'est ton ressenti. Le temps paraît différent, c'est normal.

Katia suit une fissure qui lézarde le plafond, ses muscles sont toujours détendus.

– Je me rappelle rien de spécial, à part mes vacances, ce genre de trucs.

– On est restés en surface. Vois ça comme un exercice. Ça ira bien plus loin la prochaine fois.

– Quand ?

– Tu as apprécié, n'est-ce pas ?

– Je m'attendais pas à ça.

– L'état d'hypnose est très satisfaisant. Ça entrave la peur et les inhibitions.

– C'est exactement ça !

La découverte de ce refuge accompagne Katia toute la soirée, elle cherche un moyen d'attirer le fantôme de la femme rousse avec elle, de la faire renaître dans ce lieu, pour enfin créer un lien. Pour comprendre. Elle se dit que c'est possible, car cette femme fait partie d'elle. C'est donc à elle de décider qui elle invite.

*

– Je voulais vous dire…

La voix de Katia se bloque, sa gorge se contracte.

– Je voulais juste vous dire à quel point j'étais désolée.

Théo Grunwald s'assied sur la chaise prévue pour lui, tandis que Katia se redresse dans le lit, remet en place l'écharpe qui lui immobilise l'épaule. La douleur la lance terriblement. Les côtes se ressoudent, mais la clavicule reste très fragile. Le vieux médium pousse un soupir, pose la canne qu'il traîne partout contre le lit.

– C'est pour ça que tu as accepté de me voir ? Parce que tu te sens coupable ?

– Je suis libre de voir qui je veux.

– Tu ne veux pas voir tes parents.

– Non.

Ce n'est que la seconde fois qu'elle se trouve face au vieil homme, après ce jour chez Caroline, lorsqu'il a vu en elle, scrutant son âme, et qu'elle s'est défilée, mal à l'aise. Il lui paraît bien moins effrayant aujourd'hui, rabougri, épuisé, les yeux pâles et les gestes lents.

– Qu'est-ce que tu fais ici ?

– Je me fais soigner.

– Non. Tu te caches.

– S'il vous plaît. Je veux pas parler de tout ça.

– De quoi tu crois qu'on va parler alors ? réplique-t-il sèchement. Tu penses vraiment que des psychiatres vont pouvoir régler ton problème ?

– Monsieur. Écoutez-moi.

– Non, jeune fille, toi tu m'écoutes, rétorque-t-il dans un nuage de postillons. Je sais ce que tu vas me dire. Que c'est de ta faute. Et t'as pas tort, en partie. Tu peux te mentir et mentir aux autres, mais moi je sais qui a tué ma nièce. Et qui t'a sauvée. Et ce n'est pas en t'enfermant ici ou en t'apitoyant sur ton sort que tu vas le battre.

– Il l'a… elle est morte sous mes yeux.

Les paupières rougies, Katia détourne le regard. La main du vieil homme se crispe sur le pommeau de la canne. C'est d'une voix éteinte, à la limite de l'audible, qu'il reprend la conversation :

– Je suis allé sur place, juste après son enterrement. Je l'ai sentie, dans ce virage. Il y a une cascade, en amont. J'ai senti son âme. Caroline reste accrochée à ce moment, à cet endroit. Elle n'a pas de repos, et elle ne m'a pas vu.

– Pourquoi ?

– Elle n'en aura pas tant qu'il existera. Ce… Aucune de ses victimes n'est morte dans la paix. Il les fait souffrir, dans leur chair, et dans leur âme.

– Qui sont-ils ? Les corps torturés, dans mes visions ?

– Difficile à dire. Ce sont des éléments de son passé, il y a beaucoup à découvrir. Cet homme est responsable de crimes impunis, c'est certain.

Théo Grunwald laisse mourir sa pensée, le regard perdu, las, mais finit par reprendre :

– La dernière chose que Caroline a vue avant de mourir c'est le visage de cette Chose.

– Je l'ai vu aussi. Il était sur la route, juste devant nous.

– Pourquoi à ce moment-là ?

– C'est de ma faute. J'étais en colère contre elle. Je vous jure, si j'avais su…

– Tu n'aurais rien pu faire. Il te manipule. Il se nourrit de la moindre de tes émotions, il est à l'affût. Non, je veux dire pourquoi cet accident, ce soir-là ? Qu'est-ce que vous faisiez à Vuillefer ?

– Les peintures…

– Quelles peintures ?

– Mon grand-père cachait des peintures dans une pièce secrète sous la maison. Des scènes d'horreur. Identiques à mes propres visions. Et un tableau, qui représente mon père, enfant, avec son père et sa mère, et le fantôme, derrière eux. Le fantôme n'est pas mon grand-père. Les toiles ont brûlé dans la voiture.

– Ces peintures prouvent que tu dis la vérité, il ne veut pas qu'on te croie. Il cherche à t'isoler, pour te contrôler. Il a tué Caroline parce qu'elle les avait vues, elle aussi. Il voulait pas que vous rameniez ces images.

– Pourquoi il m'a pas tuée aussi ?

– Parce que si tu meurs, il meurt. N'oublie jamais ça. Qui plus est, toi, tu doutes. Tu te persuades que personne ne te croit. Que tu es seule au monde.

– Vous étiez pas dans la voiture.

Il porte la main à sa bouche, secoué d'une toux grasse. Lui aussi a les larmes aux yeux.

– Je ne te juge pas, bien au contraire. Je suis passé par là. Je sais ce que c'est, cette solitude. Il y a quelques années, j'ai commencé à boire. Je me cachais, persuadé que personne ne s'en apercevait, que c'était qu'une passade. Je n'en pouvais plus, de tous ces gens. Ces familles en deuil, et ces esprits qui venaient me parler, me supplier. Je voulais tout arrêter. Les fantômes ne m'ont pas laissé faire. Je n'arrivais plus à trouver le sommeil. Il y avait une petite fille, Michèle. Elle ne me lâchait plus. Je n'arrivais pas à lui faire accepter sa condition. Je n'arrivais pas à entrer vraiment en contact avec elle. Elle était morte dans des circonstances horribles, maltraitée par ses parents, torturée. Brûlures, fractures. La mère a fini par avoir la main lourde et par lui briser la colonne vertébrale. Son agonie a été longue et douloureuse. Les parents ont fui, vite attrapés par les gendarmes, ils se sont rejeté la faute. Les deux autres enfants du couple, des garçons, ont été placés en famille d'accueil. Je les ai cherchés, mais je n'ai pas réussi à les trouver. Et ce qui m'a hanté, des années durant, c'était cette gamine, le seul esprit qui ait jamais pu s'introduire chez moi, pleurnicher la nuit en réclamant sa maman, pendant que j'étreignais ma femme à l'étage. Jamais elle n'a demandé son père, ou ses deux frères. Elle voulait sa maman.

« Ma femme, ma chère Marion, elle sentait ce qui se passait. Je cachais les bouteilles, je m'assommais avec l'alcool, bien sûr qu'elle a compris. Elle n'était pas comme moi, elle ne les entendait pas, elle ne les voyait pas. Je lui ai raconté, chaque jour, l'histoire de la fillette. Elle m'a aidé, tant qu'elle le pouvait. Mais tu ne peux rien faire pour un alcoolique s'il n'est pas prêt à changer. Finalement, c'est quand même elle qui m'a fait arrêter. Le jour où j'ai encastré la voiture dans un bus scolaire. J'avais bu une bouteille de vodka dans la matinée. J'ai tellement dérapé que la voiture a tourné cent quatre-vingts degrés pour frapper le bus côté passager. Je n'ai pas eu la moindre égratignure, elle est morte sur le coup. Ça a pris trente minutes aux pompiers pour nous désincarcérer. Trente longues minutes à côté du cadavre de ma femme, et cette fichue môme qui pleurnichait à l'arrière. Aujourd'hui, je ne prête plus attention à elle. Elle est toujours là, dans mon salon. Mais je me suis habitué. La seule chose qui me hante, c'est le silence de Marion. Aucun signe, aucun souffle, pas un murmure. Elle a juste disparu de ma vie ce jour-là, et ce châtiment est le pire de tous. Car contrairement à toi, moi je suis bel et bien responsable de sa mort.

Le vent d'hiver tambourine contre la vitre de la chambre. Théo sort un mouchoir brodé de sa poche de veste et se tamponne les yeux. Katia n'ose pas bouger, sonnée.

– J'ai eu mes différends avec Caroline, jeune fille. Mais ça n'a plus aucune importance maintenant. Elle est partie sans que nous soyons réconciliés, c'est ma part de responsabilité. La tienne, c'est de refuser d'abandonner.

Il se lève et prend appui sur la canne, chausse son chapeau sur son crâne dégarni, se dirige vers la porte. Avant de franchir le seuil, dernier regard en arrière.

– Tu n'as pas de temps ni d'énergie à perdre à te morfondre sur cet accident. Pour ma part, je te pardonne. Fais-en autant.

*

Katia prend conscience chaque jour de l'aide que médecins et infirmières sont capables de lui apporter au sein de la clinique. Elle sort progressivement la tête de l'eau, et reprend des forces. Ses blessures cicatrisent, ses os se ressoudent plus vite qu'espéré. Elle passe scanner et IRM, apparemment pour déceler des zones touchées dans son cerveau, d'éventuelles preuves orientant le diagnostic vers la schizophrénie. Le Dr Tissot n'est pas alarmiste, il n'a aucune certitude pour l'instant, les résultats montreront s'il existe « des anomalies dans les substances grises et blanches des lobes temporaux, ou un élargissement des ventricules temporaux », ce genre de choses. Les traitements l'épuisent, mais ils ont été temporairement allégés.

En parallèle, Katia suit plusieurs séances de discussion, dont un groupe de parole tenu par Aline Perrachon. Elle reste en retrait, écoute les récits des autres filles, les dialogues de souffrance. Et l'attention particulière que l'infirmière accorde à chacune, la bienveillance et le réconfort qu'elle leur dispense la touchent particulièrement. La jeune femme de la cafétéria, Alex, reste également silencieuse, assise sur une table en tailleur, à l'extérieur du cercle de chaises. Les écouteurs bien fixés aux oreilles, elle ne semble même pas avoir conscience de la présence du groupe.

Le récit d'un conflit familial qui vire au pugilat après le vol de la carte bleue maternelle s'achève pour l'une des participantes, visage stoïque, émotion dissimulée mais à fleur de peau, les jointures des doigts blanchies par la contraction. Aline Perrachon hoche la tête, tapote affectueusement le dessus de la main de la jeune femme.

Katia, elle, reste concentrée sur la présence d'Alex, sans toutefois oser la fixer frontalement. Elle paraît détachée de toute émotion, rentrée dans sa bulle. C'est de loin la plus âgée de l'assemblée, bien que n'ayant pas atteint la trentaine. Sa silhouette repliée sur elle-même dans la pénombre oscille en périphérie de la zone de vision de Katia, au rythme d'une musique inaudible. Malgré elle, une force irrépressible la pousse à risquer de brèves œillades dans sa direction, pour immédiatement replonger les yeux au sol. Une certaine appréhension, comme si la fille émettait des vibrations singulières. Une sensation de malaise qui perturbe Katia. Comme si le mal-être d'Alex contaminait toute la pièce.

Une nouvelle fois, Katia relève le nez, tourne les yeux sur la droite. Son sang se glace. Alex a redressé la tête, elle la fixe droit dans les yeux. Katia est saisie par l'angoisse qui se dégage de ce visage, elle cherche à tout prix à se libérer de ce magnétisme. Impossible, la connexion ne peut être brisée. Le cercle des patientes se dissout dans un flou artistique bientôt dévoré de couleurs vives, les murs tanguent autour des deux femmes.

Lumière éblouissante, Katia bat des paupières.

Un vaste champ d'herbes hautes, jaunies par le soleil brûlant.

Une colline.

Une enfant, aux cheveux de jais, huit ans, court entre les arbres, en bordure de pré. Une autre fille et un garçon plus jeunes la rejoignent.

Une vieille ferme.

La grange, les trois enfants qui chahutent dans la paille.

La petite brune, qui sort une boîte d'allumettes de sa poche ventrale. Ils préparent un petit tas de bois, comme elle a vu faire son père.

La paille s'embrase aussitôt, les trois enfants reculent sous l'effet de la surprise, courent se mettre à l'abri dehors, derrière un muret de pierres. La fillette fond en larmes, son père va être furieux. Une fumée noire recouvre le soleil, s'élève au-dessus des cimes.

Des cris, à l'autre bout du champ. Un couple sort de la maison, en panique.

La fillette s'accroupit derrière le mur, elle tremble. Katia la voit mettre un doigt sur sa bouche, ses camarades n'osent pas bouger.

Les cris de détresse approchent, la femme tente de retenir la manche de l'homme, ses mouvements sont désordonnés. Elle hurle le nom de sa fille, *Alexia, Alexia,* elle ne peut s'arrêter. La fillette plaque ses mains sur ses oreilles.

Katia est saisie d'horreur : ils croient que les enfants sont restés dedans, à la merci de l'incendie.

Ils pénètrent dans la grange, veulent tirer la petite des flammes.

Dans un craquement sinistre, le toit de tôle s'effondre et les engloutit. Une fumée noire enrobe la bâtisse et flotte jusqu'au muret, brûle les poumons des trois enfants. Les deux petits se mettent à pleurer. Alexia demeure sans voix, tétanisée.

Elle reste ainsi à contempler le brasier au travers du rideau de fumée jusqu'à l'arrivée des pompiers, la figure poisseuse de suie et de larmes, les cheveux roussis par la chaleur. Les deux compagnons d'Alexia sont partis en courant se réfugier chez leurs parents. Katia attend seule avec la petite. Le jeune couple, désormais, la suivra où qu'elle aille, pesant lourdement sur ses épaules.

– La petite fille ne voulait pas mettre le feu. Elle voulait juste montrer ce que son papa lui avait appris.

Aline Perrachon se tourne vers Katia.

Qui se rend compte qu'elle a parlé à haute voix.

Le visage d'Alex se pétrifie.

Elle coule de la table sur ses jambes flageolantes.

– T'as dit quoi ? Tu peux répéter ce que t'as dit ?

Sans même attendre la réponse, elle bondit en avant et perce le cercle. Katia n'a pas le temps de réagir, propulsée en arrière, elle tombe sur le sol dur, la souffrance envahit son corps. Alex s'assied sur elle, pressant les côtes. La douleur est insoutenable. La riposte est immédiate.

Le fantôme de l'Ogre émerge en une fraction de seconde, et Katia repousse son assaillante avec une violence inouïe, heurtant Aline Perrachon qui s'approchait pour séparer les deux adversaires. Alex renverse les chaises dans sa chute, si bien que toutes les filles virevoltent en pagaille, étalées les unes sur les autres. Katia se redresse péniblement, la douleur se répand dans ses os. L'incompréhension, sur les visages, toute l'assemblée se tourne vers elle. Personne ne comprend, elles ne peuvent pas voir la silhouette colossale qui l'anime, mais aucune ne doute que Katia soit la cause de ce phénomène brutal. La peur et la méfiance luisent dans leurs regards.

Celui de Mme Perrachon. Le doute dans ses yeux, insoutenable.

Celui d'Alex. La haine pure. L'humiliation, et la rage.

Celui de l'Ogre, en arrière-plan, tapi dans l'ombre. Fier et triomphant.

Malgré la douleur, Katia se relève et quitte la pièce en titubant.

*

Le lendemain matin, elle demande à voir le Dr Tissot. Il la reçoit juste avant midi.

Elle formule une requête. Elle se montre très calme, posée. Le médecin réfléchit. Il a été mis au courant des événements de la veille, bien sûr : Katia n'est pas à l'origine de la bagarre, c'est un fait. L'infirmière Perrachon est restée assez vague sur cette altercation, elle n'a pas tout dit. Mais la petite n'aurait fait que se défendre, et il n'y a pas trop de dégâts. Alexia s'est cassé le nez en perdant l'équilibre, Aline Perrachon a la cheville foulée, pas mal d'agitation chez les autres participantes, mais il vaut mieux faire retomber la pression.

Katia mange dans sa chambre. L'après-midi, elle reçoit l'autorisation demandée. Demain, elle pourra monter au deuxième étage pour voir sa grand-mère.

Elle tourne dans son lit toute la nuit. Sa grand-mère Louise qui égorge son grand-père Étienne. Pourquoi ? Est-ce que le fantôme était en elle, l'a poussée à répandre le sang ? Est-ce qu'il a pu « posséder » son corps ? Katia imagine la vie de sa grand-mère, cloîtrée dans cette ferme avec ces visions d'horreur, avec cet esprit qui la tourmente inlassablement. Elle a maintenant la certitude que l'histoire se répète.

Il avait besoin d'un nouveau médium.

Quel est le rôle de son grand-père ? L'idée qui germe dans le crâne de Katia, et qui donne au meurtre tout son sens, lui fait froid dans le dos. Louise a le même don qu'elle et n'était donc pour Étienne qu'un vecteur entre lui et le fantôme. Or depuis des années, elle ne parlait plus, elle ne vivait plus. La communication était donc brisée entre le fantôme et le grand-père. Pourtant, il l'a gardée chez lui, l'a nourrie, lavée, elle n'était plus guère pour lui qu'un meuble auquel on laisse prendre la poussière dans un coin de cuisine. Il l'a gardée, car il avait l'espoir qu'elle se réveille, qu'elle puisse rétablir le contact avec les morts. Qui sait l'enfer qu'elle a dû subir, toutes ces années ?

Il a eu raison, se dit Katia, *elle s'est réveillée.* Mais il l'a payé cher. Personne mieux que Katia ne peut comprendre ce qui s'est passé dans l'esprit de sa grand-mère. Tout faire pour se libérer, enfin, de cette aliénation. Ce meurtre, c'est le dernier sursaut de survie d'une femme asservie toute sa vie par deux êtres qui ne voyaient en elle qu'un banal outil de communication.

C'est une jeune infirmière qui mène Katia le long des couloirs du deuxième étage. L'ambiance est différente du premier, celui des jeunes. Les portes sont closes, même l'espace commun paraît ne servir que quelques heures par semaine. Les patients sont plus dépendants, physiquement ou psychologiquement, ils requièrent un personnel plus spécialisé médicalement, et ont donc droit à leur propre service.

Au milieu du couloir, l'infirmière invite Katia à entrer dans la chambre. Les rideaux sont tirés, il règne ici une douce pénombre. Louise est allongée sur le lit, sans expression particulière, bras le long du corps, le regard creux. Katia note l'anonymat absolu qui se dégage de la pièce, quelques étagères avec les vêtements de Louise, mais aucun objet personnel, aucune photo. Comment en serait-il autrement, la vieille femme n'a jamais rien possédé. Elle a été internée ici dans l'état catatonique qui la caractérise depuis des décennies et dans un total dénuement.

– Je laisse la porte ouverte, t'auras qu'à appuyer sur le bouton d'appel quand tu souhaiteras redescendre, glisse l'infirmière.

Katia sourit timidement, opine du chef. Prend place sur la chaise installée le long du lit. Louise n'est pas entravée. *Elle ne doit pas beaucoup bouger,* se dit Katia. Qui plus est, elle n'a pas peur de sa grand-mère.

Elle scrute le visage ridé durant de longues minutes, sans rien dire. Qu'espère-t-elle ? L'impression de paix qui se dégage de Louise la frappe néanmoins.

– Bonjour, grand-mère…

Sa voix s'étouffe dans la chambre feutrée. Elle jette un coup d'œil derrière elle, sur la porte ouverte. S'il y avait quelqu'un, qui l'entende parler à sa grand-mère mutique et inerte ? C'est absurde.

Et alors ?

Je parle bien aux morts.

– Je suis allée chez toi, grand-mère. J'ai trouvé les peintures.

Katia se mord la lèvre inférieure.

– Louise ? Peut-être que tu m'entends, là où tu es partie. Je sais que tu te caches, quelque part dans un endroit où il peut pas t'atteindre, quelque part dans ton imagination. Mais peut-être que tu m'entends, d'une certaine façon. Je suis comme toi, grand-mère, je le vois aussi. J'ai besoin de toi.

Aucune réaction, pas même un clignement de paupière. Le chauffage est à peine trop poussé, les joues de Katia rougissent et son tee-shirt commence à coller.

– Je… ça s'est mal passé, et quelqu'un est mort par sa faute. Je sais pas comment le contrôler. Je dois le contrôler. Il va continuer à faire du mal, à cause de moi.

Elle réprime un sanglot.

– Je regrette qu'on se soit jamais connues. Tu avais tellement de choses à m'apprendre. Je me souviens pas de toi.

Une larme goutte de sa joue et s'écrase sur le gant de sa main droite.

Comme poussée par l'instinct, et presque contre sa volonté, dans un élan réflexe, Katia ôte délicatement ce gant qui la protège de tout contact. La chair de sa main est craquelée et rougie, constellée de plaques d'eczéma. Alors même que ce geste devrait la faire défaillir et la révulser au plus profond de ses entrailles, Katia élève l'avant-bras au niveau du lit, et du bout des doigts elle effleure la peau flétrie de la main de sa grand-mère. Le contact électrise tous ses membres, cette sensation est pour elle inédite. Elle ne comprend pas ce qui l'a poussée à cette caresse.

Surprise par cet abandon à ses émotions, elle relève la tête et s'immobilise, incapable de briser le contact.

Louise la regarde droit dans les yeux.

Katia bafouille, ne peut articuler aucun mot.

Louise remue, sa tête est agitée par de légers tremblements.

Les deux femmes se toisent en silence, aussi stupéfaites l'une que l'autre par l'intensité de cet échange.

Katia se tourne vers la porte. Doit-elle appeler ? Aller chercher l'infirmière ? Elle se souvient que toutes les chambres sont équipées d'une sonnette. Sa main se détache de celle de sa grand-mère, et soudainement une poigne de fer enserre son poignet, elle se retourne à nouveau face à Louise.

Celle-ci se redresse sur le lit, les yeux affolés et injectés de sang. La force exercée sur son avant-bras fait grimacer Katia, ses os vont se rompre d'une seconde à l'autre tellement Louise la serre.

– Tu me fais mal !

La vieille tente d'articuler entre deux râles. Son bras tremble, mais elle ne lâche pas prise.

– Lâche-moi s'il te plaît !

– Tu… dois… le fuir…

Katia parvient à peine à déchiffrer les mots. La voix de Louise est éteinte, comme un vieux moteur qui redémarre après des années au garage. Elle tousse, le haut du corps agité de spasmes. La salive s'échappe d'entre ses lèvres, s'écoule en sillons le long de son menton.

– Tu dois… t'enfuir… Camille…

– Grand-mère… C'est Katia. La fille d'Alexandre. Ta petite-fille.

– Promets-moi ! Promets-moi, Camille ! Tu dois partir ! Il va te faire du mal…

La Rouquine. Elle la connaît. Elle me prend pour elle.

Les yeux de la vieille femme se troublent, ses ongles s'enfoncent dans la peau de Katia. Elle se débat, mais sa clavicule la lance. Elle inspire une grande goulée d'air, tente de faire abstraction de la douleur.

– De qui tu parles, grand-mère ? Qui est Camille ?

– Tu dois partir aujourd'hui… Je… Je ne veux pas qu'il te fasse du mal. Il est partout Camille… Il te veut…

Katia s'approche au plus près. Il vaut mieux pour elle entrer dans le jeu de sa grand-mère, endosser le rôle.

– Qui me veut du mal ? demande-t-elle d'un ton suppliant.

– Je… Je ne peux plus te protéger…

– Contre qui ? Qui est-il ? Je l'ai vu, je le connais… Je sais comment il est mort. Dans la ferme. Toi aussi, tu l'as vu !

– … l'ont tué…

– Qui étaient ces hommes qui l'ont tué ? Pourquoi ?

– … revenu… Joseph…

– Joseph ? C'est le père d'Étienne, c'est ça ?

– … Pardonne… moi…

– Louise…

Une expression d'horreur déforme les traits de Louise. Les tremblements des bras ont redoublé d'intensité. Katia est secouée, mais n'abandonne pas. Son visage s'immobilise à quelques centimètres de celui de Louise.

– Aide-moi à comprendre. Aide-moi à le battre.

– Tu… dois… partir…

La mâchoire se crispe, elle plisse le nez, visiblement à bout de forces.

– Je veux plus le fuir, souffle Katia.

Une étincelle s'allume dans le regard de Louise. Elle relâche la main de sa petite-fille, la contemple en silence. Son rythme respiratoire s'apaise. Elle lève la main vers le visage de Katia, qui ne peut réprimer un mouvement de recul. Elle ferme les yeux, lutte violemment contre la pulsion qui la pousse à s'écarter pour éviter le contact. La pulpe des doigts de Louise court le long de la peau, effleure la joue. Un haut-le-cœur secoue

211

Katia, ses poils se dressent sur ses bras. La caresse est douce, affectueuse.

– Pardon.

Le mot n'est guère plus qu'un frémissement dans l'air.

Les doigts se détachent doucement du rebord du menton de Katia. Elle laisse planer la sensation autour de son visage, sa peau est électrisée par ce contact. Une intimité inédite, brutale et délicieuse à la fois. Un frisson de chaleur.

Elle ouvre les paupières.

Louise la fixe toujours, mais son attitude a changé.

Le regard est vide. La main repose paume vers le haut, les doigts ouverts comme les pattes d'un crabe bloqué sur le dos.

Les tremblements, les râles se sont dissipés.

Louise est morte.

Chapitre 10

L'enterrement aura lieu demain.

Katia demande l'autorisation au Dr Tissot. Elle n'en a pas besoin, lui répond-il, elle n'est pas prisonnière à la clinique. Elle se sent bête. Bien sûr, c'est elle qui décide.

Elle va donc devoir se confronter au regard de ses parents. Ça la stresse un peu, mais elle pense être en mesure de le faire, maintenant. Elle se sent mieux. Et elle doit absolument parler à sa mère.

Elle a juste une dernière chose à faire.

Sa deuxième séance d'hypnothérapie.

La descente vers sa forêt mentale se déroule aussi rapidement que la première fois. Le Dr Schweikhardt la mène auprès d'un lac aux eaux sombres, à la surface cristalline, à peine ridée de quelques ondulations. Le parfum des herbes hautes embaume l'air, on se croirait au début de l'automne.

Katia se laisse flotter jusqu'à la rive au travers des troncs de sapins, jusqu'à ce que la fraîcheur de l'eau recouvre ses chevilles. Elle avance dans le lac, l'eau clapote contre ses mollets. Elle assiste à son avancée comme si elle était simple spectatrice de la scène, tout en ressentant physiquement les stimuli.

– Décris-moi ce lac, Katia.

La voix résonne, lointaine, mais Katia a bien conscience de la présence du thérapeute à son côté. Son corps s'engourdit. Lorsqu'elle se met à parler, le phrasé est lent, chaque mot traîne, bute sur le suivant. Une bande-son au ralenti.

— Je vois pas le bout. Il se perd dans la montagne.

— C'est ton lac. C'est toi qui le crées.

— Je marche dans l'eau. J'ai l'impression de me voir depuis en haut.

— C'est normal.

— J'avance dans le lac. Le niveau d'eau reste bas.

— Tu matérialises ton espace mental. Tu construis un lieu où tu te sens à ton aise. Où les nuisances de la vie réelle n'ont pas leur place.

— Les forêts sont partout.

— Tu vas bientôt y trouver des détails. Ce sont tes souvenirs, Katia. Tu vas pouvoir accéder à tes plus vieux souvenirs, dans cet espace. Rappelle-toi, tu ne risques absolument rien. Et tu peux stopper la séance à tout instant.

Katia continue de marcher dans le lac, chaque pas émettant un clapotis qui résonne contre les parois des montagnes. Aucun autre son ne perturbe la sérénité du lieu. Ni vent ni oiseau. Elle progresse bientôt au milieu du lac, à plusieurs centaines de mètres du bord. Le niveau d'eau n'excède pas trente centimètres.

Katia s'arrête, balaie l'horizon. Une forme sombre se dessine sur le versant de la montagne, à sa droite. Elle plisse les yeux pour accommoder la luminosité.

— Je vois une maison… Je… Je connais cette maison, articule mollement Katia.

— Tu veux y aller ?

— Ça va me prendre du temps de grimper là-haut.

— Le temps n'est pas un problème là où tu es, Katia.

– Elle… elle me fait peur.

– Tu ne crains rien. Tu sais d'où tu connais cette maison ?

– Oui. Mais ça me revient pas. Je sais que cette maison me fait peur.

– Est-ce que c'est la maison de tes grands-parents ? À Vuillefer ?

– Non. C'est une sorte de manoir. Tout en pierres, à trois étages.

Tout en parlant au médecin, Katia réalise qu'elle se tient désormais face à la haute bâtisse. De larges escaliers de pierre en demi-cercle mènent à la porte d'entrée, à double battant. À droite de la façade, de fines meurtrières agrémentent l'unique tourelle.

Un vent froid se lève, elle frissonne.

La demeure est lugubre, et paraît inhabitée.

Katia pousse la porte, le hall résonne de ses pas. Une odeur de moisissure l'arrête net.

– Je… Je veux pas être là.

– Tu ne cours aucun danger.

– C'est pas ce que je suis venue chercher.

– Ce sont tes propres souvenirs. Ne les fuis pas.

– Il y a quelque chose de mal, ici.

La luminosité chute soudainement dans l'entrée, les recoins se tapissent d'ombre. La maison est vivante, elle respire et aspire Katia. Celle-ci recule, pas à pas, sur le qui-vive. Ses pieds nus collent aux dalles, rencontrent bientôt les feuilles mortes sur le perron, elle se retrouve dehors. Ses deux mains agrippent les montants de la porte, qu'elle referme aussitôt sur elle. Au dernier moment, à travers l'ouverture qui rétrécit, elle distingue une lueur au fond du hall, l'éclat d'un regard. Le claquement de la porte la fait sursauter.

– Je suis sortie.

– D'accord, soupire le psychologue. C'est toi qui mènes la danse. Suis ton rythme. Nous reviendrons à cette maison une autre fois, quand tu seras prête. Continue de me décrire tes sensations, tout ce qui te passe par la tête.

– Je redescends les marches, la nuit tombe, mais j'y vois toujours très bien. Il y a un banc juste devant la maison. Il n'était pas là quand je suis arrivée.

Elle effleure de la main le dossier, suit les rainures du bois usé. Quelque chose lui rappelle son enfance. L'une des planches qui forment l'assise est plus courte que les autres, brisée à son extrémité. C'est un banal banc de bois, peint en vert. Elle s'assied. La brume s'écoule de la montagne en face, glisse jusque sur le lac. Le ciel est zébré de nuages pourpres. Elle s'abandonne à la contemplation, la voix du médecin s'effiloche, comme un écho qui rebondit sur les falaises. Elle ferme les yeux, laisse le vent la bercer et les hautes herbes chatouiller ses genoux.

Des gouttes perlent tout autour d'elle, s'écrasent dans l'eau. L'espace est étroit et humide. Elle est toujours assise sur le banc, mais dans une caverne suintante, qui se trouve sous le lac. Les yeux toujours clos, elle perçoit pourtant nettement l'environnement, la taille de la grotte, l'eau qui s'infiltre dans le plafond. Un rêve à l'intérieur du rêve. Elle se lève, ouvre les yeux. Le noir total, le souterrain ne laisse filtrer aucune lumière de l'extérieur. Le courant gronde au-dessus de sa tête, une cascade. Le bout du lac. Le sol est glissant. Elle tend l'oreille. Des pas, des clapotis dans l'eau, on s'approche.

Katia s'accroupit, entourant ses genoux avec les bras.

Elle n'entend plus le médecin.

Les pas résonnent dans la caverne.

Les pupilles de Katia se dilatent.

Ses yeux commencent à s'habituer à la pénombre.

Une silhouette avance à pas mesurés.

– Camille… ?

La créature s'arrête net.

– Camille ? répète Katia.

La silhouette s'approche de Katia. Les cheveux roux humides adhèrent à ses épaules. Katia sourit, tombe à genoux dans la mare d'eau.

– Qui es-tu, Camille ? demande-t-elle dans un petit rire nerveux.

Camille se plie en deux et vient s'agenouiller face à Katia. Elle est trempée, ruisselante de l'eau du lac. Katia distingue désormais ses traits malgré la faible clarté. La peau lisse piquetée de taches de son, les pommettes hautes, les yeux vert pâle. La beauté de cette femme la saisit. Belle et pure, figée dans la mort. Elle n'a pas vingt ans. Une esquisse de sourire déforme sa lèvre timidement. Elle détaille Katia d'un air triste.

– Ma grand-mère m'a parlé de toi, reprend Katia. C'est grâce à elle que je peux te voir. Elle m'a parlé de toi, et elle est morte.

Le visage du fantôme reste fermé, il ne reflète aucune émotion. Pourtant Katia sent l'humeur changer. Un sifflement désagréable fait vibrer ses tympans. La grotte se met à tanguer autour d'elle, elle est contrainte de poser ses deux mains contre la roche pour se maintenir. La silhouette de Camille s'efface insensiblement, la condensation qui s'échappe désormais des parois masque son visage. Camille flotte vers l'arrière, s'éloigne dans un mouvement gracieux qui va se fondre dans les filets d'eau qui grossissent de toutes parts, puis disparaît tout à fait. L'eau monte et submerge Katia, toujours courbée, jusqu'aux épaules. Le torrent se déverse dans la caverne à gros bouillons, comme si le lac avait percé la cloison et s'engouffrait tout entier dans la poche d'air. Katia est prise dans un tourbillon puis projetée vers le haut par la puissance du courant, l'eau emplit la cavité et elle boit la tasse.

Elle tousse. Expulse l'air, expulse l'eau.

Elle est allongée au bord du lac, sur le flanc droit.

— Katia ? Tu m'entends ? demande la voix cuivrée qui lui provient des hauteurs.

Elle tarde à répondre, décongestionnant ses poumons.

— Je suis là…

— Bien. Tu vas commencer à te réveiller. Tu vas prendre le temps. Tu vas bientôt sentir le bout de tes doigts, puis tu vas pouvoir remuer la main. Voilà. Tes muscles se réveillent aussi. Puis tu vas pouvoir ouvrir…

… les paupières.

La lumière. Elle cligne des yeux. Le goût métallique de l'eau claire dans la bouche.

Une migraine tambourine dans son crâne. Le médecin, assis tout à côté, tapote fébrilement l'accoudoir de son fauteuil avec la pointe de son stylo bille. Katia reprend ses esprits, comme si elle sortait d'une nuit de dix heures, pâteuse, engourdie.

— Ça a duré cette fois, non ?

— Quinze minutes, en phase de transe.

— C'est tout ? s'étonne Katia.

— Le temps est différent. Tu l'as remarqué.

— L'espace, le temps. Tout est différent, docteur.

Il sourit. Elle s'assied sur le sofa, il lui tend un verre d'eau fraîche, qu'elle s'empresse d'avaler. La sensation de noyade est encore présente, l'engloutissement dans les flots. Elle seule, recrachée à la surface.

— Pendant quelques instants, tu as disparu. Comme si tu étais cachée à l'intérieur de toi-même. Est-ce que

tu n'aurais pas créé une sorte de cellule d'isolement ?
Par hasard ?

– Qu'est-ce que c'est ?

– Un lieu à part, dans ton espace mental.

– Je crois bien alors.

Il arbore un grand sourire complice, elle ne peut que céder, plisse les lèvres.

– Bon, poursuit-il, il n'empêche que tu résistes un peu à approfondir tes souvenirs d'enfance. Le manoir, le banc. Tu ne fais qu'effleurer le bouclier de ta mémoire. Tu te caches des choses. C'est là que nous devons aller.

– Il y avait quelqu'un dans la maison, docteur. Quand je suis ressortie, j'ai aperçu quelqu'un qui me fixait depuis l'intérieur.

– Tu fuis un événement de ton passé qui te fait peur. Tu ne veux pas l'affronter. C'est un blocage, un mécanisme de défense de ton cerveau, qui nie l'existence d'un traumatisme.

– Et… ça serait lié à l'haptophobie ? C'est pour ça que je peux pas toucher ?

– Ça me paraît logique. Tant que tu ne te seras pas libérée de ce souvenir encombrant, que tu ne l'auras pas accepté, tu n'avanceras pas.

– Et ça pourrait me guérir ?

– Bien sûr que ça va te guérir.

Katia s'affaisse contre le dossier, des picotements dans la nuque. Le contact de la peau, à portée de main. La chaleur, la douceur. Une réalité promise.

– Combien de temps ?

– L'hypnose, ça permet d'accélérer la thérapie. Ton blocage est sérieux, mais on va percer le mystère, crois-moi. Ça ne sera pas agréable, mais ça te libérera. C'est tout ce qui importe. Il faut en passer par là.

Katia reste songeuse devant cette perspective.

– On verra ça à la prochaine séance, chaque chose en son temps, l'interrompt le médecin. Juste une dernière question. Qui est Camille ? Tu as murmuré ce nom.

Katia lui sourit.

– Ma nouvelle meilleure amie, docteur.

*

Laura et Alexandre récupèrent Katia à l'accueil de la Clinique Sainte-Cécile tôt dans la matinée du lendemain. Le corps de Louise attend déjà la venue de la famille au funérarium. Laura pince les lèvres, à fleur de peau. Alexandre, en sueur sous sa doudoune matelassée, est fébrile. Ils n'ont pas revu Katia depuis plus de deux semaines. Ils retiennent leur souffle lorsqu'elle franchit les portes automatiques de l'établissement.

Katia les observe depuis le petit perron. Elle s'emplit de l'air d'hiver. Le soleil est éblouissant, rebondissant de toutes parts sur le tapis neigeux qui commence à diminuer. Au lointain, la Citadelle de Besançon resplendit sur le mont Saint-Étienne, baignée de lumière rasante. Des filets d'eau courent sur le parking en pente, ruissellent entre les roues de la voiture. Katia s'approche, accorde un sourire hésitant à ses parents, qui se regardent, soulagés, et la pression qui pesait sur leurs épaules se relâche.

– Bonjour ma puce, lance Alexandre.

– Bonjour papa. Je suis contente de vous voir.

– Tu nous as manqué, dit Laura, chevrotante.

– Je… Vous me manquez aussi, répond Katia en triturant ses gants.

– Comment vas-tu ?

– Je progresse, maman. Ça va prendre un peu de temps.

Un silence gêné s'installe.

– Mais ça va. Je suis bien ici.

Alexandre s'avance vers elle.

– Le médecin m'a dit que tu étais présente… Quand ma mère…

– Oui. Je suis montée la voir.

– Qu'est-ce qu'il s'est passé ? Ils ont dit qu'elle s'était réveillée…

– Elle m'a fixée…

– Elle a rien dit ? Elle a rien demandé ?

Katia échange un regard avec sa mère.

– Je… Si. Elle m'a parlé. Du fantôme. Elle l'a appelé Joseph.

Laura comprend immédiatement par ce coup d'œil que sa fille cache quelque chose.

– Joseph, c'était mon grand-père, déclare Alexandre. C'est étrange, elle s'est réveillée précisément au moment où tu étais là…

Katia hoche la tête. Dans le dos d'Alexandre, Laura fronce les sourcils. Katia ne veut pas en dire plus. Pas encore.

*

Le funérarium est flambant neuf et moderne, mélange de verre et d'acier aux parois inclinées en polygone, architecture géométrique jurant au sein d'un ensemble de barres d'immeubles bétonnés des années 60. Les Devillers sont reçus par l'employé des pompes funèbres chargé de la cérémonie, un type jeune et bronzé, rasé de frais, bien mis, professionnel, mèches blondes impeccablement peignées. Le type surfeur des îles du Sud, perdu en périphérie de Besançon. Katia réprime un sourire, enfouit le bas du visage entre ses gants. Ils traversent le hall d'accueil des familles et le jeune les fait entrer solennellement dans la chambre funéraire.

Murs blancs avec baies vitrées de verre fumé en hauteur, tamisant la lumière extérieure. Le cercueil attend entre des colonnades, cerné de fauteuils rembourrés installés en rectangle autour d'une allée. Quelques bouquets élégamment disposés ou suspendus sur les colonnes, le tout avec sobriété. *C'est simple,* se dit Katia, *presque impersonnel.* Personne n'est allé récupérer quelque objet appartenant à la défunte, mais de toute manière qui pouvait prétendre la connaître ?

Ils sont seuls dans la pièce, si ce n'est la silhouette assise au premier rang, à droite du cercueil. La tante Lucie, qui se retourne à leur entrée. Le visage dur, la peine tout intérieure. Ils la rejoignent, tout le monde se salue poliment. Alexandre dépose un baiser sur le front de Lucie, la presse de s'asseoir.

— J'aurais pu aller te chercher, dit-il.

— Je peux encore me déplacer seule, tu sais, répond-elle.

— Je ne savais pas si tu allais venir.

Un voile de tristesse balaie le regard de Lucie. Laura et Katia prennent place juste derrière elle, tandis qu'Alexandre s'assied à son côté, lui tenant tendrement la main.

— C'était quand même ma sœur. Malgré tout.

— Bien sûr. C'était aussi ma mère. Je comprends ce que tu ressens.

— C'est la première fois que je la revois depuis 1983.

Alexandre baisse les yeux. Enlace sa tante de son bras, passe chaleureusement sa main dans son dos. Elle serre son mouchoir dans sa main, renifle.

Laura en profite pour s'éclipser, direction les toilettes. Katia lui emboîte rapidement le pas, laissant Alexandre et sa tante se recueillir devant le corps de Louise, celle qui est sortie de leur vie depuis si longtemps. Qui a hanté leur relation tout du long. La mère, la sœur qu'ils avaient perdue.

La porte des toilettes pour dames claque, Laura s'adosse aux lavabos, son image dédoublée par le long miroir. Katia se plante devant sa mère.

– Bon. Tu n'as pas tout dit à ton père, n'est-ce pas ? demande Laura.

– Non, il y a autre chose, et je voulais t'en parler avant. Mais déjà, il faut que je te raconte, pour Vuillefer.

– T'es pas obligée, chérie…

– On a trouvé quelque chose. Des peintures. Les mêmes visions que moi, les mêmes dessins. Le même don.

– Ma puce…

Laura contient un mouvement réflexe, elle veut prendre sa fille dans ses bras, la serrer le plus fort possible, ne plus jamais la lâcher. Katia s'en aperçoit, l'arrête d'un geste en levant ses deux mains face à elle.

– Est-ce que Camille, ça te dit quelque chose, maman ?

– Euh, non. Qui est-ce ?

– Je crois que c'est la femme que je vois, la rousse. J'en suis persuadée. Je pense que c'est elle qui a peint les tableaux.

– Comment le sais-tu ? Tu peux lui parler ?

– Non. Elle reste muette. Mais elle m'approche, de plus en plus. Elle… C'est à elle que grand-mère parlait quand elle s'est réveillée. Elle m'a prise pour elle.

– Qu'est-ce qu'elle a dit ?

– Elle voulait que je parte, le plus loin possible, que je fuie Joseph.

– Il faut qu'on en parle à ton père. Il sait forcément quelque chose.

– Je crois qu'Étienne s'est servi de Louise pour communiquer avec Joseph.

– Tu penses qu'elle était… prisonnière ? Ou qu'il la forçait ?

– Elle était contrainte, d'une façon ou d'une autre, j'en suis persuadée. Il avait un moyen de pression sur elle.

Les traits de Laura se décomposent.

– Il a pu utiliser ton père, certainement. Leur enfant.

– Maman…

– Ton père s'est enfui de cette maison. Il est parti vivre chez sa tante.

– Il a été interné, avant. Il me l'a dit.

– Dieu sait ce qu'il a pu subir, quand il était enfant. Il faut absolument que je lui parle.

Laura s'écarte du lavabo. Katia s'interpose, effleure de son gant le bras de sa mère. Celle-ci fait demi-tour, face à l'adolescente qui vient d'amorcer un geste tactile. Elle en a les larmes aux yeux.

– Après… chuchote Katia. Après l'enterrement. Je veux qu'elle parte en paix.

Laura acquiesce, incapable d'émettre le moindre son. Katia rejoint la chambre funéraire pour la cérémonie d'adieux.

Laura s'asperge le visage d'eau fraîche, prend appui sur le miroir. Katia a failli lui toucher le bras.

Presque.

*

Le corps est inhumé au cimetière des Chaprais. Loin de Vuillefer, loin de la tombe d'Étienne Devillers. On balaie les souvenirs sombres. Louise reprend sur la stèle son nom de jeune fille, le même que sa sœur, Jeannerot. Elle est enterrée à l'ombre d'un sapin, en haut d'une allée pentue. Les branches filtrent les rayons du soleil, étalant des taches lumineuses sur les cailloux des travées. Tour à tour, ils déposent des fleurs autour de la tombe, Katia la première.

Elle s'assied sur le dossier d'un banc, à côté d'un noisetier aux branches nues. Elle observe sa grand-tante qui se tient, voûtée, devant la sépulture.

Laura entraîne Alexandre à l'écart en descendant la pente d'une centaine de mètres. Katia, nerveuse, ne peut les voir de là où elle se trouve. Elle aperçoit la fumée de la cigarette de sa mère s'élever au-dessus d'une chapelle funéraire.

— Non, vraiment, ça me dit rien, dément Alexandre.
— Tu es sûr ?
— Oui, je suis sûr. Jamais entendu parler d'une Camille. On est certains que c'est une fille d'ailleurs ?
— C'est ce que dit Katia. C'est le… la fille qu'elle voit, dans ses visions.
— Jusqu'ici, tu ne la croyais pas beaucoup…
— Arrête ! S'il te plaît, s'agace Laura en tirant sur sa cigarette. Ta mère lui a parlé, comme si elle était cette Camille.
— Je ne sais pas quoi te dire. J'y comprends rien moi non plus, à tous ces trucs de visions. Ma mère était dans un état catatonique depuis trente ans ! Elle se réveille, certes, mais elle peut raconter n'importe quoi. Je te rappelle que la dernière fois qu'elle s'est réveillée, elle a tué mon père !

Laura soupire.

– C'est possible qu'elle ait juste déliré, mais ça ne veut pas dire qu'il ne faut pas creuser, bon sang, réplique-t-elle sèchement. Katia est persuadée que ta mère avait le même don qu'elle, qu'elle voyait exactement les mêmes choses ! Il faut qu'on cherche, dans l'histoire de ta famille. C'est quelque chose qui s'est transmis, de ta mère à notre fille.

– Et comment tu expliques que moi, je ne l'aie pas ?

– J'en sais rien moi ! Peut-être que ça saute une génération, peut-être que ça n'apparaît que chez les femmes, j'en sais foutre rien ! Mais au moins, on sait où chercher ! C'est un début…

– Il ne reste pas grand monde à interroger… réplique mollement Alexandre.

– Il reste au moins une personne, rétorque Laura, écrasant son mégot contre le mur du mausolée.

– Laura, non. Pas aujourd'hui…

– Tu veux laisser ta fille moisir à l'asile ?

– Arrête !

Il est furieux, mais c'est trop tard. Laura a lâché son mégot dans le gravier, elle remonte l'allée d'un pas décidé. Alexandre lui emboîte le pas, résigné. Il sait qu'il ne pourra pas enrayer sa détermination.

Katia voit ses parents revenir vers la tombe à vive allure, sa mère en tête. Elle distingue les rides de colère qui strient son front, caractéristiques. Ça va dégénérer. Katia ferme les yeux, retient sa respiration.

– Lucie ! appelle Laura d'un ton ferme.

La vieille dame lui fait face, sans ciller. Alexandre s'immobilise trois pas en retrait.

– Qui est Camille ?

Le masque de certitude de Lucie se fissure, elle accuse le coup. Son corps paraît subitement s'être vidé de son sang, son visage blêmit.

— De… de quoi tu parles ? bégaye-t-elle.

— Vous le savez très bien, j'en suis persuadée ! explose Laura d'une voix cinglante.

— Non, tu ne sais pas ce que tu dis. Je m'en vais maintenant !

Laura bondit immédiatement pour lui barrer le chemin.

— Certainement pas ! Je veux savoir qui est Camille, et je veux le savoir tout de suite !

Lucie, mâchoire crispée, lance un regard de désespoir à Alexandre, le suppliant de mettre fin à l'altercation. Alexandre, prostré, ne sait comment réagir, sa lèvre inférieure tremble sous le coup du stress.

— Cessez de mentir, comme vous le faites depuis des années, Lucie. Il y a un secret qui vous lie à votre sœur ! Un secret qui vous a poussée à la rejeter, à la renier pendant plus de trente ans !

— Mais c'est elle qui a choisi de se marier avec ce… monstre. C'est elle qui a renié sa famille, pas moi ! Depuis toute petite, elle était folle, elle voyait des esprits, elle disait la bonne aventure. Tout le village savait. C'est pour ça qu'il est venu la voir, parce qu'il savait ce qu'on disait d'elle, qu'elle parlait aux morts. Je ne sais pas ce qu'il cherchait, mais il a trouvé. Il l'a plus jamais lâchée, elle est devenue indispensable pour lui. Et elle, elle était « spéciale », vous savez, dans sa tête. Un peu attardée. Elle a cru qu'il l'aimait, et il l'a épousée, très vite ! Il avait une ferme à lui, il n'était pas pauvre, ça se savait, et mes parents ont laissé faire. Il l'a isolée des gens qui l'aimaient, il l'a séquestrée dans les montagnes, et elle l'a laissé faire ! C'est moi qui ai élevé leur fils, toute seule ! J'ai sauvé Alexandre !

Lucie, rouge de colère, vocifère de sa voix rocailleuse, à la limite de l'extinction. Katia ouvre les yeux, quitte son banc, s'approche du trio et se place entre sa mère et Lucie, fixant celle-ci droit dans les yeux.

– Qui est Camille ? demande-t-elle posément.

La circulation bourdonne dans le lointain, renforçant le silence pesant qui s'abat sur le petit groupe. Une larme minuscule perle sur la peau craquelée du visage de Lucie. Tous retiennent leur souffle, la nervosité à son paroxysme. Accablée, la vieille dame s'assied sur le rebord d'une pierre tombale, à la croisée des chemins.

– Camille était la sœur d'Alexandre. La fille aînée de ma sœur.

Elle prend sa tête dans ses mains, éclate en sanglots. Le malaise est palpable. Katia n'ose plus bouger un muscle. Laura, mortifiée, se tourne vers Alexandre.

D'un pas raide et chancelant, celui-ci rejoint sa tante, tombe à genoux devant elle. Elle lève la main, lui caresse la joue.

– Pardonne-moi… parvient-elle à articuler.

– C'est impossible… Je n'ai pas de sœur, Lucie… Je n'ai jamais eu de sœur…

– Que… Qu'est-ce qui est arrivé à Camille ? coupe Laura.

– Elle est morte. Le 3 février 1983.

Alexandre se relève en sursaut, piqué au vif.

– Non… C'est impossible… C'est le jour…

– Oui. C'est ce jour-là que tu t'es enfui de la ferme et que tu as erré dans la forêt. C'est ce jour-là que ta mère a cessé de parler, elle est devenue folle…

– Je m'en souviendrais… Je ne peux pas croire ce que tu dis.

– Tu avais tout oublié, Alexandre ! Quand je t'ai récupéré, quand tu es sorti de l'hôpital psychiatrique. Tu avais tout oublié ! Ta sœur, ton enfance, tout ! C'est pour ça que je n'en ai plus jamais reparlé. Je ne voulais pas te faire du mal ! Je voulais que tu oublies, que tu construises ta vie, que tu sois heureux !

Alexandre fulmine, cherche l'air. Sa tête tourne, la bile brûle son œsophage. Lucie s'approche à nouveau pour l'étreindre, mais il s'écarte vivement.

– Non… Comment j'ai pu oublier ? Dis-moi comment c'est possible !

– Pardon… Je te demande pardon…

– Que s'est-il passé ? Comment ma sœur est-elle morte ?

– Je ne devrais pas…

– Dis-moi comment ma sœur est morte ! hurle Alexandre, perdant tous ses moyens.

– Elle s'est pendue ! lâche Lucie. Dans la chambre bleue, elle s'est pendue à une poutre.

Lucie s'affaisse. Elle vient de prendre dix ans en une seule conversation. Alexandre, fébrile, se détourne d'elle et s'engouffre dans la descente. Lucie et Laura se retrouvent face à face, se défiant du regard.

– Tu es contente ? Tu as eu ce que tu voulais ? crache la vieille tante.

– Comment vous avez pu faire ça ? siffle Laura. Comment vous avez pu croire que lui cacher une chose pareille pourrait l'aider ?

– Tu n'as pas à me donner de conseils d'éducation, je te signale.

Laura écarquille les yeux, manque de s'étouffer de rage.

– Maman… intervient Katia.

Trop tard. La gifle que Laura assène à Lucie la fait basculer en arrière, elle est de nouveau assise sur la pierre tombale, porte sa main à sa joue douloureuse.

– Viens, maman, on s'en va.

– C'est ma fille qui en paye les conséquences aujourd'hui, vieille garce !

Lucie reste là, statufiée.

Laura et Katia regagnent la sortie du cimetière, côte à côte.

Katia s'arrête à la grille, jette un dernier regard en arrière.

Le lieu est désert, serein.

C'est un endroit pour les vivants, se dit Katia.

Les morts ne traînent pas dans les cimetières.

*

Katia cesse de s'ouvrir la peau au rasoir. Elle n'en ressent plus le besoin.

Elle observe les cicatrices qui courent le long de ses cuisses, sous le gras du bras ou dans l'arrondi des hanches. De fines stries blanches qui se croisent. Elle passe ses doigts sur ces reliefs, machinalement. L'oppression dans sa poitrine se relâche plus régulièrement. En rentrant du cimetière, le soir, elle dort dix heures d'une traite, sans perturbation, sans tempête intérieure. Pas un son, pas une vibration. L'Ogre s'est tu.

Elle rêve de Camille, de ses longs cheveux roux, de ses yeux profonds. Elle sait cette alliée toute proche, en son sein, animée par une obstination farouche de la protéger elle, sa nièce. La lutte avec Joseph est déséquilibrée, il est puissant, il lui parle, elle peut difficilement lutter contre cette voix en elle qui balaie toute volonté. Mais elle n'est pas seule, au moins. Se focaliser sur cette femme l'aide à canaliser ses émotions, les diriger sur des sentiments positifs, rejeter colère et angoisse. Elle ne veut pas le nourrir.

Ce matin, ses parents sont de retour à la clinique. Elle accepte de les voir, elle est de bonne humeur, et elle va avoir besoin d'eux, dehors. Ils vont devoir percer pour elle le lourd secret de cette famille.

Camille.

À peine sont-ils entrés dans sa chambre que Katia se heurte à une atmosphère pesante. L'attitude de son père a changé : il est abattu, défait. Laura reste prudemment en retrait, distante. L'électricité sature l'air de la chambre.

Alexandre se laisse tomber sur le fauteuil collé au mur, à la droite du lit, les mains crispées autour des genoux, les yeux rougis. Les révélations de sa tante ont fait l'effet d'une bombe, ouvert des plaies en sommeil depuis des années. Katia a le pressentiment que ça ne va pas bien se passer, la cassure chez son père émane de tout son être.

Laura salue sa fille d'un discret signe des doigts, lèvres plissées. Le message est clair, c'est tendu.

– Est-ce qu'elle est là ? demande Alexandre en fixant le sol.

Katia déglutit, mal à l'aise.

C'est ça qu'il va vouloir de moi, se dit-elle, *c'est donc ça qu'il va y avoir entre nous, maintenant.*

Elle repense à tous ces délicieux moments, avant de dormir. La tendresse de son père, sa confiance, les petites confessions, de part et d'autre.

– Non, papa, ça fonctionne pas comme ça.

– Comment est-ce que ça marche ? J'ai besoin de savoir, Katia.

– Chéri… intervient Laura.

– Laisse-la parler s'il te plaît, la coupe Alexandre d'un ton cassant.

– Je sais pas lui parler sur commande. Elle ne vient…
ça dépend de mes émotions.

– Donc, théoriquement, tu peux l'appeler. Je veux
dire, tu dois avoir un moyen de la contacter.

– Elle me parle pas.

– Katia, je t'en prie.

– Je… J'aimerais pouvoir t'aider.

Alexandre enfouit son visage dans ses mains, épuisé.
Katia ne sait plus comment réagir, elle comprend plei-
nement la frustration de son père, l'impossibilité de
communiquer.

– Et lui ? Il te parle, non ?

Le corps entier de Katia se crispe. L'expression sup-
pliante de son père déclenche en elle une rage sourde.

– Tu peux pas me demander ça.

– Il a forcément des réponses.

– C'est pas ce qu'il veut.

– Est-ce que tu pourrais essayer ?

– Non… Arrête papa, s'il te plaît, explose Katia. Tu
comprends pas que c'est pour ça que je suis ici ? Pour
me protéger de lui, pour protéger tout le monde ? Je
vais pas aller le chercher, le provoquer, c'est hors de
question ! Je veux… Je veux le détruire, certainement
pas avoir une conversation avec lui ! De toute façon,
il me manipulerait, et toi aussi, pour que ça fasse le
plus mal possible ! C'est ça son truc, il va appuyer là
où ça fait le plus mal, et il va en retirer du plaisir. Ça
le rend vivant, et puissant. Je refuse de le laisser faire !

Alexandre se lève, la mine défaite. Katia déteste le
reflet de déception et d'amertume dans les yeux de son
père. Sans ajouter un mot, il se détourne et quitte la
chambre, les épaules basses, le pas nerveux.

Katia expire lourdement dans son oreiller. Laura
prend la place sur le fauteuil.

– Il est comme ça depuis l'enterrement. C'est pas contre toi. Il est bouleversé.

– Je suis désolée. Je sais pas quoi faire.

– Ce n'est pas de ta faute. Ne pense surtout pas ça. On lui a caché son passé, et ça lui éclate à la figure.

– Il se souvient vraiment de rien ?

– Non. C'est une sorte de déni.

– C'est flippant.

– Quoi qu'il se soit passé dans cette famille, ça a laissé des traces indélébiles dans son cerveau. Il a refoulé ses souvenirs. On ne peut rien y faire pour l'instant. C'est du ressort de la psychanalyse, ça va être à lui de faire le pas.

– Maman… Et vous ? Vous deux, je veux dire ?

Laura laisse passer un blanc, les larmes inondent ses pommettes.

– Je ne sais pas, ma puce, reprend-elle d'une voix étranglée. C'est assez compliqué. Il faut que le temps coule un peu. L'important, c'est toi.

– J'ai besoin que tu m'aides, maman. Que tu trouves ce qui s'est passé dans cette famille justement. Ce qui est arrivé à Camille.

– Je doute que Lucie veuille encore me parler…

– Il y a sûrement des traces. Sur Joseph. Je crois qu'il a été tué, à la ferme. J'ai vu ça, quand j'y étais. Il y est resté après sa mort, et Louise pouvait le voir. Puis Camille également.

– Tu as raison. Il y a forcément un certificat de décès, et un certificat de naissance. Je vais contacter le maire, à Vuillefer.

– Est-ce que tu peux faire ça sans en parler à papa ? Je veux pas aggraver les choses. Tant qu'on n'en sait pas plus.

– Bien entendu, ma chérie. C'est mieux comme ça. Mais, et toi ? Tu peux venir. Tu n'es pas obligée de rester ici.

– Maman… Il vaut mieux pas. Je peux pas retourner là-bas.

– Non, bien sûr… Tu pourrais sortir, aller chez ma sœur.

– Je préfère rester, vraiment. J'ai commencé une nouvelle thérapie, je veux aller au bout. Ça m'aide à comprendre les choses, je sens que j'avance. Il manque encore quelques éléments pour voir tout le tableau, c'est pour ça que j'ai besoin que tu y ailles. Il faut que je reconstitue l'histoire de ces deux fantômes, qui sont liés, et la mienne. Il n'y a que toi qui puisses le faire.

Chapitre 11

Alexandre plonge tête baissée dans son travail, assiste à toutes les réunions de sa boîte, prend tous les rendez-vous avec les clients. Laura le sent perdre pied, tenter de combler le vide qui s'est creusé en lui en s'épuisant à la tâche. Elle ne parvient pas à l'atteindre, il évite toute discussion. Se conduit bizarrement, nerveux, agité. Il se renferme, instaure une distance pesante entre eux.

En rentrant de l'hôpital, ce soir-là, il est resté debout sur le balcon pendant plus de deux heures, sans un geste, sans un bruit. Il n'a pas réagi lorsqu'elle lui a proposé de manger. Il n'a même pas semblé l'entendre. Il commence à lui faire peur. Elle est presque soulagée qu'il ne la rejoigne pas dans la chambre ce soir-là.

Elle se réveille à six heures. L'appartement est désert. Alexandre a laissé un mot, concis : « J'ai besoin de faire le point, de me retrouver seul quelques jours. Pardonne-moi. »

Laura s'affale dans le canapé, une chape de plomb sur les épaules. Elle ne peut pas tout gérer, tout endurer. Les troubles de sa fille, la dépression de son mari. Elle doit se focaliser sur Katia, pour le moment.

*

Laura débarque à Vuillefer en même temps qu'une nouvelle vague de froid. La chaussée est verglacée, l'eau qui commençait à ruisseler le long des branches d'arbres s'est figée en longues stalactites. Les bois sont pétrifiés dans un silence de mort, l'hiver a imposé sa domination sur tout le massif.

La fontaine sur la place du village a gelé. Quelques touristes se précipitent dans la boutique de location de skis de fond pour rendre leur matériel du jour. Laura a pris une chambre d'hôte en plein centre, dans une ancienne étable rénovée. Elle a passé un certain nombre d'appels avant de quitter Besançon : à la mairie, à la communauté de communes de la vallée, à toute personne pouvant la renseigner sur l'histoire du village, de la ferme et de la famille Devillers. Le moins qu'on puisse dire, c'est qu'il n'y a pas grand-chose. Ils restaient cloîtrés chez eux en quasi-autarcie, le vieil Étienne Devillers ne se rendant au bourg que pour vendre les produits de son exploitation, et encore, de plus en plus rarement depuis quelques années. Elle a rendez-vous avec le maire, M. Dégevères, qui a promis de retrouver tous les documents existant dans la commune. La nuit tombant à dix-huit heures, elle déguste le repas succulent de l'hôtelière, saucisse de Morteau fumante accompagnée de pommes de terre sautées au persil, une tranche de comté de la fruitière du village. Elle envoie un email à sa fille, s'allonge, harassée, s'endort au son des craquements des poutres qui ploient sous le poids de la glace.

Peu avant onze heures, elle se présente à la secrétaire de mairie, et patiente quelques minutes sur un banc dans le hall venteux. Jean-Paul Dégevères, la cinquantaine bedonnante, élégant et jovial, déboule en trombe dans le petit hôtel de ville et la fait immédiatement entrer dans son bureau du premier étage. Vue sur la place du village par de hautes fenêtres. Le chasse-neige en train de la dégager en créant d'imposants monticules de poudreuse qui feront le bonheur des enfants du centre-ville dans l'après-midi. La photo officielle du président de la République, trône, poussiéreuse. Des piles de dossiers dans des étagères vitrées. Un bureau modeste et moderne qui détonne dans la pièce, au style plus XIXe siècle. Le maire s'installe et invite Laura à en faire autant. La salle est surchauffée, elle se débarrasse rapidement de son lourd manteau d'hiver et de son écharpe de laine.

– Madame Devillers…

– Monsieur le maire.

– Pour tout vous dire, j'ignorais que les vieux Devillers avaient de la famille. Je l'ai découvert à l'enterrement du père Étienne.

– Mon mari n'était plus en contact avec ses parents.

– Je vois. Quelle sorte de renseignements souhaitez-vous obtenir ? Je vous ai trouvé certificats de naissance et de décès, mais je n'ai pas grand-chose de plus. L'acte de mariage des époux Devillers.

– C'est l'histoire de la famille qui m'intéresse. Le père Devillers a trempé dans des trucs pas nets, et j'ai peur que ça ne retombe sur ma famille, vous voyez ?

Dégevères reste songeur, tripote ses dossiers. Il voit bien.

– Je suis pas plus étonné que ça. Les rumeurs, les on-dit, dans les petits villages, vous savez. Je ne peux pas dire qu'ils avaient bonne presse, les Devillers. On les voyait jamais au village, ou peu. Le père se montrait que pour vendre ses pièces de menuiserie. Ils vivaient leur vie, là-haut, dans leur ferme. Personnellement, je n'ai jamais eu de problèmes avec eux. Des racontars.

– Du genre ?

– Boh, vous voyez. Les chasseurs ne vont plus trop dans ce secteur. On ne veut pas trop croiser ces gens-là. Surtout les vieux du village. Vers ces falaises, il ne fait pas bon s'aventurer dans la forêt. Le mauvais œil.

Laura sourit.

– Les légendes de village ne sont peut-être pas si trompeuses, marmonne-t-elle.

– Peut-être. En tout cas on n'entendait pas trop parler d'eux. Ce qu'il s'est passé, le drame, ça a ébranlé tout le village. Tout le monde savait que la mère Devillers était handicapée, vous voyez, un peu *partie.* Les gens ont peur. Ils n'ont pas compris. Une vieille dame comme ça, impotente, qui tue son mari au lever du jour...

– Vous savez depuis combien de temps ils possèdent cette ferme ? Et qui sont les ancêtres ?

– Oulah, madame Devillers, s'exclame le maire. Je ne suis pas si vieux ! Je ne suis maire que depuis une dizaine d'années, et je viens de Bourgogne, à la base. Un gars des plaines... Vous imaginez que ça n'a pas été simple de s'implanter et de se faire accepter ici... Malheureusement, je suis loin de connaître toutes les histoires du coin. L'ancien maire aurait été une mine d'informations pour vous, il savait tout sur tout le monde. Il est décédé depuis au moins cinq ou six ans, après un long Alzheimer. Un comble, pour lui qui était la mémoire du village.

– Il doit bien y avoir des traces, des récits d'époque, ou des témoins.

– Encore faut-il les trouver, et qu'ils soient disposés à vous raconter quoi que ce soit... Mais j'ai mon idée là-dessus, j'y reviendrai après. Pour autant que je sache, cette ferme a toujours été dans la famille. Elle a brûlé en 1947, et ce n'est que plus tard, dans les années 60, qu'Étienne l'a rebâtie pour y habiter avec sa femme, Louise. Une fille du village voisin, plus bas dans la vallée, Houvans-les-Vaux.

– Pourquoi est-ce qu'il a attendu les années 60 ? Où est-ce qu'il a vécu ?

– Engagé volontaire. Indochine puis Algérie, la totale. Il n'est revenu s'installer dans le Jura qu'après la fin de la guerre d'Algérie.

– Et cet incendie ? Qu'est-ce qui s'est passé ?

– Oh, vous savez, les vieilles fermes ici, ça crame souvent. D'autant plus qu'à l'époque la grange faisait partie de la ferme, et on y entreposait le foin pour les vaches. Et ça a vite fait de brûler… Par contre, il y a eu un autre événement important, cet hiver-là. Le père d'Étienne, Joseph, a disparu. Volatilisé.

Laura se fige, un souffle glacé le long de l'échine.

– Comment ça, disparu ?

– Oui. On a supposé un moment qu'il était mort dans l'incendie.

– Ça semblerait logique.

– Ça semblerait. Sauf que ça a été la première disparition mystérieuse d'une longue série. Entre six et sept hommes de la même génération, que des gars du village. Évaporés lors de l'hiver 1963. Tous en même temps. Vous comprenez bien que pour les anciens, tout ce qui touche aux Devillers, ou aux autres disparus, tient de la malédiction. Comme si la forêt les avait avalés. Des choses qu'il vaut mieux ne pas évoquer. Pour peu qu'on soit un tantinet superstitieux.

– Il a dû y avoir une enquête, j'imagine ?

– Je vous avoue que je n'en ai pas la moindre idée. Les disparitions, à cette époque, ce n'était peut-être pas traité de la même façon qu'aujourd'hui. Pas de corps, pas de preuves, qui sait ? J'ai entendu parler de tout ça par des conversations de comptoir, vous voyez ? Ce sont des événements qui restent chevillés à l'histoire du village, on se raconte ça de génération en génération, tout le monde a son avis. On fait peur aux gosses. On régale les touristes. Les « disparus de Vuillefer ».

– Et le père, Joseph ? Un gars du coin ?

– Ça remonte à loin. Ce que j'ai compris, c'est que les parents de Joseph, des bourgeois de Bourgogne, se sont installés dans la vallée au début du siècle, ont bâti la ferme Devillers et y ont vécu jusqu'à leur mort. Joseph a épousé une fille du village qui est morte en mettant au monde Étienne, en 1928. Joseph a élevé son fils seul dans cette ferme au creux de la montagne. À la dure, ça ne fait pas de doute.

Laura ne peut s'empêcher de penser à Alexandre, vivant avec son père et sa mère au plus profond des bois. Tout comme son père avant lui. L'isolement, la rudesse de la nature.

Sauf que lui avait une sœur.

– Puis la ferme brûle, Joseph disparaît et Étienne part à l'armée.

– C'est bien résumé, sourit Dégevères.

– Est-ce que vous avez trouvé des documents sur Camille Devillers ? enchaîne Laura, sans ambages.

Le maire ouvre la chemise de carton qui lui fait face, tend un à un les feuillets.

– En ce qui concerne les époux Devillers, il existe bien deux certificats de naissance, Camille en 1965, et Alexandre en 1973. Et un avis de décès, en 1983, vous devez déjà le savoir. Camille, suicide.

– L'année de ses dix-huit ans.

Le maire laisse planer le silence, rejoint ses mains sous son menton. Laura parcourt les documents. Avis de décès d'Étienne. Un flash.

– Où est-ce qu'elle est enterrée ? Camille ? Elle est enterrée ici ?

– J'ai consulté le registre des sépultures, et non. Elle a été incinérée.

– Étienne a été inhumé au cimetière, lui.

– C'est vrai. C'est étrange. Mais pour certaines familles, le suicide, vous savez… Ce n'est pas toujours bien accepté. Mettre un suicidé dans le caveau familial…

– Je peux garder ces documents ?

– Oh, oui, oui, bien entendu, je les ai fait imprimer pour vous. Tenez, comme je vous disais plus tôt, j'ai également ceci.

Il lui tend un livre à couverture rigide, bleutée, grand format. *Haut-Jura, un siècle de crimes et de mystères,* par Jean-Marc Perret.

– Je vous conseille d'aller voir l'auteur, c'est un passionné d'histoire de la région. Il vit en Suisse, mais il est souvent venu ici me poser des questions sur la vallée, il a rencontré beaucoup de monde. Je pense que c'est un bon point de départ pour vous. Je vais l'appeler, il sera ravi de vous aider. S'il y a bien quelqu'un qui a des informations, c'est lui.

*

La nationale s'enroule autour des rochers et des combes, plonge soudainement pour regrimper aussi sec. Laura atteint bientôt le point culminant de la montagne, qui marque également la frontière entre la France et la Suisse. Il lui a fallu contourner les falaises de Vuillefer en redescendant du côté de Houvans, bifurquer en sortie de village sur la gauche pour emprunter la route sinueuse qu'arpentent matin et soir les frontaliers de la vallée qui travaillent dans les usines de montres de l'autre côté du massif. C'est le milieu de la matinée, la route est déserte. La forêt est dense, étouffée sous les couches de neige qui chargent les branches nues, le faible soleil qui pointe du ciel blanc étire les ombres des cimes tout au long de la descente, dessinant de longues griffes qui paraissent vouloir agripper la voiture et stopper sa progression vers le canton de Vaud. Laura croise plusieurs fermes d'alpage constellées de stalactites et longe les pistes de ski qui traversent le relief.

Elle dépasse bientôt une haute bâtisse qui faisait auparavant office de poste-frontière et s'est muée depuis quelques années en auberge-restaurant. Le drapeau rouge à croix blanche flotte fièrement à côté du tricolore.

Laura entrouvre sa vitre pour laisser échapper la fumée de la cigarette qu'elle vient d'allumer pour se réchauffer. Le chauffage de la voiture déconne, elle a les doigts gelés. La cigarette se termine quand la forêt s'écarte pour faire place à un panorama saisissant de lacs et de collines qui s'étendent jusqu'au mur des Alpes bouchant l'horizon au-delà d'une mer de nuages.

Suivant les conseils du maire, elle s'engage dans les combes et les gorges pour rejoindre le lac de Joux, puis le remonte jusqu'à la dent de Vaulion, montagne à la découpe abrupte qui domine les villages des Charbonnières et du Pont. Laura les traverse prudemment avant de s'enfoncer à l'arrière de la dent pour gagner la commune de Vaulion, sur le versant est. Elle trouve bien vite la maison de Jean-Marc Perret que le maire de Vuillefer lui a décrite, juste en face de la fontaine du village, au croisement de la rue Principale et de la rue du Collège.

L'homme qui lui ouvre la porte ne correspond pas à l'image qu'elle s'en était faite au téléphone, voix de baryton à la diction lente et posée, détachant chaque mot avec grand soin. C'est un petit gars d'une soixantaine d'années, aux épaules rentrées et aux cheveux gris clairsemés, pas loin de deux têtes de moins que Laura, arborant un gros pull de laine bleu beaucoup trop long pour sa taille. Ses yeux en amande paraissent fermés tellement les paupières recouvrent la pupille de part et d'autre, il détaille sa visiteuse avant de s'écarter pour l'inviter à entrer. Laura est saisie immédiatement par l'odeur de viande en train de cuire sur le poêle.

– Vous allez bien vous joindre à moi pour ce midi, madame Devillers ?

– Excusez-moi de débarquer comme ça, je ne pensais pas que vous alliez déjeuner.

Perret prend un air fripon, il ne sourit que d'un seul côté. Laura a bien du mal à trouver son regard sous les plis de peau.

– Bien au contraire. Je suis ravi de pouvoir vous inviter. Nous avons le temps de papoter un peu.

Ils prennent place de part et d'autre d'une imposante table en bois, le plateau ajusté à la taille de l'hôte, sur des chaises basses. Les genoux de Laura viennent cogner le rebord de la table.

– Excusez-moi pour l'inconfort, j'ai tout fait sur mesure, s'explique Perret.

– Pas de mal, s'amuse Laura.

– Vous êtes donc de la famille Devillers ?

– Oui, comme je vous le disais au téléphone. Je suis la femme du fils, Alexandre.

– J'ai essayé de rencontrer les parents, quand je me suis intéressé au passé de la région. Vous connaissez l'histoire des disparus de Vuillefer, je suppose ?

– Le maire m'en a parlé. J'ignorais cette affaire auparavant.

– Joseph Devillers a été le premier. Les autres ont tous disparu une quinzaine d'années plus tard. On n'a évidemment jamais retrouvé de corps.

– Vous avez enquêté de votre côté. Je n'ai pas encore eu le temps de lire votre livre, mais M. Dégevères m'en a laissé un exemplaire que j'ai feuilleté hier soir.

– Malheureusement il y a assez peu d'éléments. Pas de cadavres, pas de suspects. Ils n'ont pas tous disparu, qui plus est.

– Comment ça, pas tous ? Vous voulez dire qu'il y a un lien entre eux ?

– Bien sûr qu'il y a un lien ! Ils faisaient tous partie du même réseau de résistance, pendant la guerre. Ils convoyaient les gens en Suisse. Des Juifs, des Américains. Il en est passé du monde par ici !

Jean-Marc Perret laisse Laura dans ses pensées pour servir le repas, revient avec assiettes et couverts ainsi qu'une marmite fumante de bœuf mijoté aux pommes de terre.

– Ils cachaient les gens dans la ferme Devillers, parce qu'elle est isolée et difficile d'accès, les boches pouvaient pas débarquer sans qu'on les repère à plusieurs kilomètres à la ronde. C'étaient d'anciens contrebandiers et douaniers, qui se sont tous retrouvés dans le même camp. Ils connaissaient les forêts par cœur, le moindre sentier, le moindre ruisseau. Ils se jouaient des patrouilles. Ils en ont même zigouillé un certain nombre, dans ces bois. Y a pas mal d'Allemands qui ont disparu, à cette époque. Ensevelis dans des fosses au plus profond de la montagne.

– Encore des disparitions, intervient Laura.

– Oui, mais ceux-là on sait pourquoi. On ne faisait pas trop de cas des cadavres allemands. Il y a des familles, en Allemagne, qui n'ont jamais récupéré de corps. Les montagnes sont peuplées de gardes-frontières allemands assassinés. Pas mal qui ont été fusillés à la Libération, d'ailleurs.

– Ça pourrait donc être une vengeance ?

– Côté allemand ? C'est une possibilité oui, mais faible. Personnellement je pencherais plus pour la théorie de dissidences en interne, au sein même du groupe.

– Pourquoi ?

– Parce qu'il y a un silence de plomb autour de ce groupe de résistants. Personne ne veut parler. Le dernier survivant que j'avais identifié a terminé ses jours dans l'arrière-pays niçois, terré dans une maison, barricadé même. Il est mort il y a quatre ou cinq ans, de vieillesse comme on dit. Mais il vivait comme un reclus, littéralement terrorisé et paranoïaque, d'après les personnes que j'ai rencontrées. Un homme qui est allé à l'autre bout de la France et qui avait manifestement peur d'être retrouvé.

– Quelqu'un qui décimerait le groupe ?

– J'ai voulu interroger Étienne Devillers. Un mur. Jamais pu l'approcher, c'est du genre à vous accueillir à la porte avec un fusil chargé au gros sel. Les familles des disparus et les anciens de Vuillefer, pareil. On dirait que tout le monde veut oublier.

– Vous avez des informations sur Joseph ?

– Oui, mais plutôt avant guerre. C'était une figure locale. Attendez, j'ai une photo d'époque.

Il se lève pour fouiller dans les innombrables dossiers dont regorge la bibliothèque qui tapisse deux des murs du salon. Il en extrait une pile de tirages, des photographies jaunies et délavées. Un groupe d'hommes en pleine forêt, auprès d'une petite cabane. Souriants, fiers de leur posture, se serrant des épaules, en uniforme des douanes. Laura a un frisson en détaillant le regard perçant de celui qui se tient en haut à droite. Joseph. Pas de doute possible, elle reconnaît immédiatement l'air de famille. Comme si elle voyait Étienne, plus jeune, ou son propre mari, plus massif, les épaules larges encadrant un torse puissant, les joues creusées et les pommettes saillantes. Un visage taillé au couteau, un front haut et plat, un nez fin rejoignant des lèvres tordues par un discret sourire qui semble s'adresser directement à Laura, à travers les âges. Une silhouette impressionnante.

— C'était lui, le chef. Il en imposait, je peux vous le dire. Les contrebandiers voulaient ne pas avoir affaire à lui, il avait la réputation d'être impitoyable. Même ses collègues avaient peur de lui. Il se racontait pas mal de choses, j'ai mis la main sur les rapports de certains douaniers. Certains journaux de l'époque, également. On a retrouvé des types morts dans ces montagnes. Morts de froid. Mais ligotés, entièrement nus, et abandonnés à leur sort. Des gars qui connaissaient la forêt comme leur poche.

— Et vous pensez que c'est Joseph ?

— J'en suis persuadé. Lui, et sa bande. Ils avaient toute autorité, personne n'a posé de questions. Je vous dis, seuls quelques journaux l'ont mentionné, des douaniers des vallées voisines ont eu des doutes, mais ça s'arrête là. Par contre, il s'est passé exactement la même chose pendant la guerre. Une patrouille de soldats allemands massacrée, en haut de la falaise qui surplombe Vuillefer. Il y a là une croix en bois, censée protéger le village. Un matin, on y a découvert cinq soldats boches nus, morts de froid, suspendus par les poignets.

Laura, suffoque, prise à la gorge. *C'est lui, c'est signé,* se dit-elle. Jean-Marc Perret lui sert un verre d'eau qu'elle vide d'un trait.

– Bah alors, ça vous chamboule j'ai l'impression, excusez-moi si j'ai été un peu cru.

– Non, ne vous en faites pas pour moi.

– Les méthodes sont un peu expéditives. Je suppose qu'il a forcé la main aux autres. C'est mon intuition. Mais de la guerre, aucun témoignage, rien. Mon idée, c'est que c'était lui qui faisait le sale boulot.

... *Et qu'il aimait ça,* pense Laura.

– Venez, on va prendre un peu l'air, je voudrais vous présenter un de mes amis.

Laura, surprise, n'a même pas le temps de recouvrer ses esprits que Perret a déjà enfilé son manteau et l'attend sur le pas de la porte. Elle repose la photo sur la table à côté des restes de repas, et s'empresse de le rejoindre.

Ils parcourent à peine une dizaine de kilomètres dans le 4 × 4 usé de Perret pour atteindre le village de Romainmôtier, qui s'étale à flanc de montagne, avec des petites ruelles pavées et une place typique donnant sur une église protestante.

– Le plus ancien monastère de Suisse, commente Perret. L'église est une ancienne abbatiale romane, construite il y a mille ans.

Laura est éblouie par la beauté préservée du village, comme si elle repartait dans un lointain passé. Les rues pavées, étroites, en pente raide. Un véritable joyau perdu dans la montagne, à l'abri des plaines.

Un troquet, sur un flanc de l'église. Quelques touristes émerveillés, par cette journée d'hiver ensoleillée. Le brouillard s'est levé. Un vieillard sirote une limonade confortablement assis sur une banquette. C'est lui qu'ils viennent rencontrer, il a ses habitudes. Perret se joint souvent à lui, il l'a raconté à Laura pendant le trajet. Pierre Humbert est un ancien instituteur, il a enseigné à Lausanne puis à Yverdon, pour finir sa carrière à La Sarraz, avant de s'installer à Romainmôtier pour ses vieux jours. C'est un gars du village. Il a été d'une aide précieuse à Perret dans la rédaction de son livre, il connaît l'histoire du canton de Vaud comme personne, et un peu celle de l'autre côté de la frontière également. Il récupérait ceux que les résistants français arrivaient à faire passer en Suisse, il les aidait à rejoindre Lausanne ou Berne. Un puits de connaissances, selon Perret.

Le vieillard a quatre-vingt-dix ans passés, ça se voit. Les doigts refermés autour de la paume, main tremblante. Des vaisseaux sanguins rougeoyants dessinent des rivières sur ses joues, les bras sont repliés le long du torse. Il sourit franchement au nouvel arrivant, se lève galamment pour accueillir Laura, lui serre la main en s'excusant pour le tremblement. Perret la présente. Laura Devillers. Aussitôt, un voile recouvre la jovialité du retraité, il se rassoit pesamment.

– Pierrot ? s'enquiert Perret, conscient du changement d'atmosphère.

– Mmmmh... bougonne Humbert.

– Mme Devillers cherche des informations sur sa famille. À Vuillefer.

– Je connais les Devillers de Vuillefer, marmonne Humbert d'un ton neutre.

– Je viens de Besançon, monsieur Humbert, intervient Laura. Je n'ai rien à voir avec Joseph Devillers. Je me suis mariée à son petit-fils, nous avons une fille, Katia.

Il la regarde fixement par en dessous. Une quinte de toux l'oblige à porter la main à sa bouche.

— Joseph Devillers a fait passer beaucoup de Juifs en Suisse. Il a sauvé un grand nombre de vies. Il a fait sa part pendant la guerre.

— Et après ? répond aussitôt Laura.

— Après je ne sais pas. Après la guerre, chacun a repris sa vie. Je suis parti enseigner à Lausanne. Je me suis plus trop préoccupé du côté français.

— Mais ce groupe, ces résistants, intervient Perret, tu les as bien connus, même avant la guerre, non ? Tu connais tout le monde !

— J'ai plus très envie de remuer tous ces vieux souvenirs, tu sais…

— Mais enfin, Pierre… Tu étais tellement enthousiaste quand j'ai écrit le livre sur les crimes du Jura ! Tu sais que je veux faire un grand livre de témoignages sur l'Occupation ! Je vais avoir besoin que tu me racontes…

Humbert termine pensivement sa limonade. Lève des yeux las.

— On verra…

Jean-Marc Perret, estomaqué, ne s'attendait absolument pas à se faire rembarrer, c'est manifeste. Laura pose la main sur son bras et remue la tête, geste d'apaisement.

— C'est pas grave, monsieur Perret…

L'auteur, muet, fronce les sourcils. Il est en colère, préfère sortir plutôt que d'exploser. Humbert le regarde arpenter le trottoir par la baie vitrée, la tristesse dans les yeux.

— Excusez-moi.

— Je comprends, répond Laura. Ce ne sont pas de bons souvenirs.

Elle sort un papier froissé de sa poche de manteau, un stylo Bic de son sac à main, inscrit le nom et le numéro de téléphone de son gîte, à Vuillefer, ainsi que son portable.

– Si jamais vous changez d'avis, je dors là. Tout ce que je souhaite apprendre, c'est pour aider ma fille. Cette famille a de gros secrets et, d'une façon ou d'une autre, ça lui fait du mal. Beaucoup, beaucoup de mal. Je sais que tout ça est enterré depuis longtemps, je ne cherche pas à déterrer les cadavres pour mon bon plaisir. C'est une nécessité.

Elle glisse le papier entre les doigts crispés du vieil homme. Il baisse le regard mais ne répond pas, la lèvre tremblotante. Laura effleure sa main, et rejoint Perret devant l'abbaye. Retour au 4 × 4, retour à Vaulion, et direction Vuillefer. Perret lui a gentiment photocopié photos et journaux.

*

Sitôt rentrée, elle écrit un long mail à Katia, comme elles en sont convenues. Pas de téléphone. Le portable de Katia a été confié au médecin, mais elle peut utiliser un ordinateur pour consulter ses mails. Elle lui explique ses différentes rencontres, et les informations qu'elle a pu glaner. Joseph, son réseau de résistance, son passé de douanier et sa disparition.

Les disparitions.

Laura commence à établir un schéma, une sorte de calendrier. Elle remonte le temps, annote chaque étape de la lignée Devillers.

Elle décroche son téléphone, compose le numéro du fort des Justices à Besançon, demande à parler au lieutenant-colonel Lièvremont. Il est déjà parti. Souhaite-t-elle laisser un message ? Non. Elle donne son nom et son téléphone.

Elle tient quelque chose, elle en est persuadée. Une intuition. Le cadavre de Longemaison, découvert au début de l'hiver, les visions de Katia sur la scène de crime. Tout renvoie à Joseph. Les corps ligotés, et abandonnés au froid, une lente agonie. Toujours le même mode opératoire.

Étienne a poursuivi l'œuvre de son père, jusqu'à sa mort. Joseph a vécu en partie grâce à Louise, il a pu poursuivre son œuvre, celle qu'il a transmise à son fils. Étienne a tué lui aussi, c'est certain. Joseph a maintenu son emprise sur cette famille, il a traversé le siècle. Un héritage de violence et de perversion. Le plaisir du sang. Étienne a été la main armée de son père, et c'est ce qui explique le geste de Louise. Mettre fin à tout ça. Un éclair de lucidité. Joseph se retrouve alors prisonnier, en sursis. Il n'a plus le contrôle. Étienne n'est plus là, Louise est retombée aussi sec en catatonie. Les murs de la ferme forment son tombeau, il est seul et aux abois.

Jusqu'au jour où apparaît Katia.

La porte de sortie. La clé de la survie.

Des larmes montent aux yeux de Laura. C'est elle et Alexandre qui l'ont amenée à la ferme. Ils la lui ont servie sur un plateau.

Elle comprend soudain le sens du testament d'Étienne. Il a légué la ferme à Katia. Tout lui revient.

Ils savaient. Joseph et Étienne savaient qu'elle avait ce don.

Le fantôme avait dû le percevoir lorsqu'elle et Alexandre avaient rendu une ultime visite, alors que Katia avait à peine trois ans. Un élan de bons sentiments, présenter la petite à ses grands-parents. C'est Laura qui avait insisté, bien entendu. Tellement de tension, lors de cette visite. De non-dits, de malaise. De l'électricité dans l'air. L'aura malsaine de Joseph, dans la moindre fissure de mur, le plus petit courant d'air. C'est si évident, aujourd'hui. La petite l'avait senti, et *ils* avaient détecté son don.

Ce n'est pas uniquement la ferme qu'Étienne a laissée en héritage à sa petite-fille.

Laura se garde bien de livrer ses conclusions dans le message pour sa fille, elle ne raconte que les faits décrits par Jean-Marc Perret et Jean-Paul Dégevères. Elle préfère aller au bout de son enquête, et en discuter avec Katia en tête à tête. Faire face, ensemble.

*

Katia termine tranquillement son morceau de poulet et ses pommes de terre vapeur agrémentées d'un petit tas de haricots verts noyés dans une sauce brunâtre. Calée dans un recoin, seule à une table de six, elle mâche, retourne plusieurs fois les aliments dans sa bouche, déglutit. La saveur lui paraît toute nouvelle. La nourriture de la clinique n'est pourtant pas son principal atout, tant s'en faut. Jusqu'ici, Katia s'est contentée du régime steak-purée. La faim la travaille. Elle a l'impression d'émerger d'un sommeil de seize ans. Son corps est capable de sensations, de besoins, d'envies. Il n'est plus uniquement le réceptacle des frustrations ou le bouclier contre l'hostilité du monde.

Certes, ce réveil est timide. Mais la mécanique s'est enclenchée.

La salle de restauration est chargée ce soir-là, c'est rare. Plusieurs infirmières près de la porte. Deux trois filles qu'elle croise souvent dans les couloirs se servent aux desserts, dont une qui était présente au groupe de thérapie, ce fameux soir où Alex lui a sauté dessus. La fille évite soigneusement de la regarder. Toutes l'évitent

252

soigneusement, de toute façon. Elle mange toujours seule, comme une pestiférée. Ça lui va bien comme ça. Elle non plus n'a pas très envie de leur parler. De leurs problèmes d'anorexie, de dépendance aux médocs, à la fumette ou à la dope, de troubles bipolaires. Chacun sa merde, après tout.

Bref.

Elle mastique consciencieusement les aliments, décortique l'os de sa cuisse de poulet, concentrée. Une ombre passe dans son dos, trop près. Elle courbe l'échine, immédiatement sur la défensive. La silhouette contourne la table, dépose sèchement un plateau-repas, s'assied en face d'elle sans lui demander son avis.

Alex.

Les yeux dans les yeux. Katia s'étrangle sous la surprise, ses muscles se tendent. Elle veut fuir, se lever de table et courir, se cacher.

— Bouge pas, dit Alex, comme si elle avait pu lire dans ses pensées.

Katia reste pétrifiée sur place. Le regard dur de la jeune femme ne lui laisse pas le choix.

— Comment tu as pu savoir ?

— Je cherche pas les ennuis, répond Katia, sur la défensive.

— T'avais aucun moyen de connaître mon histoire. Comment tu as su, pour l'incendie ?

Katia jette des coups d'œil nerveux alentour. Les infirmières, accaparées par une discussion animée, rigolent, s'interpellent, décompressent. Les autres pensionnaires ignorent sciemment les deux filles isolées à leur table, leur lancent des regards en coin, attendant de voir comment la situation va tourner. Le brouhaha dans la cafétéria s'intensifie, le tintement des couverts et les conversations perturbent désormais les sens de

Katia. Personne ne va lui venir en aide. Elle va devoir faire face. Se contrôler.

– Je savais pas ce que je disais.

– Conneries, réplique Alex. Qui t'a raconté ces choses sur moi ?

– Personne, je te jure.

La cacophonie, infernale, brouille son ouïe. Les silhouettes mouvantes, tout autour d'elles, ondoient et se bousculent. Katia distingue les deux êtres qui suivent Alex partout, ses parents, quelques pas en arrière, qui la fixent par-dessus les épaules de leur fille. Et soudain le silence se fait, le tumulte s'évanouit. Katia balaie la grande salle du regard. Elles sont seules, comme si le monde entier avait été englouti dans le néant. Seules, avec ces deux fantômes qui la dévisagent. Une décharge électrique parcourt le dos de Katia, son attention se reporte sur Alex, petite fille de huit ans aux cheveux noirs, avec les yeux débordant de panique et de désespoir.

– T'es pas responsable de ce qui s'est passé, murmure-t-elle. Tes parents sont là, avec toi, et ils t'aiment.

– Qu'est-ce que tu racontes ? demande Alex, troublée.

– Ils savent combien ils te manquent. Ils entendent ce que tu leur dis, la nuit, quand tu penses être seule.

Katia se penche en avant, yeux écarquillés, les mains tremblantes à plat sur la table, agitée de spasmes musculaires. Alex, machinalement, se recroqueville sur sa chaise.

– Ils savent que tu te fais du mal, poursuit Katia. Ils t'ont vue, tout au long de ta vie, payer de ton corps pour ce qui s'est passé.

– Tu ne sais rien de moi… bredouille Alex.

– Ton papa veut revoir le sourire que tu avais quand il t'a emmenée au parc des Oiseaux, quand tu avais cinq ans.

Alex se fige, submergée par les souvenirs, depuis longtemps enfouis, de sa petite enfance heureuse.

– Tu aimais les oiseaux, Alexia. Il t'avait tout enseigné, il t'emmenait en forêt, et vous restiez des heures entières à les contempler avec ses jumelles. C'était votre passion. Vos moments.

Alex ne parvient plus à soutenir le regard intense de Katia, sa mâchoire se crispe sous le coup de l'émotion, ses yeux se voilent.

– Ils veulent retrouver cette enfant, Alexia. Tu as oublié les oiseaux. Tu as perdu ta joie, et ton sourire.

– Je les ai tués… dit Alex entre deux sanglots étouffés.

– Ils t'ont pardonnée, et c'est ce que tu t'infliges qui leur fait le plus de mal.

Katia reprend son souffle, les images se bousculent dans sa tête, les après-midi qu'Alexia passe avec sa mère à confectionner des tartes ou à nourrir les veaux à l'étable, l'odeur des champs fraîchement coupés, les chiens qui gambadent dans la maison, les portes toujours ouvertes, le chant des grillons sur les murs de pierre.

– C'était un accident. Tu étais toute petite. Ils le savent. Ils sont là pour toi, à tes côtés.

Alex redresse la tête, les larmes gonflent ses paupières.

– Tu… tu les vois ?

– Ta maman, elle porte un chandail trop grand, elle te ressemble, ses cheveux aussi sombres que les tiens, ton papa, il est vraiment très grand, et il a des yeux très bleus, et le nez un peu de travers.

Alex renifle, cache son visage dans ses mains.

– Comment est-ce que tu fais ça ?

– Je peux les voir et les entendre, mais ils sont toujours là. Ils te quitteront jamais. Tu es leur fille et ils t'aiment.

– Je…

– Ils t'entendent.

– Je vous aime aussi.

Katia reste encore de longues minutes avec Alex, sans prononcer un mot. Le réfectoire reprend peu à peu forme autour d'elle, les mouvements et le vacarme. Les deux fantômes se sont rapprochés, mains posées sur les épaules de leur fille, de chaque côté. Ils sourient à Katia. Elle se lève enfin pour débarrasser son plateau. Alex la fixe droit dans les yeux, toute la colère qu'on pouvait y trouver s'est évaporée. Katia y lit désormais la gratitude et le soulagement.

*

Laura se lève avec une méchante migraine derrière les tempes, se traîne jusqu'à la salle de bains pour boire un filet d'eau au robinet, s'asperger le visage. Sept heures vingt-cinq. Nauséeuse. Mal fichue. Sale journée. Elle est abattue, le moral dans les chaussettes. Elle frissonne, se glisse rapidement sous la douche. Elle ne se rendormira pas. L'eau chaude qui ruisselle ne change rien à son cafard, le Doliprane n'a aucun impact sur le mal de crâne. Elle ne sait absolument pas comment occuper sa journée. Par quel bout prendre les choses. Qui voir, où aller ?

Elle enfile un pantalon de survêt, un gros pull de laine gris, et chausse ses après-ski. À huit heures, elle descend les marches de bois pour gagner la réception. Elle a besoin d'un café. C'est le plus urgent.

Au bas des escaliers, elle tombe nez à nez avec la propriétaire, une dame âgée au sourire pétillant, tout affairée dans son tablier à fleurs.

– Ah, madame Devillers. J'allais vous appeler, mais je ne savais pas si vous étiez réveillée. Il y a du monde pour vous, ce matin !

– Du monde ? Comment ça ?

– Oui, oui, du monde. Venez, venez ! harangue-t-elle un jeune homme d'une vingtaine d'années, adossé au guichet d'accueil.

Le petit gars se retourne, l'air un peu embrumé lui aussi, comme si on l'avait tiré du lit, les yeux tombants presque ensevelis sous un bonnet de laine, l'anorak zippé jusqu'au menton. Laura ne le connaît pas, il lui tend néanmoins la main. Elle la serre, machinalement.

– Qui êtes-vous ?

– Oh ! s'exclame le jeune homme. Vous ne me connaissez pas. C'est mon grand-père qui tenait absolument à ce que je l'amène ici. Aussi tôt…

– Il est là-bas, intervient l'hôtelière, désignant la salle de restaurant. Je lui ai servi un café, prenez votre temps, madame Devillers. Vous boirez bien un café, je me trompe ?

Laura lui sourit, acquiesce de la tête.

– Il m'a réveillé en pleine nuit, dit l'inconnu. Je dors chez mon grand-père pour mon travail, mais là c'est le week-end… On a fait tout le trajet depuis la Suisse pour vous voir, il ne savait pas si vous seriez encore là. Vous savez comment sont les vieux… Bon… il veut vous parler en tête à tête, je vais faire un tour.

Il s'évapore aussitôt dans le rideau de neige, laissant pénétrer les flocons dans le hall d'entrée, referme la lourde porte derrière lui. Laura passe dans la salle de restaurant et s'affale sur la banquette en face de Pierre Humbert.

Le vieillard, pourtant nonagénaire, paraît avoir pris quelques années depuis la veille. Les poches sous les yeux rejoignent presque l'arête du nez, le regard est usé. La main tremble d'autant plus, le corps est parcouru de frissons. Il tousse entre deux gorgées de café brûlant. L'hôtesse apporte une tasse à Laura avec deux croissants, leur laisse la cafetière à disposition et s'en retourne à ses occupations.

– Qu'est-ce que vous voulez ? interroge Humbert. Pourquoi vous avez besoin de venir remuer tout ça ?

– J'ai besoin de savoir.

– Personne ne veut plus entendre parler de ça. Pourquoi vous êtes venue m'emmerder jusque chez moi ? Vous feriez vraiment mieux de repartir chez vous, et d'oublier tout ça. De nous foutre la paix.

– Pourtant, vous êtes là… commente Laura. Vous êtes mêlé à tout ça, vous savez des choses. Vous avez besoin de vous libérer, sinon pourquoi venir ce matin ?

Le vieillard se lève, furieux, renversant la moitié de sa tasse.

– J'ai pas changé d'avis, bougonne Humbert. Cette histoire-là, je préfère qu'elle reste là où elle est. Dans les cendres de la ferme de Vuillefer. Personne ne veut s'en mêler.

– Malheureusement, réplique Laura en se levant à son tour, c'est pas parce qu'on ne veut pas qu'on n'y est pas mêlé. Écoutez, je vous promets que ça restera entre nous. Je ne le répéterai pas à votre ami, ça ne finira pas dans un livre ni dans le journal. J'ai vraiment besoin de savoir, c'est une question de vie ou de mort.

Humbert tousse, la dévisage avec une expression de dégoût. Mais se rassied, calmement. Il éponge la nappe avec une serviette. Laura regagne sa place, patiente, pendue à ses lèvres.

– Après ce matin, je ne veux plus jamais vous voir. Vous repartez chez vous, et vous ne revenez plus. Je ne veux plus entendre parler de ces histoires.

– Je n'ai aucune envie de remettre un jour les pieds ici.

Elle lit la douleur sur son visage craquelé, alors qu'il remue les souvenirs. Il balaie l'espace du regard, méfiant. Ils sont seuls dans le restaurant. Il se lance, d'une voix étouffée, haletant :

– Je ne veux pas que ça sorte de là. Toute cette histoire, c'est resté entre nous, depuis des décennies. Dans les conseils de résistance. Et encore, ceux qui savaient. La plupart se sont tus, ou n'ont rien su. Ou ne voulaient pas savoir.

– Ça concerne Joseph Devillers, n'est-ce pas ? Les disparitions ?

– Cette bonne vieille légende. Laissez-moi vous dire une chose. Il n'y a pas eu de disparitions. Il y a eu des assassinats. On n'a pas retrouvé les corps, mais moi je peux vous assurer qu'ils existent. Faudrait p'têt bien retourner les terrains, autour de la ferme de Vuillefer, les forêts, les prés. J'vous fiche mon billet qu'on en retrouverait, moi, des corps…

– Étienne ?

– Bien sûr… Toujours dans les jambes de son père. Ils auraient dû s'occuper de lui à l'époque…

– Qu'est-ce qui est arrivé ?

– Pendant l'Occupation, un groupe s'est formé dans la vallée de Vuillefer, une petite cellule de dix ou douze gars. Il y avait beaucoup d'Allemands, le long de la frontière, vous pensez bien. Mais des fermiers, des instituteurs, des gendarmes même, ont œuvré dans l'ombre.

On a passé des Juifs, ainsi que des armes, et on revenait avec de la contrebande de Suisse. Ce genre de choses.

— Et Joseph faisait partie de ce groupe ?

— Pas au début. Moi, j'étais de ceux qui aidaient du côté suisse. Joseph, il est apparu vers fin 42. Il était resté un moment hors du conflit, dans sa ferme. Mais il leur offrait un lieu unique, discret, avec beaucoup de terrain, des planques sûres. Une véritable base. Et, ancien douanier, il connaissait les montagnes comme sa poche. Il défiait les patrouilles. Il n'avait aucune peur. Il travaillait souvent seul. L'ambiance a changé quand il est entré dans le groupe.

— Dans quel sens ?

— C'que j'sais, c'est qu'y a eu débat avant de l'intégrer. Certains membres du groupe n'en voulaient pas, ils en avaient peur. Il y avait des rumeurs, sur son passé de douanier. Des sévices corporels, peut-être même des morts. Et parmi les résistants il y avait des anciens contrebandiers, pas franchement chauds pour accueillir un type pareil.

— Il est entré quand même…

— Oui. Il a forcé la main, même. Il a pris des initiatives, il en a sauvé plusieurs qui s'étaient fait prendre en passant par les crêtes, en 42. Il a exécuté les soldats allemands qui les avaient arrêtés.

— Ceux qui ont été retrouvés attachés à une croix ?

— Vous connaissez déjà cette partie-là… Oui. Il y en a eu d'autres. Et à chaque fois, le fiston était avec lui, j'vous fiche mon billet.

— Je vous crois.

— Au final, ça arrangeait bien tout le monde. Il s'occupait des basses besognes sans rechigner à la tâche. Et il était efficace. Il en a fait passer des centaines, par la frontière.

Humbert est de nouveau secoué d'une quinte de toux, Laura leur ressert chacun une tasse de café. Humbert plonge sa cuillère et une sucrette dans le breuvage, remue avec application.

– Qu'est-ce qui est arrivé aux membres de ce réseau ?

– À la fin de la guerre, chacun est retourné vaquer à ses occupations. Mais en 46, il y a une première affaire, côté suisse. Une gamine de douze ans, disparue. Elle se promenait sur les terres de ses parents, des éleveurs, en bordure de forêt. On a retrouvé un de ses sabots. C'est tout. Pas de corps, pas de trace.

– Et on a fait le lien avec Joseph ?

– Non, absolument pas. Pourquoi aurait-on pensé à lui ? Non, il faut attendre un deuxième événement avant que tout ne se déclenche. Un an plus tard, en 47. La fin de l'automne. Des gosses de Vuillefer qui accompagnent leurs pères, des bûcherons du village, dans les montagnes, sur les crêtes. Ils se chamaillent, ils jouent dans les bois. Ils découvrent l'entrée d'une grotte, par hasard. Une longue caverne, pas haute, à flanc de falaise. Ils se défient, et l'un d'entre eux part en avant avec une lampe. Il ressort quelques minutes plus tard, muet, blême. Les autres vont immédiatement chercher les bûcherons.

– Ils ont trouvé le corps de la gamine ?

– Non. Mais des corps, il y en avait. Des corps nus, suppliciés. L'odeur était insoutenable. Tout au bout de la caverne, une sorte de salle, et tous les cadavres décomposés assemblés en cercle, nus, attachés aux poignets par des pitons plantés dans la roche. Au centre, une pile de vêtements et d'objets sans valeur. Dans le groupe de bûcherons, un des hommes faisait partie de la cellule de résistance. Cet homme n'a plus jamais retrouvé le sommeil. Il a reconnu des vêtements et des objets, les corps étaient évidemment méconnaissables. C'étaient certains des Juifs et des soldats que le réseau avait voulu faire passer en Suisse tout au long de la guerre, qui avaient été soi-disant interceptés par des patrouilles. C'était arrivé plusieurs fois, Joseph revenait blessé, n'avait pas réussi sa mission. Il y avait également quelques soldats allemands, capturés en douce, torturés. Une quinzaine de corps, au total. Juifs, Américains, nazis. Le bûcheron a compris : Joseph a fait disparaître certains de ceux qu'il devait sauver, il s'est *servi*.

– Pourquoi ne pas avertir la police ?

– En 47 ? Non. Et il fallait qu'ils règlent ça eux-mêmes. Pas de tache sur la Résistance. On a fait disparaître les corps des soldats allemands, en les enterrant dans la forêt, et on a regroupé les autres cadavres. On a fait passer ça pour ce que ça devait être : un convoi intercepté, des exécutions sommaires par les SS. Puis on est allés trouver Joseph.

– Vous étiez là ?

– Non, non. Bien sûr que non. Ça s'est passé entre eux. Je l'ai appris de ce camarade bûcheron justement, un de mes plus vieux amis en France. C'était lui notre contact dans le secteur. Ils se sont regroupés et ils sont allés directement à la ferme Devillers. En petit groupe, armés. Ils avaient peur, mais c'était nécessaire. Ils ont trouvé Joseph, et ils lui ont réglé son compte, ce jour-là. Ils l'ont abattu d'une balle dans la gorge et ils ont brûlé la ferme. Ils ont laissé cramer le cadavre avec la maison, jusqu'à ce qu'il n'en reste rien. Pas une trace.

– Et Étienne ?

– Introuvable. Ils ont cherché partout, dans les anciennes caches. Là où ils planquaient les Juifs.

– Comment ça ?

– Des petites pièces, creusées en sous-sol, dans le terrain autour de la ferme. C'est percé de grottes et de creux de roches là-bas. Ils ont pensé qu'Étienne se cachait certainement dans l'une d'elles.

– Ils ne l'ont pas trouvé.

– Non. Par contre ils ont trouvé la fille.

– La gamine ?

– Oui. Toujours vivante. Elle croupissait depuis plus d'un an dans un trou de deux mètres sur trois, au sommet de la colline, sous une plaque de métal dissimulée dans les herbes hautes. Un puits. Je ne vais pas vous détailler ce qu'elle a subi pendant tout ce temps, vous aurez compris toute seule.

– Ils ne pouvaient pas garder le secret…

– Ils ont ramené la gosse à ses parents. Ils leur ont parlé. Ils leur ont assuré que justice avait été rendue. Que l'homme qui avait enlevé et séquestré leur fille était mort, et qu'il avait souffert. Ils se sont *arrangés* entre eux.

Laura en reste muette, un filet de sueur s'insinue sous son chemisier. Humbert aspire les dernières gorgées de sa tasse avec force bruits de succion. Sans la quitter du regard.

– Vous trouvez ça écœurant, n'est-ce pas ?

– Vous trouvez vraiment que la justice a été rendue, vous ? Qu'est-ce qu'elle en a pensé, la gosse ?

– La justice… Ce type ne méritait pas de vivre. Il a certainement torturé et assassiné des innocents, les a dépouillés, a fait disparaître des corps. Et il a profité de la guerre pour assouvir son vice. Il méritait encore pire, si vous voulez mon avis. Quant à la gamine, qu'est-ce que vous voulez que je vous dise ? Elle s'est suicidée des années après. Elle ne s'est jamais remise de son année de captivité.

– Attendez… C'était avant, ou après les « dispari- tions » ? demande Laura.

Pierre Humbert semble pris de court, il retourne la question dans sa tête. Cherche les dates, les concordances. D'une voix frémissante, il répond :

– Ce… c'était avant.

– Comment s'est-elle suicidée ?

– Elle s'est noyée dans le lac de Joux. Le jour de Noël 62. Elle s'est jetée à l'eau, depuis les falaises au-dessous des Charbonnières, après la voie ferrée.

– Et les disparitions, c'était en janvier 63… Vous savez ce que je pense ? Je pense qu'elle n'a pas sauté toute seule. Et je pense que certains, dans ce groupe de résistants, sont retournés à la ferme Devillers, parce qu'ils ont compris ça. Et ils n'en sont pas revenus. Ça vous parle ?

– Je… c'est possible… bredouille le vieillard, troublé.

– Étienne est rentré à Vuillefer en 62. Après avoir servi en Indochine puis en Algérie. Il a reconstruit la ferme. Je vous parie qu'il était présent le jour de l'exécution de son père. Il sait qui était là. Il a fui, pendant plus de quinze ans.

– Il était soldat ?

– Oui, Indochine de 47 à 52 puis Algérie jusqu'en 62. Le maire de Vuillefer m'a donné tous ses états de service. Il était toujours en première ligne, et il est monté en grade, de belles missions dans les mechtas algériennes. Vous savez ce que ça veut dire.

– Mon Dieu…

– Autant dire qu'il a dû mettre en pratique l'apprentissage inculqué par son paternel.

– Il est revenu pour les chercher. Tous ceux qui étaient responsables de la mort de Joseph.

– Il a commencé par la gosse. Les autres ont aussitôt réagi. Il n'avait qu'à les attendre…

– Je comprends mieux pourquoi mon vieil ami bûcheron a terminé ses jours planqué en Provence… Il a fui. La peur a fini par avoir raison de lui. Crise cardiaque.

– Tous ceux qui sont partis pour tuer Étienne n'en sont pas revenus. Seuls les membres du groupe savaient ce qui se passait. Ils ont voulu mettre un terme à cette lignée, finir ce qui n'avait pas pu l'être en 47. Si votre ami s'était joint à eux, il serait mort ce jour-là.

– Vu ce qu'il a vécu après, il aurait mieux fait d'y être… gémit Humbert. Je pense qu'il a regretté toute sa vie de pas avoir eu le courage de les accompagner. La terreur l'a suivi partout, ne l'a plus jamais lâché.

– À mon avis, il y a eu d'autres événements par la suite. Étienne Devillers ne s'est certainement pas arrêté en si bon chemin. Il a dû y avoir d'autres disparitions, d'autres meurtres mystérieux…

– Ce monstre doit être neutralisé, madame Devillers…

– C'est déjà fait, monsieur Humbert. Il est mort depuis presque trois mois. Il a été tué par sa femme.

Pierre Humbert écarquille les yeux, sous le choc. Il se penche en avant, l'air sombre, malgré la douleur qui se répand dans ses articulations.

– Mais… je ne comprends pas… Qu'est-ce qui vous amène ici ? Pourquoi toutes ces questions ? Quel rapport avec votre fille ?

– Le problème, ce n'est pas Étienne. C'est Joseph.

– Qu'est-ce que vous voulez dire ?

Le téléphone de Laura vibre dans sa poche, interrompant la conversation. La gendarmerie de Besançon, fort des Justices. Lièvremont. Laura s'excuse auprès du vieil homme et s'isole dans le hall.

– Allô ?

Elle est nerveuse. Elle ne sait pas trop comment présenter les choses, paraître le plus crédible et le plus stoïque possible. Aller à l'essentiel.

– Madame Devillers ? C'est le lieutenant-colonel Lièvremont.

– J'ai de nouvelles informations. Je pense que je peux les relier à votre affaire. Des meurtres similaires, commis pendant la Seconde Guerre mondiale par Joseph Devillers et son fils Étienne. Des gens qui ont été ligotés, torturés, abandonnés, voués à mourir de froid.

– Des preuves, j'imagine ?

– J'ai des documents, pas de preuves. J'ai un témoin, mais il ne voudra pas en reparler. Surtout pas dans le cadre d'une enquête. Je sais que c'est mince… Le corps, à Longemaison, il a été abandonné pendant plus d'un mois, n'est-ce pas ? Donc avant décembre… Étienne était encore vivant… S'il y a le moindre doute, ça vaudrait le coup de comparer l'ADN d'Étienne Devillers et celui que vous avez trouvé sur votre scène de crime, non ? Si vous en avez retrouvé, bien sûr…

Silence sur la ligne. Lièvremont réfléchit.

– Nous avons en effet retrouvé des traces d'ADN, non fiché. Votre beau-père, il a été assassiné c'est bien ça ?

– Oui. À Vuillefer, en décembre, répond Laura.

– Mes collègues de Vuillefer ont certainement fait des prélèvements de sang. Je vais les appeler pour faire un comparatif, ça n'engage à rien. De toute façon, nous n'avons aucune piste sérieuse.

– Je pense qu'il y a eu d'autres cas, dans le passé. Peut-être en Suisse. Ou des disparitions. Des affaires non élucidées.

– Il y en a toujours, madame Devillers.

– Il y en a certainement qui ressemblent beaucoup à votre affaire.

– C'est une idée que nous suivons. Mais nous n'avons pas beaucoup d'éléments. Quelques cas dans les années 70 et 80, mais les techniques d'enquête à l'époque n'étaient pas ce qu'elles sont. Et la collaboration entre les polices française et suisse, je n'en parle même pas…

– Vous devriez vous pencher sur le suicide d'une jeune femme, du côté des Charbonnières, près du lac de Joux. En 1962. Je pense que c'est Étienne qui en est responsable.

– Qu'est-ce qui vous fait dire ça ?

Laura lui raconte toute l'histoire, l'enlèvement et la séquestration, l'exécution de Joseph, le réseau de résistance et la découverte de la grotte aux cadavres. Les disparitions, le pedigree et la vengeance d'Étienne.

– Vous n'avez pas chômé.

– Il faut que je sache.

– Je vais faire comparer les ADN. Il est évident que s'il y a correspondance, je saisirai le procureur et nous procéderons à la perquisition de la ferme de Vuillefer.

– Je… Merci.

– Je ne promets rien. Ça reste hypothétique.

– Bien sûr.

Lièvremont coupe la communication. Laura n'a pas osé demander combien de temps allaient prendre les tests. Pas trop, espère-t-elle. Ils ont déjà les deux ADN, il leur suffit de les comparer. Il faut attendre.

La porte de l'auberge s'ouvre juste derrière Laura qui sursaute. Le petit-fils Humbert referme aussitôt en s'excusant, signifie qu'il doit ramener son grand-père en Suisse. Il n'a pas toute la journée, même si c'est le week-end. Entraînement de ski de fond, vous comprenez.

Laura rejoint Pierre Humbert dans la salle.

– Oubliez tout ça, madame Devillers, dit-il en se relevant douloureusement de sa banquette. Je ne comprends pas ce que vous cherchez, ni en quoi votre fille est concernée, mais Joseph est mort depuis plus de soixante-dix ans, je vous le garantis. Cette histoire est enterrée avec Étienne, désormais. Passez à autre chose.

Laura le regarde boitiller jusqu'à l'entrée, puis s'engouffrer sous les bourrasques de vent froid, épaulé par son petit-fils. La voiture disparaît bientôt à l'angle du gîte, prenant la direction du bas de la vallée pour la route de Suisse.

Elle reprend sa place. Sa migraine s'est évaporée.

Il est huit heures trente-sept.

Elle est totalement réveillée.

Chapitre 12

Katia se plonge délicieusement dans la transe. La voix du médecin la guide dans une semi-veille, ses membres s'engourdissent. Les pieds dans l'eau. Une nouvelle fois. Le lac, le reflet des montagnes, le vert sombre des forêts qui l'entourent.

Elle ne perd pas de temps. Elle doit aller au bout, elle l'a promis. La nuit tombe sur le lac. La nuit n'en finit jamais de tomber d'ailleurs, elle s'en rend compte à présent. Une faible lueur, un état permanent entre chien et loup, où les formes se mêlent à d'autres formes, les rochers paraissent vivants, le ciel se fond dans l'eau calme du lac. Ses pas clapotent. Où qu'elle se trouve, elle a toujours pied. L'étendue d'eau emplit une vallée entière, mais elle ne s'y enfonce jamais plus de quelques centimètres.

C'est son espace de sérénité. Le centre de sa psyché. C'est elle qui construit, structure ce lieu paisible. Tout autour sont amalgamés ses souvenirs, sa mémoire, qu'elle peut explorer à sa convenance. Seul son inconscient peut ériger des obstacles, ou creuser des cavernes, dissimuler des blessures du passé, enfouir les plus profondes peurs dans les recoins des forêts. Aujourd'hui, elle va rejoindre cette maison, sur le versant ouest. Sa volonté est ferme, son âme ouverte, toute son énergie se concentre vers cet unique objectif. Elle doit comprendre l'importance de ce lieu dans sa propre vie.

Elle gravit le sentier à l'aveugle, ses pas la portent sans qu'il lui soit nécessaire de prendre des appuis. Elle est téléguidée dans son ascension, rassurée par la voix omniprésente de son thérapeute. Une seconde présence l'effleure, à moins d'une longueur de bras, dans l'obscurité. *Camille.*

Camille qui marche à ses côtés, qu'elle a convoquée dans son propre univers. Elle est sa force et sa détermination, elles ne forment plus qu'une. Katia ne porte pas ses gants, dans ce monde-ci, ni ses longues manches pour la protéger du contact. Elle avance bras nus, la peau lisse et douce. Point de cicatrices ni d'eczéma, elle est en pleine possession de son corps. Celui qu'elle imagine. Des picotements dans la nuque, elle approche de la maison. Le grand manoir se révèle, au détour d'un bosquet d'arbres, dans un renfoncement rocheux. Aucune lumière, à l'intérieur. Et toujours cette impression de familiarité.

– N'oublie pas, Katia, prévient une nouvelle fois le médecin, ce ne sont que des souvenirs. Tu es toujours avec moi, à l'hôpital. Quoi que tu voies, tu ne cours aucun danger.

Certes.

La peur gronde pourtant dans son estomac. Elle s'approche, quand un détail la frappe, elle se fige net.

Le banc, au pied de la tourelle.

Une silhouette y est assise. Une femme. Vieille, très vieille même. Les cheveux blancs prennent les reflets de la lune. Katia est tétanisée, elle n'a même pas le réflexe de se cacher derrière un arbre, elle est plantée à moins de dix mètres de la vieille.

Et alors ? Qu'est-ce que tu risques ?

Elle observe, tente de calmer son rythme cardiaque. Elle est frappée d'une évidence. La vieille femme ne la voit pas. Elle n'a aucune conscience de la présence de Katia, et encore moins de Camille dans son sillage. La main de cette dernière se pose sur l'épaule de sa nièce, comme un encouragement.

Cherche, cherche bien, dans ton enfance.

La vieille femme lève soudain le bras gauche et ouvre la paume d'un geste brusque.

Elle *lance* quelque chose.

Elle reproduit un geste, mécaniquement.

Un geste que je l'ai vue reproduire un nombre incalculable de fois, se rend compte Katia. Camille tourne autour d'elle et vient se placer à la limite de son champ de vision, dans le silence le plus absolu. Katia a bien conscience qu'elle se parle à elle-même, qu'elle a besoin de Camille pour oser verbaliser ses pensées secrètes.

Je connais cette femme, Camille.

Bien sûr. Je connais cette maison, et je connais cette femme.

Derrière chez mes parents. La maison. À Pouilley-les-Vignes. La grande maison.

Celle qui me faisait peur.

Pourquoi ?

Cette femme qui donnait à manger aux oiseaux. Chaque jour, sur le banc. Elle donnait à manger aux oiseaux, mais ceux-ci l'ignoraient. J'en avais parlé à maman, et maman avait ri. Et cette vieille femme, la peau du visage grêlée et les yeux vitreux, qui finissait toujours par lever la tête vers notre maison, et j'avais l'impression qu'elle me regardait, moi, et que je ne pouvais pas me cacher. Elle lançait ses graines, mais les oiseaux n'en voulaient pas.

Parce que les oiseaux ne la voyaient pas.

Parce que j'étais la seule à la voir.

Katia tombe à genoux, serrant la main de Camille qui s'est glissée dans la sienne. Un contact chaud, une peau soyeuse.

Elle relève les yeux vers la vieille femme. Le fantôme.

J'ai toujours su. Je les ai toujours vus.

L'apparition de Joseph, à la ferme, ce n'était pas la première fois qu'elle voyait un fantôme. Ce don, elle l'a toujours eu. Il sera toujours là.

Je les voyais, mais je ne comprenais pas.

Comment a-t-elle pu oublier ? Comment n'a-t-elle pas compris que ni sa mère, ni son père, ni ces putains d'oiseaux ne voyaient cette femme ? Cette vieille, certainement morte dans sa propre maison, grand manoir en ruine aux murs moisis, aux vitres fissurées. Comment n'a-t-elle pas compris ?

*

Elle ouvre les yeux, se retrouve face à face avec le thérapeute, surpris. Elle est sortie d'elle-même de la transe, elle a toujours la sensation des doigts de Camille autour de sa main, là, sous les gants. Elle se rappelle avoir dévalé la pente pour rejoindre le lac, sans jamais lâcher son étreinte. Elle s'est affalée dans l'eau noire, et Camille s'est penchée sur elle, l'a enserrée de ses bras, a posé sa tête contre son épaule.

Elle a ouvert les yeux.

– Tu as été courageuse, Katia.

– Non, je me suis enfuie, encore !

Elle s'énerve, elle aurait dû entrer dans la maison, elle aurait dû chercher, creuser.

– J'ai fait qu'effleurer ce souvenir.

– Tu as trouvé un détail qui te pose problème. C'est essentiel. Tu as parlé d'une vieille dame, des oiseaux, de la maison où tu as grandi.

– Je crois qu'il y a autre chose, docteur. J'ai toujours pas réussi à entrer *dans* la maison.

– Nous n'en sommes qu'à la cinquième séance, Katia.

– Je sais que j'y arriverai pas comme ça.

– À ton avis, que signifie cette femme ?

– Vous pourrez pas comprendre.

Le médecin écarquille les yeux, puis éclate de rire.

– Je ne peux pas comprendre ? Vraiment ?

– Vous croyez aux fantômes ?

– Je crois à certains fantômes… dit-il gentiment.

– Pas ce genre-là.

– Le fantôme, c'est quelque chose qui te hante, qui te poursuit. Tu ne crois pas que c'est un peu lié, quand même ? Que ça a à voir avec le fait de refouler ? Tu es hypersensible, Katia, tu ressens le monde différemment.

– Je… C'est plus que ça.

– Je te crois. Mais tu emmagasines tout, sans rien laisser ressortir. Ton corps te le fait payer.

– Qu'est-ce que vous voulez dire ?

– Je veux dire que ta phobie, c'est lié à cette sensibilité particulière. Tu as construit un mur pour te protéger. Dans ton cas, ce mur, c'est ta peau. Autant pour te protéger de l'extérieur, du toucher des autres, que pour empêcher tes émotions de s'échapper, de te submerger. Je veux dire que ta phobie, c'est lié à cette maison qui te fait si peur, qui est certainement le lieu où s'est déroulé ton traumatisme, l'événement qui a tout déclenché. Et que cette vieille dame y a un rôle déterminant.

– Impossible… Je suis jamais entrée dans cette maison…

– Je pense que si. Mais tu ne t'en souviens peut-être pas. Ça expliquerait que tu n'arrives pas à y entrer, dans ta mémoire. Il s'est passé quelque chose dans cette maison. C'est sans doute là qu'il faut qu'on recherche l'origine de ton haptophobie.

*

Katia est encore toute remuée de la séance d'hypno-thérapie du matin. La maison, le fantôme de la vieille dame. Qu'est-ce qui s'est passé dans cette maison pour qu'elle le cache aussi profond dans sa mémoire ? Un seul moyen de savoir, elle s'en est persuadée. Elle doit y retourner. Mais pas dans son espace mental, cette fois, elle doit y aller en vrai. Retourner à Pouilley, dans sa maison de petite fille. Entrer dans le manoir, derrière la haie, au fond du jardin. Trouver ce fantôme, comprendre le passé. Découvrir son propre rôle.

Il lui faut déjà quitter la clinique, elle n'apprendra rien de plus ici. Et qu'elle en parte le plus vite possible. Elle rassemble ses affaires. Elle a été internée de son plein gré, elle n'est pas prisonnière, mais elle est mineure. Ils ne la laisseront pas sortir sans le consentement de ses parents. Mais à la maison de Pouilley, elle doit s'y rendre seule.

Trois brefs coups tapés contre la porte de sa chambre l'interrompent dans ses pensées. Elle referme prestement son placard avant que l'infirmière Perrachon n'entre.

– Bonjour, Katia.

Elle a ce petit air gêné, qu'elle a toujours quand elle lui parle désormais. On ne peut rien y faire.

– Je ne t'embête pas ?

– Du tout, répond Katia.

– Bien. Je viens te chercher parce que tu as de la visite.

Katia est surprise, elle n'attend personne. Son père, qui insiste ? Sa mère est à Vuillefer, elle a reçu un email de sa part, la veille au soir.

– À la cafétéria.

– Qui c'est ?

– Une copine à toi. Élodie, elle m'a dit.

Katia est doublement surprise. Plus aucune nouvelle d'Élodie depuis sa fuite hors des toilettes du collège, épouvantée. *Tu m'étonnes.* Elle n'aurait jamais pensé qu'Élodie viendrait jusqu'à elle, elle ne se doutait même pas qu'Élodie était au courant de son hospitalisation à l'HP. Ça doit y aller, au lycée, sur la folle dingue, la psycho, à l'asile. Rien à foutre. Katia les emmerde, tous autant qu'ils sont. Ce lycée de merde avec ces crétins de merde, dans cette ville de merde. La colère, elle aussi, s'est réveillée. Katia souffle un grand coup, se dit que ça ne sert plus à rien. Il faut se contrôler, maîtriser ses émotions. Il ne faut pas le faire ressortir.

– Tu ne veux pas venir ? demande l'infirmière.

– Si, si, je vous suis.

Katia s'avance dans la salle commune. Aline Perrachon la laisse aller seule et regagne son bureau du premier étage. Élodie l'attend, attablée près des baies vitrées, contemplant l'eau qui goutte du toit, les dernières fontes de glace. Elle se retourne aussitôt en entendant le pas traînant de Katia, la démarche pesante, les épaules courbées vers l'avant.

Katia se plante en bout de table, dévisage son amie. Élodie rougit des pieds à la tête, ses joues la brûlent tout à coup. Elle pince les lèvres, remonte quelques mèches blondes derrière son oreille. Elles sont seules, des voix proviennent de l'accueil de l'hôpital, au bout du couloir, indistinctes. Katia hésite, jauge la situation. Mal à l'aise, elle peine à fixer son regard. Ne sachant comment réagir, Élodie se lève, récupère son sac.

– Excuse-moi. J'aurais pas…

– Assieds-toi, coupe Katia. S'il te plaît.

Calmement, Élodie dépose son sac à dos à ses pieds et reprend sa place. Katia s'approche, du même côté de la table, et se laisse glisser sur la chaise voisine, la tourne pour faire face à Élodie. Le soleil pénétrant par la baie vitrée l'aveugle à moitié, elle cligne des yeux, Élodie se dessine en silhouette. Les cheveux clairs noués en queue-de-cheval reflètent les rayons rasants qui rebondissent sur la peau soyeuse du cou ; les yeux tristes, très foncés, tranchent avec la blancheur de sa peau. Katia est troublée de revoir son amie, toute sa colère s'envole, comme aspirée dans ses tripes. Elle vibre à l'intérieur, tellement heureuse de redécouvrir cette présence rassurante.

– J'aurais dû venir plus tôt.

– J'avais besoin… Non, ça n'aurait pas été une bonne idée.

Élodie éclate bruyamment en sanglots, cache son visage dans les replis de ses manches de survêtement.

– Je sais ce que je t'ai fait, articule-t-elle péniblement. J'ai été lâche. J'ai pas été là pour toi. Tu peux m'en vouloir à mort, mais j'avais besoin de te voir.

Katia est prise au dépourvu. Sa gorge se serre, un nœud lui paralyse la trachée. Elle regarde cette fille, la personne la plus proche d'elle, sa seule confidente. Elle voudrait la toucher, l'étreindre tellement fort, ses doigts dans les cheveux blonds. Effleurer la peau. Humer le parfum. Elle est sidérée. C'est la première fois qu'elle ressent ce besoin, qu'elle formule dans sa tête l'envie d'un contact physique. Un frôlement, une caresse. Elle lutte contre cette émotion, mais s'en trouve submergée.

– Pardonne-moi, Élodie, bredouille-t-elle. Pardonne-moi.

– C'est moi qui t'ai fait du mal.

– Non. Tu as eu peur de moi. Je l'ai vu dans tes yeux. Je… Je t'ai fait peur.

– Elles s'en sont prises à toi. J'avais pas le droit de t'abandonner.

– Je fais du mal. Quand je ne me maîtrise plus. J'aurais dû tout te raconter, tout ce qui s'est passé, depuis Vuillefer. Je t'ai pas fait assez confiance.

Élodie est visiblement émue, ses joues sont animées de faibles tremblements et elle a rosi jusqu'à la bordure des cheveux.

– Tu peux me dire, Katia.

– Il… il utilise mon corps.

– Qui ? Qu'est-ce que tu veux dire ?

– Mon arrière-grand-père. Joseph. Il utilise mon corps pour vivre. Et même pire.

Elle dévisage Élodie, soudain muette.

– Tu me crois pas, hein ? Mais si, c'est bien ça. Il est mort, Joseph, et depuis longtemps. Et c'est pas le seul. Les morts, je peux les voir, je peux les entendre. Mais lui, il est là, en moi, explique-t-elle en se cognant le ventre du plat de la main. Il est coincé à l'intérieur, je suis sa seule façon de vivre. Et son kif, putain, c'est de me voir faire du mal, de ressentir la souffrance. Et il veut que je le ressente aussi, ce plaisir, il veut prendre son pied avec moi. Et… j'ai envie de mourir, de disparaître. Je veux plus jamais ressentir ça…

– Katia…

– Je veux plus le nourrir, ça me pourrit de l'intérieur. Il ressent tout ce que je ressens, et je ressens ce qu'il ressent.

– Il faut que ce que tu ressens soit plus fort.

Katia pousse un petit rire nerveux, sourit à son amie en effaçant les larmes de ses joues d'un revers de gant.

– J'arrive pas à être plus forte. Pas ici. Il faut que je m'évade, dans mes rêves, dans mon imaginaire. J'arrive pas à me contrôler suffisamment. Il s'engouffre dans la moindre brèche.

– Peut-être qu'il faut pas que tu contrôles, Katia. Tu as toujours fait ça. Tu as toujours tout gardé à l'intérieur. Il faut que tu lâches tout.

– Une femme est morte à cause de moi, parce que je me suis mise en colère. Je peux pas me le permettre.

– Je te parle pas de ces émotions. Pas la peur, pas la colère. Je te parle de sentiments.

La chaleur remonte le long de la gorge de Katia et lui empourpre le visage. Son cœur bat fort, le sang pulse dans ses tempes. *Elle a raison,* se dit-elle. Le nœud dans son ventre doit se dénouer, s'attendrir. C'est en prenant conscience de l'agitation délectable qui réveille son âme qu'elle distingue la frêle silhouette qui se tient debout derrière Élodie. Une ombre aux contours vaporeux se dessinant dans la clarté orangée de fin d'après-midi. Camille, elle le sent, les contemple avec bienveillance.

Katia ôte son gant. Le geste est spontané, la surprend elle-même. Un frisson brûlant parcourt son bras et enveloppe ses épaules. Les deux filles s'abandonnent, suspendues dans un instant affranchi de durée, séparées du reste du monde. Les respirations sont couplées, alanguies. La main s'élève, comme vivant sa vie sans la volonté de sa propriétaire. Le bout des doigts entre en contact avec le galbe de la joue d'Élodie. Katia tremble sous l'effet d'une véritable décharge électrique. Son rythme cardiaque s'emballe et ses poumons se bloquent. La sensation est mêlée de répulsion et de délice, qui se font bataille sans qu'elle puisse décoller sa peau de celle d'Élodie. Ce tout léger contact qui fracture sa plus profonde angoisse. Son corps se raidit, tout entier tourné vers cette expérience déroutante. Les yeux écarquillés, dans un état de semi-transe ; Camille lui est de plus en plus apparente, ses traits s'affinent. Elle se tient les deux bras croisés, mains sur les épaules, et ses iris verts scrutent en elle, fouillent son émoi.

C'est moi qui la vois. Elle ressent aussi ce que je ressens. Cette partie de moi. Cette partie de moi c'est elle. Elle se nourrit de tout mon amour, c'est lui qui la fait vivre, qui la porte.

Camille tend les mains, son visage est apaisé, lumineux. Les boucles rousses ondulent alors qu'elle s'approche des deux filles, se positionne derrière Élodie. Elle pose sa main tout contre la joue de la jeune fille, rejoignant ainsi celle de Katia. Élodie réprime un chatouillement, comme si elle sentait la caresse du fantôme. Katia reçoit toute l'énergie qui transite dans ce simple contact, entre elle, Élodie et Camille. Un échange de pureté, de tendresse. Une force folle, qui les embrasse toutes trois.

Katia rompt le contact la première.

La main retourne illico dans son gant. Élodie tremble comme une feuille, bouleversée par cet échange invisible. Et par l'intimité, puissante. Les doigts sur sa peau, et cette chaleur qui émanait du contact et transpirait dans son dos.

– Je dois partir, dit Katia.

– Où ça ?

— Il faut que je parte, maintenant. J'ai besoin que tu m'aides.

— Bien sûr. Qu'est-ce que je dois faire ?

— Rien. Il faut juste que tu me donnes ton blouson, et que tu attendes dans ma chambre, le temps que je sois partie. Je dois aller vérifier quelque chose, sur mon passé, pour comprendre une bonne fois pour toutes ce qui m'arrive. Si je demande la permission de sortir, ils vont appeler mes parents, leur demander l'autorisation. Et mes parents vont me demander pourquoi, où je veux aller, et vraiment, je veux pas leur dire. Pas encore. J'ai juste besoin de gagner un peu de temps, Élodie. Juste un coup de pouce.

— Tu veux te faire passer pour moi ?

— Je te revaudrai ça. Ne t'en fais pas, j'appellerai ma mère dès que possible pour la rassurer.

Elles remontent à l'étage, rejoignent la chambre de Katia, qui enfile la parka d'Élodie par-dessus son pull, enfonce son bonnet jusqu'aux oreilles. Un dernier regard à son amie, assise sur le rebord du lit, un sourire échangé, puis elle se rue dans les escaliers. Gagne le rez-de-chaussée. Par chance, ne croise personne dans le couloir. La réceptionniste de l'accueil n'accuse qu'un léger mouvement de tête lorsqu'elle passe la porte avec un « au revoir » discret en rabattant sa capuche.

Le coup de fouet du vent sur sa peau. Affronter le monde, affronter le passé.

Elle s'élance sur les marches puis traverse l'esplanade devant la Clinique Sainte-Cécile. Dernier regard en arrière. Au troisième étage, sur la coursive, Alex fume une cigarette. Leurs regards se croisent, Katia marque un temps d'arrêt. Alex lève la main en signe d'adieu, un maigre sourire au coin de la bouche. Katia dresse sa main gantée, puis se détourne.

Elle s'enfuit sans demander son reste et dévale la colline en longeant l'orée de la forêt, dépasse le lotissement qui délimite le bout de la ville et s'engouffre dans le premier bus qui passe.

*

La toux, qui racle la gorge. La Gauloise dans le cendrier débordant. Un poing dans la poitrine. Le mal est là, dedans, c'est certain. Elle n'est pas allée consulter, mais elle sait que la maladie lui ronge les entrailles, qu'est-ce que ça peut être d'autre ? Elle balaie la cendre de la table de la cuisine, entrouvre la petite fenêtre qui donne sur le boulevard. Huitième étage. On entend bien les voitures, ça bourdonne. Le café est amer. Les beignets de la veille, trop secs. Lucie perd son regard le long de la faïence jaunie par les années et la pollution. Amorphe, elle peine à allumer une nouvelle cigarette. Ça empeste. Elle n'arrive même pas à fixer son attention sur le feuilleton que diffuse son antique télé à tube cathodique posée sur le coin de la commode à couverts. Trente ans qu'elle avait arrêté de fumer. Qu'elle avait son petit rythme de vie, surtout depuis la retraite. Les promenades, les courses, le club de vieux les mardis et les vendredis soir. Mais là, elle ne sort plus, elle fume comme un pompier. Elle a mal partout, elle est persuadée qu'elle va casser sa pipe avant la fin de l'hiver. La dépression l'a assaillie, elle baisse les bras. À quoi bon ? Vivre dans une cage à lapins au sommet des immeubles, aller-retour à la supérette. Elle a donné sa vie pour élever Alexandre, pour sauver le fils de sa sœur tarée. Elle lui a donné tout l'amour qu'elle pouvait, elle s'est saignée pour lui payer ses études, pour qu'il grandisse avec un minimum de confort. Pour qu'il oublie sa vie d'avant, il faut bien le dire. Elle l'a sauvé de cette famille de dégénérés. Et pour quoi ? Pour s'entendre dire que tout est de sa faute ? Laura n'a pas le droit de la juger. C'est pas elle qui a fait tout le travail, qui était debout toute la nuit quand le môme se réveillait en sursaut, en sueur, paniqué. Toujours sur le qui-vive. Il lui a fallu des mois et des mois pour l'apprivoiser. Pour qu'il retrouve le calme, en apparence. Garçon fragile, elle l'a couvé. Il a commencé à prendre du poids à l'adolescence, il engloutissait la nourriture au moindre signe de stress. Oh, il n'était pas obèse, non, juste un peu d'embonpoint. Elle l'a bien nourri, elle a fait attention. Mais force est de constater qu'il a toujours eu un problème avec la nourriture. Gamin secret, timide. Souvent fourré dans ses jupes, avec très peu d'amis au collège et au lycée. Ce n'est qu'ensuite qu'il s'est ouvert socialement, progressivement. Les petits boulots, le grand air, il a commencé coursier. Aujourd'hui représentant de commerce. Il aime le contact, il a brisé la coquille. Lucie ne s'inquiétait plus pour lui, le passé était définitivement enterré. Croyait-elle.

Un couteau dans le dos. Une trahison.

Le jour où il a ramené Laura à la maison pour la première fois. Tellement fier, et tellement mal à l'aise. Elle était sûre d'elle, elle lui a immédiatement plu. Lucie a senti tout de suite la connexion, elle pouvait lui laisser son grand sans crainte. Il allait vivre sa vie, son rôle s'achevait là. Puis la naissance de la petite.

Comment aurait-elle pu imaginer que l'estocade viendrait de Laura ? Ce jour-là, au cimetière. Les accusations, les mots venimeux, Lucie n'a rien vu venir. Et la belle assurance d'Alexandre qui s'effrite sous ses yeux. Tout ce qu'elle a mis des années à bâtir, à consolider, s'écroule comme un château de cartes. Elle a revu le petit garçon chétif et apeuré, celui qu'on lui avait amené, celui qui s'était enfui dans les bois, sous la neige. Frigorifié. Terrifié. Traumatisé. Une bête blessée. Tout à reconstruire. Lucie se laisse inonder par l'âpre impression de gâchis.

Elle est tirée de sa torpeur par la sonnerie de l'interphone.

Qui ? Encore un type qui veut entrer dans le hall, qui tente tous les noms au hasard, des fois qu'on lui ouvre par erreur. Un des jeunes dealers de la cité, ça arrive. Ou un coursier mal renseigné.

On insiste, nouvelle sonnerie.

Fourbue, pâteuse, Lucie se lève de sa chaise et sort de la cuisine, va se planter devant l'interphone pour vérifier sur l'écran digital qui vient troubler son après-midi.

Alexandre.

Elle n'est pas prête.

Mais si, il le faut absolument. Mon Dieu.

Il faut le convaincre. Il faut qu'il la comprenne. Il est là, enfin, c'est un bon signe, elle ne peut pas le laisser en plan. Elle doit rassembler ses idées. Elle le regarde, bloqué à la porte d'en bas, il s'interroge. Est-ce qu'il va rester à attendre, tenter une troisième fois ? Non, il va partir, et peut-être aurait-ce été sa dernière chance de lui parler. Vite, elle presse le bouton d'ouverture de porte. Il fait volte-face, surpris, son expression est dure, sur la caméra noir et blanc de basse qualité. Il pénètre dans le hall pour appeler l'ascenseur.

Bon Dieu, il va voir qu'elle vide des paquets de clopes à la chaîne.

Il va constater l'ampleur des dégâts, elle n'a pas le temps de se remettre en ordre, de se rafraîchir un minimum. Elle a la figure de travers et les yeux injectés de sang. L'appartement pue, dégueule de crasse, ça n'a pas été la fête du ménage dernièrement. Elle se sent sale et pleine de honte. Elle devrait avoir d'autres soucis mais elle n'assume pas de se présenter devant *son* fils dans cet état.

Trop tard.

Elle s'emmitoufle dans un chandail et recouvre la vaisselle qui s'entasse dans l'évier d'un chiffon cache-misère. Et vide le cendrier, le planque sous le lavabo. Avec la bouteille de vodka.

Deux minutes plus tard, Alexandre entre dans l'appartement, sans ouvrir la bouche. Pas un mot n'est échangé. Pas même une accolade ou un court baiser. Pas de tendresse. La froideur absolue. Il n'a pas l'air d'avoir beaucoup dormi, lui non plus. Il la suit jusqu'à la cuisine où elle reprend sa place.

– Tu fumes, maintenant ?

La voix éteinte. Rocailleuse. La question n'appelle pas de réponse. Elle le regarde en silence, attend qu'il se lance. Elle a une boule au fond de la gorge, qui s'ajoute à sa douleur dans la poitrine. L'angoisse l'écrase. Alexandre sort un paquet de cigarettes et s'en allume une sans rien demander, laisse le paquet à disposition sur la table. Elle récupère le cendrier sous l'évier en tendant le bras.

– Ma fille… Ma propre fille en sait plus que moi. Et elle refuse de me parler…

– Alexandre… Écoute-moi…

– Toute ma vie, je t'ai écoutée, l'interrompt-il d'un geste agacé de la main, chassant la fumée. Toute ma vie, je t'ai fait confiance.

– Je suis désolée… Je t'aime plus que tout, tu le sais.

– Ma sœur, Lucie ! Ma propre sœur ! Comment tu as pu me cacher l'existence de ma sœur ?

Il aspire la fumée par grandes inspirations, tapote la cendre. Il fait trembler la table à force de remuer nerveusement la jambe.

— Tu as tout oublié, Alexandre. Cette nuit-là, tu as tout oublié, et il le fallait. Il fallait te protéger. Tu étais si jeune.

— Comment j'ai pu oublier ma propre sœur ?

— Je ne sais pas. Je ne comprends pas tout mon chéri. Mais tu n'as jamais reparlé de ce qui s'est passé. Et moi… je préférais oublier, aussi. Tout ce que je voulais, c'est te voir grandir. Te voir oublier, rester loin de tout ça.

— Tu voulais me garder pour toi ! Parce que t'avais pas d'enfant, t'as voulu me garder uniquement pour toi !

— Je t'interdis de dire ça Alexandre, explose la vieille dame, au bord des larmes. J'ai fait ce que j'ai pu ! Je ne suis pas parfaite, mais je t'ai élevé comme mon propre fils ! Ton père… Il n'a même pas levé le petit doigt pour essayer de te récupérer. Il était bien content de se débarrasser, crois-moi. Je ne te permets pas !

Alexandre plonge la tête dans ses mains, cognant la table de son front. Lucie sursaute. Ce sont des yeux emplis de douleur qui se lèvent de nouveau sur elle et la transpercent de flèches d'acier.

— Dis-moi… Raconte-moi ce qui s'est passé cette nuit-là.

— Je… Non, s'il te plaît.

— Dis-moi, sinon je te promets que c'est la dernière fois que tu me revois.

Elle ferme les yeux. Elle ne respire plus. Elle vacille, agrippe la table, se retient de basculer de la chaise. Pourquoi a-t-il fallu en arriver là ?

– C'est toi qui l'as trouvée. Ce soir-là, tu l'as découverte pendue à la poutre. Tu es parti en courant dans les bois. Et tu as tout oublié, jusqu'à son existence.

– Je ne m'en souviens pas, Lucie, je ne m'en souviens toujours pas !

Il se recroqueville sur lui-même, en sanglots. Elle passe sa main fripée dans les cheveux de son neveu, de son petit. Elle lui caresse la nuque, tente un ultime réconfort. Il pousse des gémissements insoutenables, ça lui perce le cœur de le voir anéanti.

– Je n'ai pas connu ta sœur, Alexandre. Tes parents, ils ne l'ont jamais laissée sortir de chez eux. Elle était sourde et muette, tu comprends, mais ils ne se sont jamais inquiétés d'elle. Elle n'a jamais été éduquée. Elle n'a jamais quitté cette ferme.

Il redresse la tête. Ses joues s'affaissent, un rictus lui tord la bouche.

– Tu le savais ? Tu savais tout ça et tu n'as rien fait ?

– Qu'est-ce que je pouvais faire ? Ma sœur avait renié sa famille, elle a coupé les ponts avec moi. À cause de ton père !

– Mais tu savais que ma sœur était là… Tu n'as pas bougé, tu n'as même pas essayé…

– Je l'ai fait pour toi Alexandre, quand tu es parti ! Je m'en suis voulu, tu ne peux pas savoir… Il a fallu que je vive avec ça.

– Tu l'as laissée mourir, Lucie. Tu ne m'en as jamais parlé parce que tu te sentais responsable. Tu aurais pu empêcher tout ça.

– C'est faux.

Mais elle sait qu'il dit la vérité. Elle ne peut plus soutenir son regard. Elle vit depuis tant d'années avec le poids de ce secret, le cancer de cette famille. Les Devillers. La malédiction la hantera jusque dans sa propre tombe, et s'étend sur Alexandre et sa fille, encore deux générations nécrosées. Le Mal n'a donc aucune fin, aucune limite.

Elle perçoit un soudain changement dans l'air. Alexandre ne tremble plus, ne sanglote plus. Il est calme, la détresse dans ses yeux s'est éteinte. Toute trace de vie s'est également évanouie. Elle retrouve avec effroi cette expression apathique qu'il avait quelquefois dans sa jeunesse, et qui la mettait mal à l'aise. L'absence absolue de la moindre émotion. Il se relève, la domine de son corps massif.

Elle touche son bras, raide, froid. Toute vie semble l'avoir quitté. Comme s'il n'était plus lui-même, et qu'elle l'avait définitivement perdu.

Chapitre 13

La neige fond à vue d'œil, l'eau ruisselle sur les bords du chemin. L'étang est encore gelé, mais la glace se fissure par endroits. Le vent du nord siffle entre les cimes des épicéas et s'écrase contre les falaises à vif. La forêt, engourdie sous les couches de neige tassée, attend les premiers rayons du printemps pour renaître et embaumer les plateaux. La ferme du Haut-Lac est toujours là, immobile sur son flanc de colline. Laura se frictionne les avant-bras, plantée au milieu de l'allée. Elle jauge la bâtisse. Elles se défient. Elle ne sait pas ce qui l'a poussée à revenir avant de rentrer à Besançon. L'intuition. La voir une dernière fois. Quelque chose de cet ordre.

Elle veut être sûre, aussi. Les paroles du vieil homme résonnent encore dans sa tête. Des pièces en sous-sol, des grottes. Camille, incinérée, disparue pour toujours, sans aucune sépulture. Le corps de Joseph, jamais retrouvé, carbonisé.

Ses pas crissent à chaque enjambée. Elle laisse la voiture à l'orée de la clairière. Un malaise profond s'est emparé d'elle dès qu'elle a quitté Vuillefer, après le départ de Pierre Humbert. Elle a réglé sa note, a rassemblé ses affaires et s'est laissé guider par son instinct. Ce lieu désert, lugubre, qui a abrité de telles atrocités.

Cette maison de mort qui appartient désormais à sa fille. Hors de question.

Le rouge lui monte aux joues sous le coup de l'effort. Elle atteint enfin la ferme, la contourne.

Qu'est-ce que tu cherches ?

Les tas de bois, les outils en train de rouiller sous la glace. Des bobines de fil barbelé. Le chenil de Malaga, porte ballante.

Tu sais ce que tu risques de trouver.

Des trous dans la terre. Le puits. Un château d'eau est creusé au sommet de la colline, avec une trappe et un puits pour récupérer les eaux de pluie.

Des gens cachés sous terre.

Elle gravit la colline, glisse, s'aide de ses mains en les plaquant dans la neige glacée.

Elle passe un muret, trois noisetiers aux branches nues.

Paysage de désolation.

La pente s'adoucit. Un tas de cailloux délimite l'entrée du puits. Un encadrement de pierre à même le sol, et une trappe de fer rouillé, maintenue fermée par une barre transversale.

Elle tire, elle pousse. Elle frappe. Ses doigts sont congelés.

La barre bouge. Légèrement.

Laura fouille la neige, trouve une pierre. Elle ne sent plus le bout de ses phalanges. Elle donne plusieurs coups sur le côté de la barre de fer, qui résonnent d'un son clair sous la surface du sol. La glace cède, et le barreau coulisse dans la glissière.

Laura tire sur la poignée, la trappe s'ouvre en grinçant. Les ténèbres. La densité de l'obscurité dans la cavité contraste avec la brillance du ciel qui se reflète sur la neige. Laura plisse les yeux, sans succès. Des clapotis. Des gouttes qui s'écrasent sur une eau calme.

Elle sort son téléphone portable, active la lampe torche. Un réservoir. La surface de l'eau, à plus de deux mètres en contrebas. Elle baisse la tête, oriente la lumière sur les bords. C'est une cuve aux parois métalliques, de plusieurs mètres de diamètre, en entonnoir. L'ouverture par laquelle elle se penche se situe à l'extrémité la plus étroite de celui-ci. Les murs s'écartent en s'éloignant, elle ne voit pas le fond. Mais il y a un rebord, l'eau s'arrête et l'ouverture continue dans la roche.

Tu ne vas certainement pas descendre là-dedans.

Laura tend le bras en serrant le caillou qui lui a servi à forcer la porte, ouvre la main. La pierre traverse l'eau et s'immobilise aussitôt dans un fracas cuivré qui résonne et se perd dans les profondeurs de la terre. Moins de trente centimètres d'eau.

Laura s'assied au bord du trou.

Qu'est-ce que tu fous là, sérieusement ?

Elle cale son portable dans la poche intérieure de son manteau, souffle un grand coup. Et se décide.

Elle se laisse glisser dans l'ouverture, se suspend à bout de bras. Les ténèbres l'appellent, l'aspirent vers le fond. Elle reste ainsi, pendulant plusieurs secondes dans le vide, et finit par lâcher prise. En fermant les yeux.

L'eau stagnante est glaciale. Le froid perce son jean et ce sont comme des lames de couteaux qui pénètrent sa chair, des chevilles jusqu'aux genoux. Elle trébuche sur le sol glissant de la cuve et tombe en arrière. Le choc thermique coupe immédiatement sa respiration, l'eau s'engouffre dans son manteau et imprègne tous ses vêtements. Son corps la déchire, la douleur se répand

291

jusque dans ses os. Elle mouline des bras et se redresse tant bien que mal, dégoulinant des pieds à la tête.

Mais quelle conne !

Elle réussit à extraire son téléphone de sa doublure, intact. Active de nouveau la lampe torche, les doigts grelottants. Arc de cercle, balayage de l'espace. Parois de cuivre, les gouttes résonnent en rythme. Elle s'avance vers l'extrémité de la cavité. Prudence. L'espace se resserre en goulot, un léger courant apparaît entre ses pieds. Au fond de la cuve, le réservoir laisse place aux parois de roche. Au sol, une rigole d'une quinzaine de centimètres disparaît en s'enfonçant dans un boyau sombre. Certainement en direction de la ferme, à plusieurs dizaines de mètres en contrebas, l'alimentant en eau de pluie. Laura atteint l'ouverture dans la roche et dirige sa source lumineuse dans le tunnel qui s'ouvre à elle.

Des marches. Grossièrement creusées, à même la roche. Le conduit s'enfonce dans la terre, suivant le chemin de l'eau.

L'angoisse saisit Laura. Pas de retour arrière. Angoisse. Euphorie. Les secrets de la famille Devillers.

Elle s'engage sur les marches humides. L'odeur rance pique ses narines, mais c'est négligeable comparé à la morsure de ses vêtements mouillés dans le souffle froid qui provient, dans son dos, du haut de la colline.

Elle progresse lentement. Sur ses gardes.

Surtout ne te casse plus la gueule. Pas ici.

La lumière du téléphone n'éclaire guère plus de quelques pas en avant. Elle s'attend, à chaque enjambée, à voir surgir un visage, une main. C'est absurde. Elle n'a jamais été aussi seule. Elle imagine le visage cireux de Joseph, tapi dans le noir, l'attendant au creux de la montagne.

Soudain, sa main droite, sur laquelle elle prend appui pour assurer sa descente, rencontre le vide. Elle manque de perdre l'équilibre mais se maintient, dirige le faisceau vers le trou. Un renfoncement, une nouvelle cavité, qui part sur la droite. Une sorte de corridor d'une quinzaine de mètres de long sur deux de large, très bas de plafond. Une galerie creusée par une main humaine. Et aménagée. Des seaux renversés, des couvertures déchirées, moisies.

Et, le long des parois, des anneaux de fer rongés par la rouille, maintenus par des pitons fichés dans la pierre calcaire. Une dizaine, répartis sur la longueur. Une cellule. Une geôle souterraine. Un réseau de galeries, une grotte servant d'abri pendant la guerre, transformée en chambres de torture et en prison par Étienne, à son retour d'Algérie. Les chaînes empilées au sol. Laura en a la nausée. Combien ont été entassés ici, livrés à leur sort ? Le froid, la faim, la maladie et la mort au bout du chemin. Enfermés à jamais dans les entrailles de la forêt, ensevelis sous la montagne aux mains de ce boucher obsédé par la folie de son père.

Les corps. Les cadavres. Les traces.

Laura ressort de la cellule, regagne les marches, les yeux piquants. Le monde vacille. Les jambes cotonneuses, elle s'enfonce davantage sous terre. Une seconde pièce, en pente, avec le même aménagement, peut recevoir six personnes. Une véritable colonie.

Au fur et à mesure de sa descente, Laura croise cinq excavations de ce type. Nues. Froides. Morbides. Étienne pouvait garder simultanément une cinquantaine de personnes dans ces souterrains. Dans le noir. Dans le froid. Laura suffoque, elle veut sortir. Elle prend conscience du poids de la roche au-dessus de sa tête, l'oppression de la montagne l'écrase. Elle tremble de chaque muscle, et le goût de fer de sa bile remonte le long de sa gorge.

Elle atteint le bas de la pente. Une heure a passé, au bas mot, depuis sa chute dans l'eau, à explorer les galeries. Devant elle, la grotte se sépare en quatre. Le réseau de galeries s'étend plus qu'elle ne l'imaginait.

Putain. Quelle conne.

Ça va mal se terminer. Elle va se casser un truc, la cheville, les côtes, et elle va crever en hurlant dans cette grotte, sous la montagne. Personne ne l'entendra, et personne ne la sauvera. La batterie de son téléphone n'est pas infinie. Elle aurait dû revenir équipée.

CONNE. CONNE.

Au jugé, elle s'engouffre dans le boyau d'en face, qui paraît le plus praticable. Des traces, au sol. Deux traînées. Des roues. Son cœur bondit, elle se lance en avant, accélère l'allure. Une masse, à quelques mètres. Carrée. C'est un chariot à deux roues, bricolé à partir d'une brouette. Laura regarde alentour : l'espace s'est élargi. Elle ne distingue plus la roche, au-delà de la charrette. Elle la pousse sur le côté et s'avance. S'immobilise aussitôt, glacée. Le sol s'ouvre devant ses pieds. Une large fissure déchire la caverne sur toute la largeur. Laura est tétanisée. Un pas de plus, elle basculait dans le vide, une chute sans fin. La torche de son téléphone ne peut éclairer le fond de la fosse. Laura s'assied sur le rebord du trou, chancelante. Une déchirure dans la montagne.

Les corps. Les cadavres. La puanteur.

Les traces sont là. En dessous.

Elle ne peut plus respirer. Prend appui sur la charrette. Retourne sur ses pas, en reculant. Gorge nouée. Relents nauséabonds. Retour à l'embranchement, et le portable qui la lâche. Fin de partie. Rideau. Le noir.

L'obscurité fond sur elle, l'enserre de ses griffes.

La panique.

Tu vas crever là-dedans.

Les cadavres, dans le ventre de la montagne. Et elle, qui se voit déjà à l'agonie. Errant dans les conduits, sans voir les pièges, les trous. Elle s'est jetée droit dans la gueule du loup. Dernière victime des Devillers père et fils.

Bats-toi. Pour elle. Avance.

À tâtons, elle s'engage dans le tunnel immédiatement à la gauche de l'escalier. Pas à pas. Elle veut pleurer. Elle veut hurler. Et courir. Elle doit retenir sa terreur, ne pas se laisser submerger. Ses pieds butent contre les cailloux, ses genoux s'éraflent contre des pierres saillantes. Elle reprend son souffle. Sa respiration haletante tranche avec le silence de mort.

Non, il y a autre chose. Elle se calme, tend l'oreille. C'est l'eau. Le ruissellement, sous ses pieds. Elle se trouve sur le conduit qui achemine l'eau de la citerne. Et qui rejoint vraisemblablement la ferme. Elle suit le son clair, l'esprit en éveil. Elle glisse plusieurs fois, se rattrape dans le noir.

Ses mains rencontrent un obstacle. Un mur. Des pierres. Elle tâtonne, fait courir ses mains sur toute la surface, mais doit se rendre à l'évidence. C'est le bout du tunnel. Ça s'arrête là, voie sans issue. Le désespoir s'empare d'elle. Lui tombe dessus. Elle gratte la muraille, s'entaille les paumes contre le roc. Le sang chaud coule sur ses poignets. Les sanglots enflamment sa poitrine. Elle frappe, elle griffe.

Et ça bouge.

Une pierre remue, à hauteur de cuisse. Elle tombe accroupie. Pose ses deux mains contre la pierre, retient son souffle. Pousse de toutes ses forces. Le moellon cède, projeté en avant. Retombe de l'autre côté de la paroi. Une ouverture. Laura en pleure de joie. Elle y plonge les mains, déblaie le conduit. Pas très haut, mais suffisamment pour y passer à quatre pattes. Laura franchit aussitôt la cloison et se retrouve dans une petite pièce tout en hauteur. Au-dessus d'elle, la lueur du jour point dans un nuage de poussière. Il y a une ouverture. Et une échelle, contre la paroi, qui mène à ce passage dans le plafond. Laura ne se fait pas prier, pas question de rester là. Elle gravit les échelons en quatrième vitesse et passe la tête entre les poutres.

L'atelier.

Elle se hisse hors du trou et émerge dans la grande cheminée de l'atelier d'Étienne. *Ce fumier. Un accès direct.* À ses pieds, un panier d'osier renversé, vide. Elle repense à Katia, les peintures trouvées dans la cheminée.

C'est grâce à toi, ma puce. C'est toi qui as ouvert le plafond. C'est toi qui m'as tirée de là.

Elle s'effondre sur le plancher, tout contre la machine à bois, serrant le panier. Transie. Évacuant la tension. Plonge la tête dans les bras, expirant tout l'air de ses poumons. Puanteur. Panique. Elle se sent salie. Souillée par l'atmosphère fétide de ce labyrinthe souterrain.

Laura se relève avec peine, ses muscles crispés. Boule dans la gorge.

Dernière étape. Puis fuir. Quitter cet endroit.

Elle traverse le salon. La maison est morte, pas un craquement, pas un scintillement de lumière, ni un souffle d'air. Le temps semble gelé. Les pas de Laura résonnent contre les murs, se perdent contre les meubles. Elle claudique dans les escaliers. Sa tête va exploser. Sur le palier, une pause. Au bout du couloir, la chambre bleue. La chambre de Camille. Dix-huit ans d'enfer.

Elle pousse la porte, lourde, en chêne massif. Teinte bleu pastel du papier peint délavé, défraîchi. D'époque. Le mobilier, réduit au minimum. Une commode, un lit en fer forgé gris, une place, contre la lucarne. La seule ouverture de la chambre, cinquante centimètres sur trente, donne sur l'entrée de la clairière, le lac, la route qui serpente et disparaît dans la forêt. La voiture de Laura, toujours à sa place. Laura pense à la gamine qui regarde les flocons par la fenêtre. Son unique horizon. La promesse d'un ailleurs. Elle n'a jamais connu le monde, c'est certain. Morte à dix-huit ans, pendue à la poutre, juste au-dessus du lit. Désespoir. Cette fille qui n'a jamais vécu sa vie. Avait-elle conscience des actes barbares de son père dans les sous-sols, de la présence oppressante de son grand-père, du silence servile de sa mère ? Et de ce petit frère, Alexandre, qu'elle abandonne à cette vie misérable en se passant la corde au cou ? Laura n'ose même pas imaginer l'accablement extrême dans lequel était plongée l'adolescente. Elle n'avait pas les moyens de se défendre, de s'extraire de là. Elle n'avait pas les armes pour encaisser. Sa souffrance a dû la dévorer de l'intérieur depuis l'enfance. Jusqu'à ce jour fatal de 1983.

Elle a tenu dix-huit ans. Elle a subi dix-huit ans.

Est-ce qu'il la touchait, ce gros porc ? Est-ce qu'il lui rendait visite dans sa chambre ? Laura n'a aucun doute. Bien sûr, qu'il le faisait. Et la mère ? Qu'est-ce qu'elle savait, à l'époque ? On est bien obligé de se poser la question. Laura serre les poings. Comment ne pas savoir ce qui se passe dans cette ferme quand on n'en sort jamais ? Étienne avait un pouvoir incommensurable sur sa famille, une emprise malsaine, sans limites. Et bien sûr à travers lui, Joseph, l'ombre maléfique. Le pouvoir, toujours. Le contrôle. Réduire l'autre à moins que rien. Sa femme, ses enfants. Les Choses, dans les sous-sols. Ses Choses.

Laura tourne en rond. Ouvre la petite armoire. Vide, poussiéreuse. Des rayures, sur le parquet, devant ses pieds. Elle pousse le meuble sur le côté, dégage le mur, révélant un anneau métallique, fiché dedans. Même modèle que dans les galeries. Laura est aba-sourdie, mais pas surprise. Il l'attachait. Il enchaînait sa propre fille dans sa chambre. Avait-elle jamais le droit de quitter cette pièce, de se joindre à la famille ? Avait-elle même des contacts avec son petit frère ? Elle devait avoir une dizaine d'années quand il est né, peut-être moins.

Laura remarque que le papier peint bleu est fendu en dessous de l'anneau. Il semble y avoir deux épaisseurs au moins, grossièrement superposées. Et le mur nu, qu'on distingue dans la déchirure, est griffonné. Des traits noirs. Laura effleure le papier déchiré, gratte les rebords, qui se soulèvent sous ses coups d'ongles. Elle en pince un morceau et tire. Des formes apparaissent. Elle gratte, encore et encore, décolle le papier bleu. Des lignes. Des contours. Des couleurs. Laura a mis à nu plus d'un mètre carré de mur. Le crépi est cou-vert de dessins, des formes simples, et des scènes plus travaillées, qui se superposent les uns aux autres. Des paysages, des visages. Des yeux. Joseph. Des corps au supplice, des sapins à la cime coupante. Des lacs rouges. Des bouches hurlantes. Des visions. Une vie entière à peindre les murs d'une chambre. Laura tire le papier, encore. L'incendie, Joseph entouré de silhouettes armées, le vieil arbre en feu, la mise à mort.

Elle savait tout.
Elle voyait tout.

Laura s'assied sur le lit. Camille voyait Joseph. Hantée par les visions d'horreur, griffonnant les murs, peignant les toiles que lui accordait son père.

L'évidence saute aux yeux de Laura. Son unique moyen d'expression, la peinture. Katia l'a suffisamment répété, ce fantôme, dès le départ, ne lui parle pas. Elle est là, muette. Elle n'a jamais pu parler. Alors elle peint, dessine. S'exprime comme elle le peut.

Katia a hérité de ses dons. Le parallèle entre Katia et Camille est flagrant. Les trois générations de femmes de la famille Devillers liées par cette même faculté sensitive. Camille a hérité du don de sa mère. Et Alexandre ? S'il l'a transmis à Katia, pourquoi n'a-t-il pas lui-même ce pouvoir ? Comment est-ce possible ?

Laura envisage une autre hypothèse. Et s'il avait juste oublié ? Le jour de la mort de sa sœur. L'a-t-elle poussé à s'enfuir, s'est-elle sacrifiée pour qu'il soit épargné, pour que son père ne reproduise pas avec lui l'enseignement que Joseph a inculqué à Étienne ?

Laura tente de remettre les choses dans l'ordre, de donner du sens. Pourquoi Étienne n'a-t-il pas cherché à reprendre son fils, pourquoi a-t-il laissé faire si facilement ? Illogique. Alexandre a été récupéré par sa tante, il a tout bonnement oublié sa sœur. Sa famille. Étienne et Joseph n'ont rien fait.

Sauf si…

Un frisson glacé. Une idée, vague, terrifiante.

Une idée qui lui broie le cœur dans la poitrine.

Qui la pousse sur ses jambes. Qui la fait dévaler l'escalier. Tenter d'ouvrir les portes, bouclées. Frapper de toutes ses forces. Ouvrir l'armoire de l'atelier. Trouver le fusil de chasse, les cartouches. Retourner dans l'entrée. Charger l'arme, l'épauler, faire exploser la fenêtre.

Courir dans le froid, la pente. Cramponner la crosse du fusil. Voiture, marche arrière, roues patinant dans la boue.

*

Katia est rincée. La pluie s'infiltre jusque sur sa peau, colle son tee-shirt et ses sous-vêtements. C'est tombé dru dès sa sortie du bus, devant la salle des fêtes de Pouilley-les-Vignes. La maison est un peu excentrée, elle doit parcourir huit cents mètres, en montée, à travers un quartier résidentiel aux villas non mitoyennes. Le long d'un petit chemin goudronné qui serpente entre les jardins détrempés. Elle frissonne. Les habitations se font plus espacées en s'éloignant du centre du village, les haies dissimulent les terrains et les cloisonnent. Et bientôt, au bout de la voie, la maison de son enfance.

Très simple, une bâtisse typique de lotissement à l'architecture proche de ses voisines, baie vitrée donnant sur le jardin, un seul étage avec les chambres. Années 80, réaménagée et modernisée par les nouveaux occupants. Anonyme. Katia ne ressent pas particulièrement de nostalgie à son approche. Ses parents ont déménagé lorsqu'elle avait huit ans. Pour leur appartement actuel, toujours en location, proche du centre-ville de Besançon. Elle ne garde pas de souvenirs particulièrement heureux de Pouilley. Pas d'amis. Pas trop de visites. Beaucoup d'ennui. De toute manière, ce n'est pas pour cette maison qu'elle est venue.

Juste derrière celle-ci se dresse le vieux manoir délabré, à la pierre noircie et aux fenêtres condamnées. Le domaine est en friche, mal entretenu. On ne peut y accéder que par une grille qui ouvre sur un sentier, longeant le mur est de l'ancienne maison Devillers. La

300

barrière est cadenassée, et entourée de clôtures rouillées. Katia sait néanmoins qu'elle peut entrer sur la propriété par l'arrière de sa maison, sous son ancienne chambre. Derrière des bosquets de noisetiers, le mur de pierre est fissuré, il n'est pas difficile d'y grimper. Si les nouveaux habitants ne l'ont pas réparé.

Dernier coup d'œil. Le cœur battant, dégoulinant de partout, Katia passe par-dessus la clôture. Ses baskets s'enfoncent dans la boue. Prudemment, elle contourne l'habitation. Au fond du jardin, les noisetiers sont bien là, touffus, branches nues. Elle s'accroupit pour passer derrière, se griffe le visage sur les branchages, les repousse avec ses gants. Le mur ébréché est couvert de mousse, personne ne l'a entretenu, on l'a gentiment laissé moisir caché derrière les arbres et les buissons. Katia remercie la négligence des propriétaires, prend appui de son pied dans la fissure, se hisse sur l'arête du muret et bascule de l'autre côté.

La haute baraque est en piteux état. La toiture est percée, des plaques de contreplaqué bouchent les portes. Des graffitis sur les façades. Les marches d'escalier du perron sont défoncées. Les ronces grignotent le bas des murs. Katia la voyait beaucoup plus massive, dans son voyage hypnotique. Ses souvenirs de petite fille.

Elle s'avance à l'abri des sapins qui ceinturent le domaine. Leurs branches bienfaitrices la protègent. Elle balaie des yeux tout le terrain, les hautes herbes qui ondulent dans les bourrasques.

Elle s'arrête net, se cambre contre le tronc du sapin. Le banc, au-devant des escaliers. Une silhouette immobile, assise. Une tête qui émerge de la verdure. Cheveux blancs épars. La vieille femme. Qui lève le bras, lance ses graines aux oiseaux absents. Katia respire un grand coup, et prend son courage à deux mains. Elle quitte sa cachette, s'avance vers ce personnage familier. Elle se plante à moins de deux mètres en avant du banc, les graines à oiseaux s'écrasent dans l'herbe, à ses pieds. La femme ne s'interrompt pas, ne lève pas les yeux. La pluie ne semble aucunement la gêner, son regard gris se perd dans l'horizon, paraissant traverser Katia. Celle-ci s'accroupit juste devant la vieille dame. Elle fouille ce regard creux, mais n'y trouve que solitude et désolation. Katia lève sa main gantée à la rencontre de celle de la créature, suspendue en l'air. Elle ressent comme une légère pression caoutchouteuse lorsque ses mitaines entrent en contact avec les mains noueuses. Une délicate chaleur se répand le long de l'épiderme de son bras. Picotements au bout des doigts.

La vieille femme se redresse, réagissant à ce contact inattendu, imperceptible. Les yeux s'animent, le front se plisse. Katia a la nette impression de remonter en arrière, de toucher cet esprit à travers le temps. Comme dans son enfance, cette vieille dame et ses gestes répétés inlassablement, à la manière d'un film cassé qui reproduirait la même scène en boucle. Et enfin, la découverte d'une action inédite. La suite du film lui est enfin accordée.

La silhouette se lève et referme le sac plastique contenant ses graines. Elle bredouille des paroles qui ne franchissent pas ses lèvres. Et se tourne vers la maison.

C'est le moment de vérité.

Katia lui emboîte le pas. La vieille avance lentement, prudemment. Le corps lourd, les articulations douloureuses. Elle gravit le perron, Katia à son côté.

Emmène-moi. Montre-moi.

Katia pousse la lourde porte, qui s'ouvre en grinçant. Même pas fermée à clé. Elle précède la femme dans le hall. Vases renversés, graffitis sur les miroirs, poutres rongées par la vermine. Vieille maison bourgeoise. Katia perçoit des grattements le long des murs. Des rats, des insectes, peut-être des chats errants. La pluie perle par les trous de la toiture. L'intérieur empeste l'humidité et la moisissure.

La vieille dame dépasse Katia, traverse le hall.

L'adolescente enregistre tous les détails, les objets qui traînent, le mobilier éventré. Sentiment familier. Malaise. Elle traverse à son tour la vaste entrée.

Un corridor mène à la salle à manger. Le plancher craque, fatigué. De hautes fenêtres surplombent l'arrière de la maison, aux carreaux fissurés, ou simplement absents. Des éclats de verre jonchent le sol, jusque sur la grande table de chêne qui trône au centre de la pièce.

Un chat tigré bondit de sous la table et file par un trou dans une fenêtre, faisant sursauter Katia. Elle se tourne vers la vieille dame, qui entre dans la pièce, bifurque sur sa droite, dépasse une cheminée à l'ancienne, de la taille d'un homme, et disparaît aussitôt dans l'embrasure d'une porte adjacente. Katia s'approche et tire sur la poignée. Un large escalier mène au sous-sol, s'enroulant autour du conduit de cheminée. La vieille se noie dans l'ombre, progresse petit à petit le long de la rampe.

Le cœur de Katia tempête contre sa cage thoracique. Elle se doit de plonger en avant, dans ce sous-sol inconnu, dans cette maison où elle n'a jamais mis les pieds. Et pourtant, cette étrange excitation, au-delà de la peur, cette perception de l'espace surprenante, comme si elle était déjà venue et que les lieux s'étaient gravés dans sa mémoire, à son insu.

Elle aimerait pouvoir convoquer Camille, la faire apparaître, lui tenir la main. Se laisser guider pour affronter les ténèbres, en bas. Mais c'est le silence en elle. Tout son être est concentré sur l'exploration de ses souvenirs enfouis. Ni Camille ni Joseph ne se manifestent. Katia est seule avec elle-même.

Elle pose un pied sur la première marche, la plus difficile, et entame sa descente.

Le sous-sol s'étend sur toute la surface de la maison. Katia cherche la vieille dame, en vain. Elle plisse les yeux, ses pupilles s'adaptent à la pénombre.

Un râle. Elle sursaute. À droite. Sous un mur entièrement peint d'un graffiti bariolé, un escalier étroit plonge dans la dalle de béton. La cave. Souffle chaud sur ses chevilles. Une expiration, longue, douloureuse. Katia s'approche du trou. Le noir complet.

Elle n'est pas venue jusque-là pour rien.

C'est là, en bas. Elle le sent.

Elle s'enfonce, marche après marche. La laine de ses gants accroche le crépi rugueux des murs. L'escalier est raide, elle prend appui sur les côtés, poussant comme pour écarter les murs. Puis son pied gauche entre en contact avec un sol meuble et terreux. Sa main se pose sur un interrupteur. Machinalement, elle l'actionne. Une ampoule nue pendue au plafond s'allume et illumine laborieusement la pièce, vide. De vieilles bouteilles contre le mur, mais aucun meuble ni aménagement.

Il y a l'électricité.

Un frisson. L'électricité est coupée dans la maison, mais la lumière s'allume à la cave. Où est la vieille femme ? D'où vient cette respiration chaotique ? Un souffle rauque, dans son dos.

Je suis déjà venue ici.

C'est une certitude. L'odeur de la terre lui pique la gorge. Un haut-le-cœur l'oblige à se plier en deux, les souvenirs remontent vers la surface, elle les voit presque, il ne lui manque plus grand-chose. Elle panique, submergée par ses sens, couleurs, sifflements stridents et son eczéma qui revient la démanger dans le cou, la laine des gants lui irrite les mains. Son corps réagit tout entier, refuse de lui obéir. Il se défend contre sa volonté de percer le voile du passé. Un marteau cogne dans sa tête. Il faut sortir, de l'air. Respirer. Non, résister. C'est ici, et maintenant. Elle doit *voir*. Elle doit se rappeler.

Elle tombe à genoux, la pièce tremble autour d'elle. Ses yeux rougis fouillent l'espace. Où ?

Où es-tu ?

Les couleurs dansent devant elle, comme un brouillard criard. Elle se dit qu'elle va perdre connaissance, sombrer le nez dans la terre brune. Elle plante ses deux mains dedans pour se retenir, étourdie.

Le souffle. Derrière moi.

À quatre pattes, elle fait demi-tour et se traîne péniblement jusqu'aux marches. Devant. À droite. La respiration, saccadée, s'accélère. Dans le mur, derrière l'escalier.

Les voix, dans sa tête. Des murmures et des cris. Elle tousse, elle crache. Elle pose sa main contre la paroi de pierre. Elle halète. Elle pleure. Elle frappe, de toutes ses forces. Et la maçonnerie bouge. Le tumulte dans son crâne redouble de virulence, elle est quasiment aveuglée par les nappes de couleurs. Elle se redresse et pèse de tout son poids contre le mur.

Tout bascule.

La cloison s'éventre sous la pression, les pierres roulent de l'autre côté. Une seconde pièce, dissimulée par une fausse cloison. Une ouverture de moins d'un mètre de hauteur se dessine à présent.

Katia, la souffrance chevillée au corps, s'engouffre dedans en rampant et débarque dans un long couloir. Un fil électrique court tout le long, des ampoules allumées à espace régulier. Des ouvertures de chaque côté, des petites pièces.

Des pleurs et des halètements, tout au fond. Le sang de Katia se glace. L'impression de *déjà-vu,* toujours plus forte, écrasante. Elle tente de se mettre debout, cherche à coordonner ses membres, mais rien à faire. Une sensation étrange, comme si son corps avait rétréci. Tout semble beaucoup plus grand autour d'elle, brusquement. Le plafond, tellement haut, le couloir, trop grand. Les distances s'allongent, sa perception de l'espace se fissure. Elle porte les mains à son visage. Les gants ont disparu. Elles sont nues, et petites. Potelées, presque. Des mains d'enfant.

Elle se retourne, et les pierres qu'elle vient de renverser, celles qui oblitéraient l'ouverture, disparues également. C'est une porte en bois qui se trouve là, entrouverte.

C'est moi. J'ai trois ans, et je marche.

Elle regarde ses mains. Elle a peur, toute seule dans le noir. Elle entend des cris, là dans ce couloir. Elle a trois ans et elle est terrorisée, dans ce lieu inconnu. Pourquoi papa l'a laissée là ? Pourquoi papa l'a emmenée dans la maison de la vieille dame ? Elle s'avance à petites enjambées. Elle ne veut pas retourner en arrière, elle ne peut pas remonter les escaliers toute seule. Elle doit retrouver papa, il va la ramener à la maison.

Elle atteint bientôt le fond. Un tintement, sur sa gauche, attire son attention. Dans une des pièces. Elle s'approche de l'ouverture, jette timidement un œil. Elle ne comprend pas ce qu'elle voit. Un homme, nu, est assis contre le mur. Une longue chaîne qui pend du plafond est reliée à un collier de métal. Il est maigre, elle distingue parfaitement chacune de ses côtes. Du sang séché s'encroûte autour de ses lèvres tuméfiées.

Il s'agite, soudain conscient de la présence de la gamine. Les chaînes tintent. Il pousse un râle, ses doigts décharnés fouillent la terre.

La petite fille est pétrifiée. Elle ne peut détacher son regard de la créature martyrisée. Elle recule dans le couloir sans même s'en rendre compte.

Papa...

Elle veut pleurer, mais les larmes sont bloquées. Les cris prisonniers dans sa poitrine.

Et soudain la porte du fond qui s'ouvre en claquant. La vieille femme apparaît, la panique déforme ses traits. Les yeux exorbités, elle pousse des petits jappements d'épouvante, trébuche, s'effondre aux pieds de Katia. Le prisonnier enchaîné se met lui aussi à hurler, à tirer sur ses chaînes.

Katia ne peut remuer un muscle. Son cerveau s'est déconnecté. Ce qu'elle voit n'a aucun sens.

La vieille lève la tête vers elle, se redresse sur ses coudes et lance une main désespérée dans sa direction. Le contact est insoutenable. Les doigts noueux enserrent l'avant-bras de la petite fille. La brûlent. Cette peau contre la sienne la révulse, elle devient folle de peur. Son univers s'écroule. Son enfance se brise à cet instant précis. Le dégoût l'envahit jusqu'au plus profond d'elle-même. Elle veut que cette femme la lâche. Que cette peau cesse de violer son intimité. Elle veut que tout disparaisse, qu'elle ne voie plus tout ça.

Elle remarque alors son père, prostré sur le pas de la porte.

Papa.

Elle hurle, le supplie, en dedans. Aucun son ne franchit ses lèvres.

Il a cette noirceur dans le regard. Elle n'avait jamais vu ça. C'est pourtant bien son père, mais il est *ailleurs*. Absent. Un masque figé.

Il s'approche d'un pas mesuré, juste derrière la vieille dame.

– Lâche-la.

Ton brisé. Fureur noire. Mais il a parlé d'une voix faible.

La vieille dame affermit son emprise sur le bras de Katia, l'enfant se met à pleurer.

Alexandre pose un genou sur le dos de la vieille, et il cogne. L'arrière du crâne, la nuque. Ça craque. Le bruit est horrible. Il lui défonce le crâne à mains nues. Le sang se mêle aux cheveux gris, noir et poisseux, jusqu'à ce qu'elle s'arrête de hurler. Il continue, en rythme, reprenant son souffle.

La main du cadavre est toujours collée à la peau de Katia.

La petite tombe sur le côté.

Le cubitus de son avant-bras se casse sous la poigne de la vieille à l'agonie.

Ses yeux entrent en contact avec les yeux vitreux du corps massacré.

Elle fixe son père, le regard fou.

Il s'avance vers elle, lui parle avec toute son affection. Ses mots doux. Elle ne les entend pas.

Un voile de larmes lui bouche la vue. Elle les essuie. Frottement de la laine sur sa joue. Les gants.

– Katia ?

Le silence retombe sur la cave. La poussière en suspension autour d'elle. Couchée sur le flanc, respiration accélérée. L'homme enchaîné a disparu de sa geôle. La vieille femme s'est évaporée également.

– Katia, qu'est-ce que tu fais ici ?

Elle se retourne en roulant sur elle-même.
Son père, lui, est bien là. Dans l'ouverture.
Avec treize ans de plus.
Aujourd'hui, maintenant.

*

Laura pousse le chauffage au maximum. Cale la carabine sur le siège passager. Elle tremble de partout, ses cheveux dégoulinent. Elle plaque ses doigts à la grille d'aération, le souffle assèche sa peau. Elle branche ensuite son téléphone sur le câble relié à l'allume-cigare, enclenche la première. Dernier regard dans le rétroviseur, la vieille ferme sur la colline. Adieu.

Elle relâche l'embrayage et accélère. La voiture patine dans la neige fondue. Laura passe la seconde, la voiture bondit en avant sur le chemin boueux. Sort de la clairière, aspirée par la forêt. La route est médiocre, Laura se concentre pour ne pas faire d'écart. Aucune envie de se planter là. Regagner la vallée, descendre la montagne, rejoindre la ville. Retrouver sa fille. La protéger. Quoi qu'il en coûte.

Elle tente de remettre de l'ordre dans ses idées, de reprendre pied. Les pensées qui l'ont assaillie un peu plus tôt ne s'effacent pas.

Ils l'ont laissé partir. Il était prêt.

Le meurtre de Longemaison… D'autres morts suspectes, depuis des années… Des meurtres qui imitent ceux de Joseph. Ceux d'Étienne.

Peut-être que la lignée sanglante ne s'est finalement pas éteinte avec Étienne, qu'il a bel et bien réussi à éduquer son fils.

Des meurtres… Comme on lui a appris.

Alexandre n'a peut-être rien rompu. Mais il ne le sait pas. Il a juste tout oublié.

La voiture déboule sur la nationale déserte. Un léger crachin recouvre la chaussée d'une pellicule d'eau glissante. Laura oblique sur la droite, direction Houvans-les-Vaux, puis le lac et les gorges. La délivrance.

Laura n'a pas fait cinq kilomètres depuis l'embranchement de la ferme que son téléphone se met à vibrer sur le siège passager. Retour du réseau. Des messages, ou des SMS. Elle se range sur le bas-côté dès que possible, dans un renfoncement. Messages vocaux, appels en absence. L'unité psychiatrique de la Clinique Sainte-Cécile, et le lieutenant-colonel Lièvremont ont essayé de la joindre plusieurs fois dans le courant de la journée. Son cœur bat la chamade. Elle compose fébrilement le numéro du service de messagerie. Message bref de Lièvremont qui lui demande de le rappeler et coupe. Laisse un second message, en fin de matinée.

— Madame Devillers… Rappelez-moi dès que possible. Nous avons reçu les résultats des analyses ADN. La comparaison est incontestable, ce n'est pas celui d'Étienne Devillers qui a été retrouvé sur la scène de crime de Longemaison. Par contre, et il n'y a aucun doute possible, c'est quelqu'un de la même famille. Rappelez-moi au plus vite.

Le sang se glace dans les veines de Laura. Elle aurait tellement préféré faire fausse route. *Alexandre.* Elle refoule un sanglot. Ce n'est pas le moment de craquer. Elle ne sait plus quoi faire, son esprit s'embrouille. Il l'a dupée. Ses déplacements. Il s'est dupé lui-même. Il a tué. Il a tué et a tout oublié. Comme il a oublié le suicide de sa sœur. Comme il a oublié jusqu'à l'existence même de cette sœur. Une vie entière bâtie sur le déni. Laura mesure l'ampleur de son aveuglement. Trop préoccupée par les problèmes de Katia, son enfance difficile, sa maladie. Obsédée même par celle-ci. Frustrée de la distance qui s'installait avec sa fille. Elle n'a jamais soupçonné le vide qui se dissimulait au creux de celui qui partageait leur vie.

Étienne lui a *appris*. Le mal s'est propagé d'une génération à l'autre, comme un feu de broussaille. Le petit garçon a refoulé, il a enfoui toute cette haine et cette meurtrissure, jusqu'à devenir un homme. Mais le Mal en lui n'a pas disparu, il s'est dissimulé. L'œuvre de Joseph, courant sur tout un siècle. Il a façonné son fils à son image, le brisant dès son plus jeune âge. Et le processus s'est répété. Étienne a reproduit le schéma. Alexandre était perdu dès le départ. Et Camille ? Laura comprend à présent la raison de son geste de désespoir. *Elle savait, et elle ne pouvait plus rien faire.* Elle a tenu, certainement dans l'espoir de sauver son frère, mais elle a échoué. Ne restait plus qu'une porte de sortie. Le désespoir absolu. Assister à la transformation de son petit frère en monstre. Ne pas pouvoir entraver son éducation au crime de sang.

Et Katia ?

Quels plans pour Katia ?

Seule héritière de la lignée Devillers.

Une pointe de douleur déchire le cœur de Laura. L'haptophobie, l'horreur du contact avec l'autre. Katia qui se tient à distance. La peur des interactions sociales, le repli sur soi. C'est évident, il lui a fait quelque chose. Il l'a transformée. L'histoire se répète. *Non. Par pitié.*

Second message. L'hôpital psy. Le Dr Tissot. Le ton est embarrassé, la voix cassée. Le malaise est perceptible à chaque syllabe.

Laura perd tous ses moyens, sa vision se trouble. Katia s'est enfuie de la clinique sans avertir personne. Elle a fugué, avec la complicité de sa meilleure amie.

Le téléphone lui glisse des mains. Son visage retombe contre le volant. Des crampes lui broient l'abdomen. Un goût de métal lui brûle la gorge, inonde sa bouche.

Elle reste prostrée ainsi de longues minutes. Elle doit redémarrer, elle le sait. Elle doit trouver Katia. Ses muscles ne lui obéissent pas. Elle suffoque dans l'habitacle. Elle déverrouille sa ceinture de sécurité et ouvre la portière en grand, se précipite dehors comme si sa vie en dépendait. Glisse, tombe à genoux dans la neige, vomit un long filet de bile acide qui lui irrite l'œsophage. Elle plonge ses mains dans la neige agglomérée et les porte à son front, ses joues. L'air peine à atteindre ses poumons. Elle retombe assise sur le côté, anéantie. Elle ne peut plus retenir les larmes et les cris. Elle prend appui sur la portière, se remet sur pied, et frappe. À poings nus, sur la carrosserie. Elle se fait mal, et frappe encore. Tout ce qui peut la secouer. Elle a besoin de sentir la douleur, de se maltraiter. De vider la merde dans sa tête. Ses mains saignent, alors elle frappe de ses avant-bras, de ses genoux, de manière désordonnée. Elle voudrait détruire cette bagnole de ses poings. Tout démolir.

Elle est interrompue par le ronflement d'un moteur, provenant du bas de la vallée. Un sentiment de honte, absurde, la pousse à se replier derrière le véhicule et à s'accroupir. Elle jette un coup d'œil à travers la lucarne arrière. La voiture s'approche, ne ralentit pas l'allure.

L'espace d'un instant, Laura ne comprend pas. Le véhicule la dépasse. Peugeot Partner gris, le capot légèrement enfoncé. Elle en a le souffle coupé. Toute sa rage s'éteint d'un seul coup, remplacée par la stupeur. C'est la voiture d'Alexandre, qui se dirige droit vers Vuillefer. Vers la ferme. De là où elle se trouve, elle ne voit pas son visage de face, il ne regarde pas dans sa direction. Il ne fait pas attention à la voiture garée sur le bas-côté.

Surtout, il n'est pas seul.

Laura le sait au plus profond d'elle-même, cette silhouette menue sur le siège passager, c'est Katia. Elle recommence à trembler. Il l'a trouvée avant elle.

Il la ramène à Vuillefer.

Le temps de rassembler ses idées, la voiture disparaît dans un virage, et Laura se précipite au volant de sa 206. Elle ne peut plus réfléchir, en totale crise de panique.

Enfonce l'accélérateur sitôt la portière refermée.

Qu'est-ce que tu fais ? Appelle les flics !

Ses pensées dépassent ses capacités de réaction. Elle ne doit pas laisser Alexandre prendre de l'avance. Sa fille… Elle ne se le pardonnera pas. Le téléphone, vite. Il a glissé sous le siège. Laura, fébrile, doit maintenir le cap sur la route, et mettre la main sur le portable. Impossible de s'arrêter. Le Partner entre de nouveau dans son champ de vision, un kilomètre en amont.

Ma fille.

Elle effleure enfin le câble du téléphone au bout de ses doigts et, d'une torsion de l'épaule, tire dessus et parvient à serrer l'appareil dans son poing ensanglanté.

Au loin, la voiture d'Alexandre tourne à gauche sur le chemin de forêt.

Elle tapote sur les touches, déverrouille le téléphone.

Appels en absence, vite. Lièvremont. Les larmes, le goût de sang sur sa langue. Elle va trop vite, et rate l'embranchement.

Bon sang...

Réflexe. Son pied enfonce la pédale de frein. Les roues chassent sur une plaque de glace, Laura perd le contrôle. La voiture dépasse le croisement des routes, elle lâche le téléphone en hurlant, empoigne le volant et tente de redresser. Trop tard. La voiture fait un demi-tour sur la route avant de heurter un poteau électrique sur le flanc, qui la stoppe net dans un vacarme assourdissant. Tout s'envole dans l'habitacle, Laura se fracasse contre le volant puis rebondit contre la portière.

Une horrible douleur lui déchire l'épaule lorsqu'elle réussit à s'extraire de la 206. Des contusions le long des côtes, dans le dos. Des coupures, et la lèvre éclatée. Du sang partout. Mais elle est vivante. Son cerveau en ébullition.

Alexandre.

Elle scrute les alentours. Pas de maison, aucune voiture à l'horizon. Seule.

Le téléphone. Vite.

Elle fouille la voiture, souffrant le martyre à chaque geste. Ça a volé en toutes directions, l'habitacle est sens dessus dessous. Les CD, les cartes et le petit bric-à-brac de briquets et de chewing-gums sont étalés sur la chaussée. Elle cherche partout, sur les bordures de la route. Le téléphone gît à quelques mètres de la carcasse de voiture, au milieu des débris de verre, à côté d'un rétroviseur. Écran fissuré. Hors service. Rien à espérer de ce côté-là. Laura hurle de rage et de détresse. Personne.

Elle doit se décider. Aller jusqu'au village ? Attendre une voiture ?

Impossible.

Il n'y a qu'un seul choix envisageable.

Meurtrie, elle ramasse la carabine qui a glissé sur l'asphalte, prend appui dessus et s'engage en boitant sur le chemin, sur la piste des traces de pneu fraîches dans la neige fondue.

Katia.

Chapitre 14

Katia, étonnamment calme, donne le change. Son père n'a pas l'air de comprendre. Elle se souvient de tout, maintenant. Plusieurs fois, il l'a emmenée dans *la maison de derrière,* le manoir. Jusqu'à cette fois où il a tué la femme sous ses yeux. Qui l'a *touchée* en mourant. Katia ressent encore les doigts inertes cramponnés à son bras. Il l'a tuée à mains nues. Le vide dans les yeux.

Elle ne sait pas ce qu'il est advenu de l'homme enchaîné. Porté disparu, ou cadavre anonyme, affaire non élucidée. Elle l'a compris, son père est revenu fréquemment dans cette planque, bien après leur déménagement. Le cadavre de Longemaison, c'est son œuvre, elle en est convaincue.

Il a pourtant semblé sincèrement surpris de la voir. Nullement en colère. Il s'est justifié de sa présence, il a admis venir régulièrement, c'est son petit espace personnel, son lieu de calme. Cette ruine insalubre. Sa planque. Il n'a absolument pas conscience de ce qui se passait là en dessous. Dès qu'il descend dans la cave, il devient un autre. Il débranche. Se transforme en ce que son père avait fait de lui. Et en repartant, il laisse le monstre derrière lui, bouclé dans la cave. Et retrouve sa famille. Redevient Alexandre.

Ces deux mondes viennent de se télescoper.

317

Katia a décidé d'entrer dans son jeu, de ne pas le confronter à cette réalité. Pas encore.

Il lui a demandé de venir avec lui. De monter en voiture. Il veut parler à sa sœur.

Moi aussi.

Ils prennent la route de Vuillefer.

Il ne me fera rien. Pas à moi.

Alexandre roule vite, en silence. Laisse Besançon dans le brouillard, derrière eux. Il lui sourit. Il ne semble avoir aucune conscience de ce qui se passe, de ce que Katia a compris dans le sous-sol de Pouilley. Il veut juste que Katia le mette en contact avec sa sœur. Il veut juste lui *parler*.

Il ne sait même pas qu'il est capable de tuer, se dit Katia, effarée.

Où est maman ?

Toujours à Vuillefer, ou sur le retour. Comment la prévenir ? Katia va devoir faire face à la situation seule. Gagner du temps. Elle n'est pas sûre de pouvoir établir le contact. Peut-être dans la chambre bleue… Remuer les souvenirs. Et Joseph. Elle le ramène à la ferme. Dans son espace. Chez lui. Va-t-elle réussir à le contenir ? Plus le choix, il va falloir confronter toutes les forces.

Plus question de fuir.

Elle doit tout lâcher. Les libérer. Lâcher prise.

Se défaire de l'emprise.

Revenir au point de départ, faire table rase. Repartir de zéro.

Katia serre la mâchoire jusqu'à ce que l'utilitaire de son père pénètre dans la clairière.

Ils terminent à pied. Alexandre ouvre la marche. Le vent siffle aux oreilles de Katia, comme une menace. Une odeur de brûlé lui agresse les narines. Des formes vagues, dans la bruine qui se met à tomber. Des silhouettes, qui bordent le chemin. Les longs manteaux accompagnent leur progression. Alexandre n'en perçoit rien, bien entendu. Joseph est de retour.

Elle le sent crépiter dans son crâne, éructer des phrases assassines.

Ton père... Il est comme moi. Il est comme toi.

Katia se concentre sur ses pas dans la neige. Tente de faire apparaître le visage rassurant de Camille.

Tu fais partie de la famille, Katia. Ne résiste pas à ce que tu es, mon héritière.

Non. Non. Elle serre les poings, elle doit l'ignorer. Ne pas céder, penser à autre chose.

– Ça va Katia ?

– Je vais bien. Il faut qu'on aille dans la chambre bleue, papa. Vite.

Ils arrivent devant la ferme. La fenêtre du salon est brisée, en morceaux. Katia comprend que c'est sa mère qui a dû venir. Peut-être est-elle toujours là ? Alexandre dégage les bouts de verre restants. Katia passe la première par l'ouverture.

Ta maison.

Tout est calme à l'intérieur. Par la porte sur sa gauche, Katia distingue l'atelier, et la cendre en suspension. L'armoire, en désordre, a été fouillée. Les poutres du tuyé, au sol. Et dans cette atmosphère poussiéreuse, un visage grimaçant, cireux. Un sourire crispé, sous un large chapeau. Des yeux gris enfoncés dans leurs orbites, un regard magnétique.

Bienvenue.

Elle reste bloquée devant la fenêtre, hypnotisée par l'apparition. Jamais elle ne l'a vu aussi nettement. Elle peut lire en lui, sonder la noirceur qui l'anime. Goûter au plaisir infâme de la mort. Le spectre s'approche de l'embrasure de la porte, un reflet ardent brûle dans son regard.

— Katia ?

La voix de son père la fait tressaillir, et rompt l'envoûtement.

Katia rassemble toutes ses forces et détourne le regard. Elle fonce droit devant elle et bondit dans les escaliers.

— Katia ! hurle Alexandre en franchissant la fenêtre, lui emboîtant le pas à l'étage.

Il gravit les marches quatre à quatre et remonte le couloir en courant. S'arrête net sur le pas de porte de la chambre bleue. Katia se tient au centre de la pièce, bras ballants, les yeux écarquillés.

Le papier peint azur pendouille sur les murs, arraché sur de larges pans. Des dessins couvrent tout l'espace ainsi découvert. Des dessins de meurtre, de torture. Alexandre s'avance, rejoint sa fille.

— C'est elle… C'est Camille, bredouille Katia.

Frémissement entre les omoplates. Elle détaille les croquis. Les mêmes que sur les toiles. Les mêmes que ses propres esquisses. Le tournis.

— Qu'est-ce que c'est que ces dessins ? demande Alexandre.

— C'est Camille, papa. C'est elle qui a dessiné tout ça. C'est elle qui a habité cette chambre.

— Pourquoi le papier peint est arraché ? Pourquoi les dessins étaient cachés ?

— Papa…

Une onde de chaleur l'interrompt, se répand dans tout son corps. Sa vue se brouille. Une émotion intense lui serre le thorax.

Camille ?

Elle sent la jeune femme émerger sous sa peau, renaître dans son corps. Ce qu'elle éprouve, c'est l'émoi de Camille. Au plus profond de son être. Face à son frère. Dans sa propre chambre. Ces murs bleus. Katia retire ses gants et les laisse glisser sur le mur. Elle place ses mains nues contre les dessins, sur la pierre froide. Ferme les paupières.

Des images dansent sous ses yeux, comme des instantanés flous ou abîmés. Elle est obligée de reculer et de s'adosser à la fenêtre pour ne pas perdre l'équilibre.

– Katia, qu'est-ce qui t'arrive ? s'inquiète son père.

Mais sa voix est déjà lointaine, et Katia ne peut articuler la moindre parole. Elle glisse contre le mur, en tailleur.

Sa cheville lui fait mal, la serre. Une pression. Elle y passe sa main : elle est contrainte par un anneau d'acier. Lui-même relié au mur par une lourde chaîne rouillée.

Le papier peint bleu s'est envolé. Les murs sont entièrement gribouillés de traces noires, de symboles et de scènes d'horreur. Le crayon est dans sa main. Sa main fine piquetée de taches de son.

Par l'entrebâillement de la porte, deux prunelles brillent dans l'obscurité du couloir. Le fumet d'une viande mijotée caresse les narines de Camille. En bas, le tintement des casseroles qui s'entrechoquent dans la cuisine. Elle ne peut les entendre, mais c'est ce qui décide la porte à s'ouvrir en douceur, découvrant un enfant chétif, qui s'avance timidement sur le parquet de la chambre. Son petit frère, Alexandre. Il n'a pas le droit d'être là. Il n'a pas le droit de venir la voir dans cette chambre. Si papa s'aperçoit qu'il est venu, il la battra. Il le fera devant son petit frère, parce que c'est sa faute. S'il n'avait pas fait de bêtise, il n'aurait pas besoin de punir sa sœur. Elle est fautive de tout. L'enfant sait que chaque écart qu'il fait à la discipline de fer, sa grande sœur le paie. Papa ne s'en prend jamais à lui.

Le petit Alexandre aime sa sœur. Il ne la voit que rarement, quand papa accepte de la laisser se balader avec eux. Pour dessiner, peindre. Elle ne sait rien faire d'autre, il le lui a dit. Elle n'est bonne qu'à ça. Peindre, et encaisser les coups. Alors Alexandre fait tout ce que veut papa. Sans cesse sur le qui-vive. Il ne veut pas le froisser. Il ne veut pas que Camille ait mal à cause de lui.

Il a franchi le seuil de la chambre, mais reste à distance raisonnable. Elle voudrait le toucher du bout des doigts, le serrer dans ses bras, le réconforter. Lui glisser des mots rassurants, être la grande sœur. Mais elle ne peut pas parler. Elle le fixe de ses grands yeux vert pâle. Ils se comprennent, dans le silence.

Ils grandissent, à distance, et pourtant proches. Il est son seul maigre espoir. Sa mère ne vient plus la voir depuis longtemps, elle a baissé les bras. Ne peut même plus la fixer dans les yeux lorsqu'elles se croisent, quand Étienne daigne la *sortir*. Camille s'accroche à l'espoir que l'enfant finira par partir, ou par se rebeller. Peut-être la sauver ? Mais comment ce petit être fragile peut-il évacuer toutes les horreurs que son père lui bourre dans le crâne ? Elle s'accroche à leurs rares entrevues. Leurs échanges de regards.

Mais il grandit, et la lueur dans les pupilles s'éteint inexorablement. Jour après jour. Il part en forêt avec son père. Il grandit dans l'ombre malfaisante de son grand-père mort. Camille le sait, elle le voit, ce sale type. Le sourire grimaçant. Il est là, partout, dans les murs, dans les bois. Toute la maison est sous sa coupe, depuis si longtemps. Son *territoire*. Maman aussi, elle sait. Mais elle n'a plus la force. Il l'a brisée. Camille la méprise. Elle hait sa mère encore plus que son père, parce qu'elle *voit*. Étienne est un abruti, un cogneur qui ne suit que ses bas instincts. Sans Joseph, il est perdu. C'est bien pour ça qu'il la garde. Il a *besoin* de ses femmes. Sans elles, il perd le contact avec son paternel. Un idiot. Mais un idiot qui a tout pouvoir sur elle. Elle va pourrir au fond de ces bois. Sa vie, elle l'a déjà perdue. Seul compte son petit frère désormais. Mais les chances s'amenuisent.

Alexandre a maintenant huit ans. Camille est anémiée, ses joues sont creusées. Problèmes gastriques, escarres. Sa santé est fragile. Étienne soigne tout lui-même, et mal. Elle n'a jamais vu un hôpital, elle ne sait même pas que ça existe.

Alexandre a dix ans, et ils ne se voient presque plus. Son père lui a trouvé une nouvelle utilité, à elle, depuis quelques années. Il lui rend visite le soir, et lui grimpe dessus. Ne s'attarde jamais plus d'une poignée de minutes. Elle serre les dents. Tout est silencieux, elle est seule, dans sa tête. Il les isole. Elle voit l'humanité qui quitte son frère, et l'abîme l'ensevelit alors absolument.

Et un matin, elle les regarde par la fenêtre. Étienne tient un vieux chien en laisse, qu'il attache à un poteau. Alexandre se tient raide, trois pas en arrière. Un couteau de boucher à la main.

Aucune hésitation. Au signal de son père, il s'approche d'un pas sûr et tranche la gorge de l'animal, qui meurt dans un jappement déchirant. Il essuie sa main sur son pantalon. La neige se recouvre d'une flaque noire visqueuse.

C'est le coup de grâce. Le plus infime espoir vient de mourir avec ce chien errant.

Étienne affiche un petit sourire discret, de fierté. La victoire, pleine et entière.

Camille comprend que son père éduque le petit depuis longtemps, lui enseigne son *art*. La lignée de sang est assurée. Elle comprend aussi que cette mise en scène lui est destinée, à elle. Étienne et surtout Joseph lui envoient à la figure sa propre impuissance à sauver son frère. Il est trop tard. Ils veulent la briser. Et ce jour-là, ils ont réussi. Les maltraitances et les viols répétés l'ont détruite, mais ils viennent de rompre le dernier fil qui l'attachait encore à la vie.

Le jour même, elle enroule ses draps autour de la poutre de la chambre et se brise le cou. Au moment de mourir, la dernière chose qu'elle voit, ce sont les petits yeux gris de Joseph qui sondent le désespoir de son âme.

– Katia, regarde-moi !

Elle souffle, elle éructe. La vie de Camille défile en accéléré. Tout ce que cette chambre a vu. Les sensations, les violences, elle ressent tout dans sa chair. La brutalité la terrasse, elle perd pied avec la réalité. Elle vient de se prendre dix-huit années de martyre en pleine figure en moins d'une minute.

Et soudain, elle agrippe les mains de son père, et leurs regards se rivent l'un à l'autre.

Il a un mouvement de recul, mais ne peut s'extraire de la poigne. Ni détourner les yeux.

– Papa… susurre Katia. Tu as tué le chien.

Le visage d'Alexandre se tord dans un rictus d'horreur, et il bascule en avant, sur ses genoux. Ce n'est plus le visage de sa fille qu'il voit, car une expression inconnue est apparue sur celui-ci. Les yeux sont plus clairs. Ses cheveux courts et noirs semblent à présent retomber en boucles rousses sur ses épaules. Deux êtres se superposent en symbiose parfaite.

– Camille… s'étrangle-t-il.

Elle lui sourit. Relâche la pression de ses mains. Il porte les siennes à son visage, saisi d'effroi.

Tous les souvenirs remontent en lui et se révèlent dans toute leur monstruosité. Le déclic, sous son crâne. Les séances d'*éducation* de son père. La découverte de sa sœur pendue et sa propre fuite. Et les meurtres. La cave du manoir, les prisonniers. Les cadavres qu'il a fait disparaître, les corps agonisants abandonnés au froid, jamais retrouvés. Les pulsions chevillées au corps. Et la vieille femme, qui s'accroche à Katia, encore toute petite, tellement vulnérable. La peur. Et la mise à mort. Le regard de la gamine, et la lente descente aux enfers. La terreur du contact physique, à cause de lui. Il a bâti une barrière mentale infranchissable pour se cacher à lui-même cette partie de sa vie. Cette barrière, Katia et Camille viennent de la fracasser.

*

Laura trébuche dans la neige en poussant un juron. Son corps n'est que souffrance. Elle halète à chaque pas, la souffrance irradie chaque muscle et se cogne à chaque os. Un élancement dans l'épaule lui tord le visage, mais elle progresse le long du chemin enneigé, poussée en avant par une force inexorable. Une rage impitoyable, bouillonnante.

Ma petite fille.

Les vêtements toujours mouillés, frigorifiée, elle s'arrête plusieurs fois pour reprendre son souffle, tente d'immobiliser son bras meurtri pour atténuer les ondes de douleur. Se remet en marche. Ne pas s'arrêter. Ne pas perdre de temps. Avancer. Ne pas penser. Laisser le mental faire le travail, enchaîner pas après pas, couvrir la distance.

Qu'est-ce que tu vas faire là-bas ? Tu tiens à peine debout.

Ne pas s'écouter. Mettre un pied devant l'autre. Se focaliser sur cette action.

Le cri d'un rapace, haut dans le ciel. Son propre cri, la bave qui lui coule sur le menton. *Avance !* Elle ne doit pas s'effondrer maintenant. Elle doit tenir, quoi qu'il lui en coûte. Elle a l'impression de mourir à chaque foulée. Non, pas encore. Tenir encore un peu. Plus longtemps.

Et, au détour d'un virage, l'embranchement. La clairière est à sa portée. Le désespoir la pousse jusqu'à l'orée du bois, elle prend appui sur un piquet de clôture. Face à elle se dresse enfin la ferme. Haute, crasseuse. Même la neige qui recouvre la colline semble souillée. Laura réprime un frisson de répulsion. La maison a changé, depuis ce matin. Elle paraît la défier, du haut de son monticule. Laura sait ce qu'elle a dans ses entrailles, elle connaît ses secrets. Un regain d'énergie inattendu s'empare d'elle. Il faut en finir. La lignée Devillers doit s'arrêter ici, maintenant. L'Ogre doit mourir. Les yeux injectés de sang, se mordant les lèvres pour résister au supplice que lui inflige son corps, elle s'élance à l'assaut de la vieille demeure.

Alexandre, prostré, plaque ses mains sur son visage. Il ne peut plus affronter le regard de sa sœur. Son esprit déborde de souvenirs qui le tétanisent. Sa mémoire se déchaîne, il est terrassé par les actes qu'il a commis. Toutes les *absences* qu'il a eues, au fil des ans. Un monde parallèle qui s'écroule sur lui.

Katia l'observe, recroquevillée sous la fenêtre. Son corps est en harmonie parfaite avec l'esprit de Camille, toute la mémoire inscrite dans la chair martyrisée de sa tante déferle dans son cerveau. La frustration, le tourment des années de servitude et de séquestration. Mais également la bonté profonde et l'amour sans bornes pour son petit frère. La force de résistance, malgré les épreuves, de cette femme brisée.

Laura grogne en se glissant par la fenêtre cassée, manque de tourner de l'œil. Pas une minute à perdre. Tout semble calme. La poussière sature l'air.

Elle prend appui sur le fusil et claudique jusqu'aux escaliers. Elle s'approche, elle le sent. Ils sont là. Plus que quelques marches.

Ils sont dans la chambre bleue.

Katia est traversée d'une énergie intense, celle des âmes errantes qui convergent tout autour d'elle. La clairière s'emplit de présences. Des reliques d'âmes qui se sont emmagasinées au fil des décennies au cœur de cette forêt, toutes les victimes des Devillers père et fils. Elle sent que se réveille l'Ogre de ces montagnes, celui qui règne sur ces esprits aliénés. L'esprit de sa tante qui la possède commence à se disjoindre, l'harmonie est brisée. Elle ne peut s'opposer à sa venue. Elle n'arrive pas à le refouler.

Camille, en elle, s'agite. Katia ferme les yeux, se prépare au combat. Dans son espace mental, Camille lutte à ses côtés. Leurs forces s'unissent pour contrer la puissance de Joseph Devillers, de retour sur ses terres.

Alexandre lève alors vers elle des yeux fous. Il a perdu tout repère, tellement fragile, au bord de la rupture. Il tend la main et recouvre celle de sa fille. Une boule dans la gorge, il bégaye.

– P... p... pardonne... moi... Camille. Pardonne-moi.

Dans son dos, la porte s'ouvre en craquant.

– Katia, éloigne-toi de lui ! lance Laura, d'un ton ferme.

Alexandre se retourne, désorienté. Laura se tient dans l'encadrement de la porte : ses vêtements sont déchirés et humides, de nombreuses ecchymoses et plaies suintantes zèbrent son front, un caillot de sang agglutine ses cheveux. Elle fait peine à voir.

– Ne bouge surtout pas ! ordonne-t-elle à Alexandre en le fixant droit dans les yeux.

C'est alors qu'il remarque le fusil dans sa main gauche. Braqué droit sur son visage, à moins de deux mètres. Le canon tremble, elle a du mal à le soutenir. Mais à cette distance, elle ne risque pas de le rater.

– Maman… Non… implore Katia.

– Écarte-toi de lui, s'il te plaît.

Katia se dresse sur ses jambes, et lève les mains, en signe d'apaisement.

– Ne fais pas ça, maman.

– Viens avec moi, Katia. C'est terminé.

Laura fixe d'un regard fiévreux la chose ratatinée et pitoyable au centre de la pièce qui fut autrefois son mari. Elle décèle dans ses yeux quelque chose qu'elle n'avait jamais vu auparavant. Cet homme est un étranger. Elle ne peut pas croire qu'elle vit avec lui depuis vingt ans. C'est comme si elle ne l'avait jamais vu. Dans cette expression de détresse, elle lit l'infamie et la stupéfaction. La colère la submerge, elle ne sent même plus ses os brisés qui lui lancent des torrents de douleur.

– Qu'est-ce que tu allais faire d'elle ? Qu'est-ce que tu allais faire à ta propre fille ?

Un voile d'horreur balaie le visage de cet homme. Il secoue la tête, en signe de dénégation.

– Non, articule-t-il en sanglotant. Jamais je ne ferai du mal à ma fille. Tu le sais bien !

– Arrête ! hurle Laura. Arrête de l'appeler comme ça !

Katia, sous le choc et en proie à la lutte qui se joue en elle, avance lentement sur le côté de la chambre, en contournant son père.

– Maman… Écoute-moi…

– Katia. Je veux que tu viennes vers moi, et que tu sortes d'ici.

– Qu'est-ce que tu vas faire ?

– Viens vers moi, ma puce, murmure Laura entre ses dents.

– Tue-moi, supplie Alexandre en fixant sa femme, les yeux emplis de détresse.

Alors que Katia s'avance pour rejoindre sa mère, Alexandre lève le bras, dans un geste désespéré pour s'agripper à sa fille.

– Camille ! Pardonne-moi !

Le coup de feu part tout seul. Laura appuie sur la détente à l'instant même où le bras se tend. La détonation est assourdissante, une épaisse fumée puant la cordite envahit la petite chambre. Alexandre est projeté contre le mur dans une giclée de sang, l'abdomen déchiré par la décharge de chevrotine.

Katia pousse un hurlement de surprise en reculant dans l'angle de la pièce, acculée au lit.

Laura reprend immédiatement ses esprits. La secousse l'a propulsée en arrière contre le chambranle de la porte. Elle redresse le canon du fusil. Alexandre se tord en deux en gémissant. Il est atteint au flanc et au bras gauche, mais les projectiles ont ricoché contre les côtes et déchiré le biceps, et il est toujours vivant. Laura s'approche et aligne le canon sur son crâne.

– Qu'est-ce que tu fais ? s'étrangle Katia.

– Tu ne sais pas… Tu ne sais pas ce qu'il est. Je t'en prie Katia, sors de cette chambre.

– Je sais tout, maman. Je sais ce qu'il a fait. Je me souviens de tout.

– Tu dois sortir.

– Viens avec moi, maman. Sors d'ici avec moi.

Laura serre la mâchoire, ferme les yeux. Râle de douleur. Alexandre perd beaucoup de sang, mais réussit à se remettre à genoux.

– Sors de cette pièce.

– Non. Je peux pas te laisser faire, insiste Katia. Il faut que ça s'arrête.

– Je suis d'accord. Il faut que ça s'arrête. Maintenant.

– Pas comme ça.

Laura regarde pour la première fois sa fille depuis qu'elle est entrée dans la chambre. Son expression la terrasse.

– Je… Je veux pas avoir à te haïr, maman. Je t'aime, et je veux continuer à t'aimer.

Elle quitte son recoin, s'approche en douceur. Laura se liquéfie.

– Qu'est-ce que tu fais ?

– Je veux pas que tu fasses ça, maman.

Sans geste brusque, Katia se positionne droit dans la ligne de mire. Le bout du canon contre sa poitrine ; le cœur de Camille tambourine à l'intérieur. Laura écarquille les yeux et baisse immédiatement le fusil.

– Je veux pas que tu le tues, murmure Katia.

– Écarte-toi de là.

– Non.

Elles se toisent. Laura baisse le regard, défaite. Katia s'avance jusqu'à sa hauteur, tend la main, et la pose contre la joue de sa mère. Sa main nue. Laura en lâche le fusil qui retombe contre le mur. Les larmes lui montent

330

immédiatement aux yeux. La paume de Katia court sur sa joue, une caresse exquise qui descend jusqu'à sa nuque. Katia s'approche encore et enfouit son visage au creux de l'épaule de Laura. Joue contre joue.

Laura est envahie par l'émotion que fait naître cette proximité soudaine. Elle glisse. Ses membres s'alourdissent, une chaleur délicieuse engourdit son corps. Ses jambes se dérobent. Elle entend Katia, de très loin, comme au bout d'un long tunnel. Elle flotte dans du coton.

Katia lutte pour soutenir sa mère qui s'effondre dans ses bras comme un poids mort. Elle titube et la traîne péniblement jusqu'au lit, s'écroule avec elle sur le matelas. Laura a les yeux révulsés, à bout de forces. Toute la tension en elle se relâche d'un seul élan. Katia lui tapote la joue, tente de la faire revenir. Laura ne réagit pas.

Katia se tourne vers son père, ensanglanté, mais qui reprend peu à peu ses esprits. Aucune blessure mortelle. Il réussit à s'asseoir, ses mains plaquées sur ses plaies. Les tempes imbibées de sueur, il lutte lui aussi pour rester conscient.

C'est à cet instant que survient l'attaque.

Katia a ouvert les vannes, lâchant totalement prise pour permettre à Camille de s'incarner en elle et de communiquer avec son frère. Mais elle s'est mise à nue, vulnérable. Et dès qu'elle a baissé la garde, qu'elle s'est jointe à sa mère et a généré un torrent d'émotions, il a saisi l'opportunité. Il a profité de la brèche, et s'est éveillé dans toute sa puissance.

Camille est étouffée au plus profond alors que Joseph s'empare du corps de Katia. L'ombre envahit la pièce et l'air devient irrespirable.

Alexandre recule de terreur en voyant apparaître autour de la silhouette de sa fille le colosse dans sa longue gabardine noire. Le fantôme de Joseph gonfle autour du corps de Katia, absorbé par les ténèbres. L'Ogre la contient tout entière au cœur même de son être diaphane.

Katia est sidérée : son père *peut* lui aussi voir les fantômes. Il les a toujours vus. Camille n'était pas la seule. Il voit Joseph avancer sur lui, tout comme il pouvait voir Camille habiter le corps de Katia. Dans son monde mental parallèle, là où il cachait tous ses secrets.

L'esprit de Katia vacille. Prisonnière de son propre corps qui avance en symbiose avec la créature et s'engouffre dans le couloir, un sourire persifleur aux lèvres. La porte claque avec violence, la clé tourne dans la serrure.

L'Ogre redescend à la cuisine s'emparer d'une boîte d'allumettes, et traverse la maison. Des grondements, des craquements, dans les poutres, le long des murs. La ferme semble prendre vie, se révolter. Des coups sourds, des hurlements silencieux. Alexandre, dans la chambre, rampe jusqu'à la porte. Mais ne réussit pas à l'ouvrir. Il se remet debout en s'agrippant à la poignée. Rien n'y fait. Il frappe contre le bois poli, du poing, de l'épaule. Sa blessure l'affaiblit. Laura est toujours inconsciente sur le lit.

La créature avance jusqu'à la grange et embrase la réserve de paille. Puis ouvre la grande porte cochère et se précipite dans la nuit. Katia est témoin de la scène, impuissante à stopper la course destructrice de Joseph. Elle tente de se concentrer de toutes ses forces pour reprendre le contrôle, mais il la tient en respect sans effort. Les flammes se propagent rapidement à l'atelier d'ébénisterie.

Une épaisse fumée envahit tout le rez-de-chaussée puis engloutit l'étage et s'insinue sous la porte. Alexandre plaque un coussin du lit sur l'interstice pour faire barrage.

Il regarde sa femme évanouie, le calme sur son visage.

Il ramasse la carabine. Arme le chien.

Dirige le canon vers la fenêtre et tire. La vitre explose dans la nuit tombante, la détonation rebondit contre les falaises. Le vent pénètre dans la pièce et l'ouverture fait appel d'air, la fumée envahit la chambre, noircit les murs.

Alexandre lâche l'arme, suffoque. Il se rue sur le lit et soulève Laura dans un effort surhumain, la cale sur son dos. Il la hisse par la fenêtre et la pose sur le toit pentu, la retenant par le bras, l'empêchant de glisser. Il ne voit pas le sol dans l'obscurité, mais il n'a pas le temps de réfléchir. Les flammes percent le plancher, la ferme peut s'écrouler d'un moment à l'autre.

Il entoure sa femme de ses bras et se jette par-dessus le parapet. Il la serre fort alors qu'ils glissent le long de la toiture. Il s'est mis dos au vide, dans l'espoir d'amortir la chute de Laura.

La glissade s'arrête, les voilà en plongée dans l'inconnu, dans les airs. Alexandre serre les dents. Ferme les yeux.

La chute paraît interminable. Le temps s'arrête.

Le choc lui coupe la respiration.

Tout va bien. La neige tombée du toit s'est accumulée juste en dessous, et amortit leur chute.

Laura, allongée sur lui, ouvre les yeux.

Joseph admire le brasier. La ferme crépite, les fume-rolles se perdent dans la nuit. Des morceaux de toitures s'effritent, s'envolent en se consumant.

Un nouveau départ.

Seul, avec Katia. Elle lui donnera sa vie.

Plus de parents, plus d'attache. Elle n'a plus que lui. Ils sont désormais tout l'un pour l'autre.

Ils partiront, aussi loin qu'il le faut.

À partir de maintenant, elle est toute à lui.

Katia n'a aucune sensation physique. Ni le froid ni la douleur.

Pourtant, quelque chose change.

Se réveille en elle.

Joseph est pris de court. Il n'a pas vu Alexandre glisser du toit avec Laura. Il ne le voit pas non plus se relever et accourir dans son dos en titubant.

Ni plonger ses mains dans la masse de son être, en extirper le corps de sa fille, et plaquer ses mains sur son visage. La serrer dans ses bras.

Katia ouvre aussitôt les yeux. Elle est en elle-même, et son père est penché sur elle. Elle aspire goulûment l'air, ses poumons repartent. La vie la remplit. Elle joint ses mains sur la nuque de son père, qui se penche à son oreille.

– Laisse-le entrer en moi, susurre-t-il.

Et Camille bondit des entrailles de Katia. Elle grandit, et repousse Joseph au-dehors. Alexandre est tout entier en communion avec Katia, l'énergie se propage entre eux. Le vide se crée en elle tandis qu'Alexandre absorbe Joseph en lui. Il lâche brutalement Katia qui tombe à la renverse dans la neige. Il hoquette, il souffre. Le combat en lui fait rage. Joseph est son prisonnier.

Alexandre fixe Katia, les yeux écarquillés, les mains tremblantes.

Elle est déboussolée, mais comprend immédiatement ce qu'il a en tête.

Elle se lève et tend la main pour le retenir.

Deux bras l'enserrent et la retiennent. Laura pèse de tout son poids sur sa fille, l'immobilise.

Alexandre et Katia se dévisagent une dernière fois. Des adieux silencieux. Joseph lutte pour prendre le contrôle, son ombre s'étend autour de la silhouette d'Alexandre. Avant qu'il ne soit trop tard, celui-ci adresse un ultime sourire à sa fille et lui murmure « je t'aime » du bout des lèvres. Puis fait demi-tour et court vers la ferme embrasée.

Katia ouvre la bouche pour lui hurler de revenir, mais ne peut sortir un son.

Il se précipite par la fenêtre brisée du salon, alors que la toiture se referme sur elle-même et que la charpente enflammée s'effondre dans un cri qui déchire la nuit jusqu'au fond de la vallée, se mêlant au dernier hurlement de l'Ogre.

Les âmes tourmentées s'effacent dans la forêt, laissant les deux femmes face au crépitement des poutres qui se consument.

Katia glisse sa main dans celle de sa mère, et la serre aussi fort que possible.

Elles restent là, collées l'une à l'autre, devant le brasier, jusqu'à l'arrivée des pompiers.

Aucune des deux ne laissera l'autre monter seule dans l'ambulance.

Épilogue

La pluie n'a pas cessé de tomber depuis deux semaines, balayant les restes de neige sur son passage jusque dans les massifs, gonflant le lit des rivières, imprégnant les prairies. Février a laissé sa place à mars, grisonnant et humide. Les touristes s'en retournent aux villes des plaines, surpris et déçus par cette fin de saison précoce, les chalets et hôtels se vident progressivement, les places de village ne résonnent plus du brouhaha des skieurs de retour des pistes.

Besançon est écrasée sous un ciel noir et menaçant.

Katia se protège du vent en se repliant sous la capuche de son manteau.

Le cimetière est désert, à l'exception du petit groupe qui s'avance dans la travée centrale.

La cérémonie est rude, le silence pesant.

Cercueil clos. Katia, serrée contre sa mère.

Les gendarmes ont retrouvé le corps calciné d'Alexandre dans les décombres. Il a été autopsié, analysé, et formellement identifié grâce aux empreintes dentaires. La clairière a été investie, labourée. Les galeries souterraines minutieusement fouillées, pendant plusieurs jours. Katia et Laura ont passé beaucoup de temps avec le lieutenant-colonel Lièvremont. Pour leurs dépositions. Pour guider les enquêteurs sur les lieux. Les cachots, sous la colline, et le gouffre. Ils ont envoyé des spéléologues, qui sont ressortis exsangues, sans articuler un mot. Un puits d'ossements, au creux de la terre. Des restes humains, au fond du gouffre. Les recherches d'identité sont en cours. On passe au crible tous les dossiers non résolus de la région sur les soixante dernières années, au moins. Les disparitions inquiétantes. Le groupe de résistants. L'enquête risque de s'étendre sur des mois, voire des années.

Le manoir de Pouilley-les-Vignes a été retourné également. Plusieurs corps retrouvés enterrés dans la cave, sous le couloir secret. Crânes défoncés, vertèbres brisées. Dont la propriétaire des lieux, une vieille retraitée dont la disparition n'a manifestement inquiété personne. Pas de famille, une vie de solitude. Personne n'a jamais réclamé les lieux. Un lointain parent habitant dans le Sud-Ouest avait hérité de la maison sans jamais réussir à la revendre. Trop chère, et une sale réputation. Il l'a laissée dépérir.

Peu de gens se sont déplacés ce matin : les employés des pompes funèbres, Laura, Katia et Élodie. Deux cercueils sont mis en terre.

Lucie a été retrouvée morte le lendemain des événements de Vuillefer, allongée dans la cuisine. Étranglée. Il n'a pas été difficile de comprendre qu'Alexandre était passé voir sa tante avant d'aller au manoir et de tomber nez à nez avec sa fille. Une totale perte de contrôle.

Jusqu'ici il avait tenu sa seconde vie à distance, l'enfouissant dans son subconscient.

Katia a tout fait remonter à la surface, et il a lâché. Le monde réel et le monde imaginaire que le petit garçon avait soigneusement séparés pour se protéger ont fusionné.

Lucie et Alexandre vont être enterrés dans la tombe familiale des Devillers. Près de Louise. Laura et Katia en ont discuté, et en ont décidé ainsi. Un point final.

Elles ne se lâchent plus, affrontent les épreuves ensemble. Partagent leur douleur. Avec peu de mots, mais de nouveaux gestes. Elles se redécouvrent. Laura est salement amochée, de nombreuses contusions, elle porte son bras en écharpe, immobilisé, et un corset pour maintenir ses côtes brisées. Elle souffre le martyre, mais prend sur elle.

Élodie soutient Katia. Elles forment une ligne dans l'allée, Katia est au centre, enserre de ses bras ses deux êtres les plus chers.

Pas un mot n'est prononcé.

Les cercueils disparaissent. Elles déposent des fleurs sur la tombe. Alexandre et Lucie sont en terre, oubliés de tous. Comme si rien n'était arrivé.

Katia reste seule face à la tombe, pensive.

Laura et Élodie comprennent, redescendent l'attendre dans un café, sur la place devant le cimetière.

Elle s'avance vers la tombe et pose délicatement son genou sur le gravier. Ôte son gant, et applique sa main contre la pierre froide. Une larme goutte de sa joue et glisse sur les fleurs fraîches.

– Toutes mes condoléances, Katia.

Une silhouette s'approche dans son dos, discrètement. Elle dépose un dernier baiser, du bout des doigts, sur le marbre.

– Je ne voulais pas te déranger.

Elle se redresse, se tourne et tend la main. Théo Grunwald hésite, surpris, puis la serre dans ses mains tremblantes.

– Vous me dérangez pas. Merci, monsieur Grunwald.

— J'ai appris. Dans les journaux. Comment vas-tu ?
Elle soupire.

— Excuse-moi, répond-il aussitôt. Évidemment, ce n'est pas le moment.

— Si si. Je suis contente que vous soyez venu, au contraire.

Ils restent quelques minutes dans le calme du cimetière, à contempler la stèle.

— Qu'est-ce que tu vas faire, maintenant ? demande Théo.

— Je les vois toujours, répond-elle.

— Tu le savais. Tu ne peux pas faire disparaître cette faculté. Tu peux juste apprendre à la dominer, à la maîtriser.

— Je veux plus la faire disparaître.

Il hoche la tête. Pose une main compréhensive sur l'épaule de la jeune fille.

— À toi de transformer ce don en vocation. C'est un long travail. Je pourrai t'y aider. Je serai là si tu en as besoin.

— J'en aurai besoin.

Il lui sourit.

— Je veux apprendre. Je veux étudier l'hypnose, et guérir les vivants.

— N'oublie jamais ton passé, ni celui de ta famille, aussi douloureux soit-il. Sers-t'en. Enterre-le pour de bon, mais ne l'oublie jamais. Il t'aidera plus que tout.

Katia tourne sa tête vers le vieil homme, et effleure la main sur son épaule. Son regard se perd sur la droite, quelque part dans le vide.

— Il faut que je vous dise quelque chose… murmure Katia.

— Tu peux tout me dire, assure Théo.

— Elle est fière de vous. Votre femme.

La main du vieillard se crispe sur l'omoplate de Katia, un filet de larme perle sur l'arête de son nez.

– Elle est là ?

– Elle est avec Caroline. Elle l'a accueillie, et veille sur elle. Elles sont ensemble, désormais.

– Tu peux… tu peux lui parler ?

– Elle vous aime, elle a jamais cessé d'être à vos côtés. Elle sera toujours là pour vous.

Ils s'assoient tous deux sur le banc jouxtant la tombe, et se laissent aller à contempler en silence l'après-midi qui s'éteint derrière les montagnes renaissantes.

Katia sourit au vieil homme. Elle n'est plus seule. Elle n'a plus peur. Joseph a disparu. Mais l'âme de Katia cohabite à présent avec celle de sa tante. Elles partagent son corps. Camille lui ouvre les portes du monde des morts, elles vont apprendre à se comprendre grâce au dessin, à la peinture, aux signes. Katia va désormais vivre pour deux. Et elle va le faire à fond. Pour offrir à Camille la vie qui lui a été volée. Elle lui doit bien ça.

Bibliographie et références

Tout au long de la préparation et de l'écriture de ce roman, je me suis appuyé sur un certain nombre de sources de documentation et surtout d'inspiration, que je souhaite citer ici.

Trois livres m'ont en particulier servi de fil directeur et de référence, concernant le monde des fantômes et des médiums :

Médium, une expérience de l'au-delà de Chris Semet aux éditions Hachette, complet et pédagogique, pour qui veut découvrir l'univers des médiums.

Le Test de Stéphane Allix aux éditions Albin Michel (et Livre de Poche), l'auteur s'y livre à une expérience fascinante : il a caché quatre objets dans le cercueil de son père décédé, sans en parler à personne, puis a ensuite consulté divers médiums. Les résultats sont troublants, mais ce sont les récits des séances et de la vie de ces médiums qui se révèlent passionnants.

Les Phénomènes de hantise d'Ernest Bozzano (éditions Exergue Pierre d'angle). L'auteur est un parapsychologue italien du XIXᵉ siècle-début XXᵉ ; le livre est un catalogue de récits de hantises, classés en plusieurs catégories.

J'ajouterai à ces trois livres *Maisons hantées et Poltergeists* de Louis Benhedi et Joachim Soulières aux éditions Dervy qui permet de faire le point sur la recherche, et d'exposer quelques cas marquants.

En ce qui concerne les chasseurs de fantômes, mon livre de référence fut le *Manuel du chasseur de fantômes* d'Erick Fearson aux éditions J.-C. Lattès, j'y ai trouvé toutes les réponses sur cette fascinante activité. J'ai complété cette lecture par la consultation des sites *www.haunters.rip, rip-paranormal.com, www.paranormaldetective.com,* ainsi que la chaîne youtube *Emmanuel Ghost Hunter*, et surtout la série française *Dead Crossroads,* dans laquelle à chaque épisode deux comparses passent la nuit dans les lieux « les plus hantés de France ».

J'ai dévoré l'ouvrage du Dr Philippe Aïm, *L'hypnose, ça marche vraiment ?* aux éditions Marabout, un panorama exhaustif sur l'hypnose médicale, et en particulier l'hypnothérapie. Pour moi le livre référence en la matière.

M'a également été fort utile *La Schizophrénie* de Bernard Granger et Jean Naudin dans la collection « Idées reçues » des éditions Le Cavalier bleu, qui comme son nom l'indique démonte les préjugés liés à cette maladie.

Enfin je tiens à payer mon tribut aux romanciers et cinéastes qui ont inspiré mon travail :

En termes d'univers et d'inspiration pour ce roman, mes deux influences centrales furent Dario Argento (surtout *Suspiria* et *Phenomena*) et Clive Barker (je ne me suis toujours pas remis de la lecture des *Livres de sang* dans ma jeunesse, ni du visionnage de *Hellraiser*).

Je ne peux pas ne pas citer Stephen King tellement ça paraît évident, notamment *Simetierre, Carrie, Shining* et *Sac d'os*. Ni le plus grand roman de fantômes jamais écrit, *Le Tour d'écrou* de Henry James (et son adaptation cinématographique, *Les Innocents* de Jack Clayton, plus l'adaptation très officieuse par Alejandro Amenabar *Les Autres*).

Le *Shining* de Stanley Kubrick reste ma référence absolue en termes de films de fantômes, et je tiens à mentionner mon « maître de cinéma » John Carpenter qui hante bien entendu les pages de ce roman. Plus quelques clins d'œil à l'œuvre de Lucio Fulci.

Enfin, ces dernières années, j'ai particulièrement été marqué par le film *Sinister* de Scott Derrickson, et la bande originale, signée Christopher Young, m'a accompagné durant tout le processus d'écriture. Comme *The Leftovers* par Max Richter. Ainsi que les musiques de toute la saga *Silent Hill*. Histoire de mettre une bonne ambiance.

Remerciements

Je veux remercier tous ceux qui ont permis que ce roman parvienne à terme, qui l'ont relu, corrigé, critiqué, et tous ceux aussi qui m'ont accompagné et soutenu au fil des ans.

En premier lieu Éloïse Tibet-Zanini, mon inspiration, ma première lectrice, ma première critique, et la plus intransigeante ! Ce livre n'existerait pas sans toi.

Merci à ceux qui se sont gracieusement penchés sur les premières versions du livre, qui doit énormément à vos remarques bienveillantes : Baptiste Thiébaud et Alice Micheau-Thiébaud (merci pour le coup de pouce, je vous suis reconnaissant pour l'éternité), Camille de Rouville, Hélène Lacolomberie, Emmanuel Raspiengeas, Claire Pisarra, Aurélien Lévêque.

Un merci très particulier à celles et ceux qui sont à mes côtés depuis si longtemps (des décennies !), ont cru en moi et ont partagé nombre de mes projets : Céda Morvan-Ung, Olivier Morvan, Solenne Coat-Thorel, Yann Le Nagard, Charlotte Rousseau, Éléonore Guipouy, Claire Dabry, Olivier Collinet. Et bien sûr, à l'autre bout du monde, mon compagnon de route, Nicolas Harouët.

Je remercie également mon éditrice, Bénédicte Lombardo, pour son enthousiasme débordant, et ce dès notre première rencontre. Je suis on ne peut plus ravi par notre collaboration. Et j'adresse un merci tout particulier à Jean-Christophe Brochier, qui lui a transmis le manuscrit, et m'a adressé un message pour me dire tout le bien qu'il pensait du texte. Cette attention m'a sincèrement touchée.

Enfin, il me semble tout naturel d'adresser d'infinis remerciements à mes parents, Jean-Luc et Andrée, pour m'avoir transmis le goût de la lecture, et de l'écriture. Vous avez permis à vos enfants de s'épanouir, chacun dans sa discipline, vous nous avez poussés vers l'avant. Merci pour cette passion.

RÉALISATION : NORD COMPO À VILLENEUVE-D'ASCQ
IMPRESSION : CPI FRANCE
DÉPÔT LÉGAL : JANVIER 2021. N° 143442 (3040719)
IMPRIMÉ EN FRANCE

Éditions Points

Collection Points Policier

P3166. Rouge est le sang, *Sam Millar*
P3167. L'Énigme de Flatey, *Viktor Arnar Ingólfsson*
P3168. Goldstein, *Volker Kutscher*
P3219. Guerre sale, *Dominique Sylvain*
P3220. Arab Jazz, *Karim Miské*
P3228. Avant la fin du monde, *Boris Akounine*
P3229. Au fond de ton cœur, *Torsten Pettersson*
P3234. Une belle saloperie, *Robert Littell*
P3235. Fin de course, *C.J. Box*
P3251. Étranges Rivages, *Arnaldur Indridason*
P3267. Les Tricheurs, *Jonathan Kellerman*
P3268. Dernier refrain à Ispahan, *Naïri Nahapétian*
P3279. Kind of Blue, *Miles Corwin*
P3280. La fille qui avait de la neige dans les cheveux
Ninni Schulman
P3295. Sept pépins de grenade, *Jane Bradley*
P3296. À qui se fier ?, *Peter Spiegelman*
P3315. Techno Bobo, *Dominique Sylvain*
P3316. Première station avant l'abattoir, *Romain Slocombe*
P3317. Bien mal acquis, *Yrsa Sigurdardottir*
P3330. Le Justicier d'Athènes, *Petros Markaris*
P3331. La Solitude du manager, *Manuel Vázquez Montalbán*
P3349. 7 jours, *Deon Meyer*
P3350. Homme sans chien, *Håkan Nesser*
P3351. Dernier verre à Manhattan, *Don Winslow*
P3374. Mon parrain de Brooklyn, *Hesh Kestin*
P3389. Piégés dans le Yellowstone, *C.J. Box*
P3390. On the Brinks, *Sam Millar*
P3399. Deux veuves pour un testament, *Donna Leon*
P4004. Terminus Belz, *Emmanuel Grand*
P4005. Les Anges aquatiques, *Mons Kallentoft*
P4006. Strad, *Dominique Sylvain*
P4007. Les Chiens de Belfast, *Sam Millar*
P4008. Marée d'équinoxe, *Cilla et Rolf Börjlind*
P4050. L'Inconnue du bar, *Jonathan Kellerman*
P4051. Une disparition inquiétante, *Dror Mishani*
P4065. Thé vert et arsenic, *Frédéric Lenormand*
P4068. Pain, éducation, liberté, *Petros Markaris*
P4088. Meurtre à Tombouctou, *Moussa Konaté*
P4089. L'Empreinte massaï, *Richard Crompton*

P4093. Le Duel, *Arnaldur Indridason*
P4101. Dark Horse, *Craig Johnson*
P4102. Dragon bleu, tigre blanc, *Qiu Xiaolong*
P4114. Le garçon qui ne pleurait plus, *Ninni Schulman*
P4115. Trottoirs du crépuscule, *Karen Campbell*
P4117. Dawa, *Julien Suaudeau*
P4127. Vent froid, *C.J. Box*
P4159. Une main encombrante, *Henning Mankell*
P4160. Un été avec Kim Novak, *Håkan Nesser*
P4171. Le Détroit du Loup, *Olivier Truc*
P4188. L'Ombre des chats, *Arni Thorarinsson*
P4189. Le Gâteau mexicain, *Antonin Varenne*
P4210. La Lionne blanche & L'homme qui souriait
       Henning Mankell
P4211. Kobra, *Deon Meyer*
P4212. Point Dume, *Dan Fante*
P4224. Les Nuits de Reykjavik, *Arnaldur Indridason*
P4225. L'Inconnu du Grand Canal, *Donna Leon*
P4226. Little Bird, *Craig Johnson*
P4227. Une si jolie petite fille. Les crimes de Mary Bell
       Gitta Sereny
P4228. La Madone de Notre-Dame, *Alexis Ragougneau*
P4229. Midnight Alley, *Miles Corwin*
P4230. La Ville des morts, *Sara Gran*
P4231. Un Chinois ne ment jamais & Diplomatie en kimono
       Frédéric Lenormand
P4232. Le Passager d'Istanbul, *Joseph Kanon*
P4233. Retour à Watersbridge, *James Scott*
P4234. Petits meurtres à l'étouffée, *Noël Balen et Vanessa Barrot*
P4285. La Revanche du petit juge, *Mimmo Gangemi*
P4286. Les Écailles d'or, *Parker Bilal*
P4287. Les Loups blessés, *Christophe Molmy*
P4295. La Cabane des pendus, *Gordon Ferris*
P4305. Un type bien. Correspondance 1921-1960
       Dashiell Hammett
P4313. Le Cannibale de Crumlin Road, *Sam Millar*
P4326. Molosses, *Craig Johnson*
P4334. Tango Parano, *Hervé Le Corre*
P4341. Un maniaque dans la ville, *Jonathan Kellerman*
P4342. Du sang sur l'arc-en-ciel, *Mike Nicol*
P4351. Au bout de la route, l'enfer, *C.J. Box*
P4352. Le garçon qui ne parlait pas, *Donna Leon*
P4353. Les Couleurs de la ville, *Liam McIlvanney*
P4363. Ombres et Soleil, *Dominique Sylvain*
P4367. La Rose d'Alexandrie, *Manuel Vázquez Montalbán*

P4393. Battues, *Antonin Varenne*
P4417. À chaque jour suffit son crime, *Stéphane Bourgoin*
P4425. Des garçons bien élevés, *Tony Parsons*
P4430. Opération Napoléon, *Arnaldur Indridason*
P4461. Épilogue meurtrier, *Petros Markaris*
P4467. En vrille, *Deon Meyer*
P4468. Le Camp des morts, *Craig Johnson*
P4476. Les Justiciers de Glasgow, *Gordon Ferris*
P4477. L'Équation du chat, *Christine Adamo*
P4482. Une contrée paisible et froide, *Clayton Lindemuth*
P4486. Brunetti entre les lignes, *Donna Leon*
P4487. Suburra, *Carlo Bonini et Giancarlo De Cataldo*
P4488. Le Pacte du petit juge, *Mimmo Gangemi*
P4516. Meurtres rituels à Imbaba, *Parker Bilal*
P4526. Snjór, *Ragnar Jónasson*
P4527. La Violence en embuscade, *Dror Mishani*
P4528. L'Archange du chaos, *Dominique Sylvain*
P4529. Évangile pour un gueux, *Alexis Ragougneau*
P4530. Baad, *Cédric Bannel*
P4531. Le Fleuve des brumes, *Valerio Varesi*
P4532. Dodgers, *Bill Beverly*
P4547. L'Innocence pervertie, *Thomas H. Cook*
P4549. Sex Beast. Sur la trace du pire tueur en série
de tous les temps, *Stéphane Bourgoin*
P4560. Des petits os si propres, *Jonathan Kellerman*
P4561. Un sale hiver, *Sam Millar*
P4562. La Peine capitale, *Santiago Roncagliolo*
P4568. La crème était presque parfaite, *Noël Balen
et Vanessa Barrot*
P4577. L.A. nocturne, *Miles Corwin*
P4578. Le Lagon noir, *Arnaldur Indridason*
P4585. Le Crime, *Arni Thorarinsson*
P4593. Là où vont les morts, *Liam McIlvanney*
P4602. L'Empoisonneuse d'Istanbul, *Petros Markaris*
P4611. Tous les démons sont ici, *Craig Johnson*
P4616. Lagos Lady, *Leye Adenle*
P4617. L'Affaire des coupeurs de têtes, *Moussa Konaté*
P4618. La Fiancée massaï, *Richard Crompton*
P4629. Sur les hauteurs du mont Crève-Cœur, *Thomas H. Cook*
P4640. L'Affaire Léon Sadorski, *Romain Slocombe*
P4644. Les Doutes d'Avraham, *Dror Mishani*
P4649. Brunetti en trois actes, *Donna Leon*
P4650. La Mésange et l'Ogresse, *Harold Cobert*
P4655. La Montagne rouge, *Olivier Truc*
P4656. Les Adeptes, *Ingar Johnsrud*

P4660. Tokyo Vice, *Jake Adelstein*
P4661. Mauvais Coûts, *Jacky Schwartzmann*
P4664. Divorce à la chinoise & Meurtres sur le fleuve Jaune
Frédéric Lenormand
P4665. Il était une fois l'inspecteur Chen, *Qiu Xiaolong*
P4701. Cartel, *Don Winslow*
P4719. Les Anges sans visage, *Tony Parsons*
P4724. Rome brûle, *Carlo Bonini et Giancarlo De Cataldo*
P4730. Dans l'ombre, *Arnaldur Indridason*
P4738. La Longue Marche du juge Ti & Médecine chinoise
à l'usage des assassins, *Frédéric Lenormand*
P4757. Mörk, *Ragnar Jónasson*
P4758. Kabukicho, *Dominique Sylvain*
P4759. L'Affaire Isobel Vine, *Tony Cavanaugh*
P4760. La Daronne, *Hannelore Cayre*
P4761. À vol d'oiseau, *Craig Johnson*
P4762. Abattez les grands arbres, *Christophe Guillaumot*
P4763. Kaboul Express, *Cédric Bannel*
P4771. La Maison des brouillards, *Eric Berg*
P4772. La Pension de la via Saffi, *Valerio Varesi*
P4781. Les Sœurs ennemies, *Jonathan Kellerman*
P4782. Des enfants tuent un enfant. L'affaire James Bulger
Gitta Sereny
P4783. La Fin de l'histoire, *Luis Sepúlveda*
P4801. Les Pièges de l'exil, *Philip Kerr*
P4807. Karst, *David Humbert*
P4808. Mise à jour, *Julien Capron*
P4817. La Femme à droite sur la photo, *Valentin Musso*
P4827. Le Polar de l'été, *Luc Chomarat*
P4830. Banditsky ! Chroniques du crime organisé
à Saint-Pétersbourg, *Andreï Constantinov*
P4848. L'Étoile jaune de l'inspecteur Sadorski
Romain Slocombe
P4851. Si belle, mais si morte, *Rosa Mogliasso*
P4853. Danser dans la poussière, *Thomas H. Cook*
P4859. Missing : New York, *Don Winslow*
P4861. Minuit sur le canal San Boldo, *Donna Leon*
P4868. Justice soit-elle, *Marie Vindy*
P4881. Vulnérables, *Richard Krawiec*
P4882. La Femme de l'ombre, *Arnaldur Indridason*
P4883. L'Année du lion, *Deon Meyer*
P4884. La Chance du perdant, *Christophe Guillaumot*
P4885. Demain c'est loin, *Jacky Schwartzmann*
P4886. Les Géants, *Benoît Minville*
P4887. L'Homme de Kaboul, *Cédric Bannel*

P4907. Le Dernier des yakuzas, *Jake Adelstein*
P4918. Les Chemins de la haine, *Eva Dolan*
P4924. La Dent du serpent, *Craig Johnson*
P4925. Quelque part entre le bien et le mal, *Christophe Molmy*
P4937. Nátt, *Ragnar Jónasson*
P4942. Offshore, *Petros Markaris*
P4958. La Griffe du chat, *Sophie Chabanel*
P4959. Les Ombres de Montelupo, *Valerio Varesi*
P4960. Le Collectionneur d'herbe, *Francisco José Viegas*
P4961. La Sirène qui fume, *Benjamin Dierstein*
P4962. La Promesse, *Tony Cavanaugh*
P4963. Tuez-les tous... mais pas ici, *Pierre Pouchairet*
P4964. Judas, *Astrid Holleeder*
P4965. Bleu de Prusse, *Philip Kerr*
P4966. Les Planificateurs, *Kim Un-Su*
P4978. Qaanaaq, *Mo Malø*
P4982. Meurtres à Pooklyn, *Mod Dunn*
P4983. Iboga, *Christian Blanchard*
P4995. Moi, serial killer. Les terrifiantes confessions
       de 12 tueurs en série, *Stéphane Bourgoin*
P5023. Passage des ombres, *Arnaldur Indridason*
P5024. Les Saisons inversées, *Renaud S. Lyautey*
P5025. Dernier Été pour Lisa, *Valentin Musso*
P5026. Le Jeu de la défense, *André Buffard*
P5027. Esclaves de la haute couture, *Thomas H. Cook*
P5028. Crimes de sang-froid, *Collectif*
P5029. Missing : Germany, *Don Winslow*
P5030. Killeuse, *Jonathan Kellerman*
P5031. #HELP, *Sinéad Crowley*
P5054. Sótt, *Ragnar Jónasson*
P5055. Sadorski et l'ange du péché, *Romain Slocombe*
P5067. Dégradation, *Benjamin Myers*
P5068. Les Disparus de la lagune, *Donna Leon*
P5093. Les Fils de la poussière, *Arnaldur Indridason*
P5094. Treize Jours, *Arni Thorarinsson*
P5095. Tuer Jupiter, *François Médéline*
P5096. Pension complète, *Jacky Schwartzmann*
P5097. Jacqui, *Peter Loughran*
P5098. Jours de crimes, *Stéphane Durand-Souffland
       et Pascale Robert-Diard*
P5099. Esclaves de la haute couture, *Thomas H. Cook*
P5100. Chine, retiens ton souffle, *Qiu Xiaolong*
P5101. Exhumation, *Jesse et Jonathan Kellerman*
P5102. Lola, *Melissa Scrivner Love*
P5123. Tout autre nom, *Craig Johnson*

P5124. Requiem, *Tony Cavanaugh*
P5125. Ce que savait la nuit, *Arnaldur Indridason*
P5126. Scalp, *Cyril Herry*
P5127. Haine pour haine, *Eva Dolan*
P5128. Trois Jours, *Petros Markaris*
P5167. Diskø, *Mo Malø*
P5168. Sombre avec moi, *Chris Brookmyre*
P5169. Les Infidèles, *Dominique Sylvain*
P5170. L'Agent du chaos, *Giancarlo De Cataldo*
P5171. Le Goût de la viande, *Gildas Guyot*
P5172. Les Effarés, *Hervé Le Corre*
P5173. J'ai vendu mon âme en bitcoins, *Jake Adelstein*
P5174. La Dame de Reykjavik, *Ragnar Jónasson*
P5175. La Mort du Khazar rouge, *Shlomo Sand*
P5176. Le Blues du chat, *Sophie Chabanel*
P5177. Les Mains vides, *Valerio Varesi*
P5213. Le Cœur et la Chair, *Ambrose Parry*
P5214. Dernier tacle, *Emmanuel Petit, Gilles Del Pappas*
P5215. Crime et Délice, *Jonathan Kellerman*
P5216. Le Sang noir des hommes, *Julien Suaudeau*
P5217. À l'ombre de l'eau, *Maïko Kato*
P5218. Vik, *Ragnar Jónasson*
P5219. Koba, *Robert Littell*
P5248. Il était une fois dans l'Est, *Arpád Soltész*
P5249. La Tentation du pardon, *Donna Leon*
P5250. Ah, les braves gens !, *Franz Bartelt*
P5251. Crois-le !, *Patrice Guirao*
P5252. Lyao-Ly, *Patrice Guirao*
P5253. À sang perdu, *Rae Delbianco*
P5282. L'Artiste, *Antonin Varenne*
P5283. Les Roses de la nuit, *Arnaldur Indridason*
P5284. Le Diable et Sherlock Holmes, *David Grann*
P5285. Coups de vieux, *Dominique Forma*
P5286. L'Offrande grecque, *Philip Kerr*
P5310. Hammett Détective, *Jérôme Leroy, Tim Willocks, Jean-Hugues OPPEL, Benjamin et Julien Guérif, Stéphanie Benson, Marcus Malte, Benoît Séverac, Marc Villard*
P5311. L'Arbre aux fées, *B. Michael Radburn*
P5312. Le Coffre, *Jacky Schwartzmann, Lucian-Dragos Bogdan*
P5313. Le Manteau de neige, *Nicolas Leclerc*
P5314. L'Île au secret, *Ragnar Jónasson*